Сергей Минаев

MEDIA SAPIENS

Дневник информационного террориста

Сергей Минаев

MEDIA SAPIENS
Дневник
информационного
террориста

МОСКВА
«ИЗДАТЕЛЬСТВО АСТРЕЛЬ»
«ИЗДАТЕЛЬСТВО АСТ»

УДК 821.161.1-312.4
ББК 84 (2Рос=Рус)6-44
М61

Оформление обложки
дизайн-студии «Дикобраз»

Художник
Алексей Казакевич

Минаев, С.

М61 MEDIA SAPIENS. Дневник информационного террориста /
Сергей Минаев. — М.: Астрель: АСТ, 2007. — 312, [8] с.

ISBN 978-5-17-043480-0 (ООО «Издательство АСТ»)
ISBN 978-5-271-16736-2 (ООО «Издательство Астрель»)

Специалист по пиару, медийщик, играет на одной из борющихся сторон. Он придумывает военный конфликт, но сам попадает под огонь. В результате у него возникают проблемы, которые он пытается решить странным образом...

Продолжение книги «Media Sapiens. Повесть о третьем сроке».

УДК 821.161.1-312.4
ББК 84 (2Рос=Рус)6-44

Подписано в печать с готовых диапозитивов заказчика 09.02.2007.
Формат 84×108¹/₃₂. Бумага газетная. Печать высокая с ФПФ.
Усл. печ. л. 16,8. Тираж 80 000 экз. Заказ 735.

Общероссийский классификатор продукции ОК-005-93, том 2; 953000 — книги, брошюры
Санитарно-эпидемиологическое заключение № 77.99.02.953.Д.003857.05.06 от 05.05.2006

ISBN 978-5-17-043480-0 (ООО «Издательство АСТ»)
ISBN 978-5-271-16736-2 (ООО «Издательство Астрель»)
ISBN 978-985-16-1171-9 (ООО «Харвест»)

МЕТРО

Июнь 2007 года, Москва.
За девять месяцев до выборов Президента РФ

В восемь часов утра над площадкой перед павильоном станции метро «Проспект Мира-кольцевая» в воздухе не было ничего такого, что предвещало бы какие-то страшные события. Ничего гнетущего или настораживающего, как пишут в таких случаях газетчики, рассказывая о ситуации, предшествующей катастрофе. Наоборот, светило яркое солнце, студенты на лавочке пили пиво, девушки весело стрекотали по мобильным телефонам, бабушки степенно раскладывали на лотках газеты. Даже милиционеры были как-то особенно расслаблены, увлеченно беседуя между собой. В общем, атмосфера абсолютно будничная.

Когда из стеклянных дверей выплеснулась на улицу первая порция людей, готовящихся начать трудовой день, где-то слева бухнул взрыв. То есть сначала никто и не понял, что это был взрыв. Просто какой-то достаточно громкий хлопок, и все. Затем, когда пространство затянуло едким дымом и раздались первые женские визги «Человека гранатой убили!», началась всеобщая паника. Толпа бросилась в разные стороны, гонимая общим страхом. Женщины голосили на бегу, мужчины молча деловито расчищали себе дорогу локтями, не обращая абсолютно никакого внимания на падавших на землю пожилых людей, пассажиров с детьми и инвалидов. В общем, всех тех, кому положено уступать места и оказывать всяческие респекты в общественном транспорте. Хотя, с другой стороны, они как раз таки уступали им места на этой площадке. Места для смертников.

Стражи общественного порядка, несколько секунд постояв в растерянности, принялись оказывать помощь упавшим и делать всеобщее бегство более организованным, но тут же были увлечены вперед набегавшими волнами народа.

Самое ужасное началось, когда из дверей павильона появилась вторая группа людей. Часть, присутствовавшая при первом взрыве, ломанулась обратно в метро и в дверях столкнулась со второй волной. Началась давка. Люди с двух сторон в ужасе напирали на стеклянные двери. Одни — ведомые инстинктом, заставляющим покидать открытые пространства в случае опасности, другие — наоборот, старались покинуть замкнутое помещение, чувствуя, что произошло что-то ужасное, но не понимая, где конкретно. В метро или на улице?

В тот момент, когда стекло одной из дверей треснуло, прогремел второй взрыв.

Ввиду того, что выходивших из метро было больше, они выдавились на улицу и побежали вперед. Минут через десять наряды милиции перекрыли выход из метро, успевшие убежать — убежали, а не успевшие — в количестве десяти—пятнадцати человек — лежали на земле перед павильоном. Среди луж крови, мокнувших в ней газет, потерянных вещей, окурков, бутылок и банок.

Воздух разорвали сирены машин «Скорой помощи» и милиции. Место взрыва было немедленно взято в кольцо праздношатающимися зеваками. Допускаю, что немалая часть из них только что выбралась из этого ада и теперь во все глаза смотрит прямую трансляцию хоррор-шоу. Еще пять минут назад они могли бы стать жертвами, но сейчас эти люди стоят рядом, и в их широко открытых глазах читается единственный вопрос: «ОК, я-то выжил, но кто все-таки погиб?» Кто-то же непременно должен был погибнуть, не бывает так, чтобы всех спасли. Стоит ли говорить, что помогать лежавшим на земле или пытающимся выползти с места взрыва никто и не пытался из-за боязни пропустить самое интересное. Чью-то чужую смерть. Вы знаете, почему в первые часы катастрофы башен-«близнецов» никто не пытался прийти на помощь? Задымленность, отсутствие вертолетов, шок, плохая видимость, невозможность действий в воздухе — все это отмазки для прессы. Просто весь мир был очень занят в эти часы. Он смотрел прямую трансляцию с места атаки по CNN.

Через сорок минут подъехало еще с десяток «скорых» и машин спецподразделений. Откуда ни возьмись, как всегда в таких случаях, появились журналисты, как коршуны, кормящиеся катастрофами современного мира. Уж эти-то всегда начеку! Будьте уверены, если вам, не дай бог, случится срываться с горы или тонуть в море, первым, кого вы увидите, будут не спасатели Малибу. Нет-нет. Первыми окажутся журналисты, протягивающие вместо руки помощи микрофон или видеокамеру. Они сделают этакое сострадательное лицо и наполнят глаза лживыми слезами, для того чтобы задать вам единственный вопрос: «Расскажите телезрителям, что вы чувствуете, находясь на пороге гибели? Да, и, пожалуйста, короче, мы в прямом эфире, у нас мало времени».

Итак, спецподразделения бросились оттеснять зевак и оцеплять место взрыва, санитары — спасать пострадавших, а журналисты — мешать и тем и другим, пытаясь отснять как можно больше шокирующих кадров и крупных планов. Записать все эти стоны и крики для более ужасающей картинки, которую они покажут нам сегодня вечером.

Мы с Вадимом заняли довольно удобное место для наблюдения на втором этаже «Макдоналдс», стоящего как раз напротив выхода из метро «Проспект Мира-кольцевая». Убедившись, как место происшествия покинули наши «скорые», и посмотрев на работу официальных подразделений, мы допили кофе и спустились на улицу.

— Фу, гадость какая, — сплевывает себе под ноги Вадим, — никогда не нужно здесь кофе брать. Такое говно.

— А знаешь, вообще-то все испортилось. Помнишь, какой раньше «бигмак» был? В коробочку упакован. Коробочку раскрыл — в одной половине «бигмак», в другую картошку положил. Красота! А теперь? — В этот момент мне приходит СМС, я достаю телефон и читаю послание: — Вот, наши все доехали обратно.

— Отлично, — кивает Вадик. — Насчет «бигмака» факт. Я сегодня даже огурцы вынул. Надкусил один, а он горький какой-то.

— Я же тебе говорю, все испортилось.

— Испортилось, конечно. Но кофе-то всегда был говенный, согласись?

— Вообще-то да, — соглашаюсь я, — так и есть. Надо перекурить это дело.

— Ага. Интересно, Антон, когда первый сюжет в официальный ящик попадет?

— Я думаю, через час, не раньше. Пока смонтируют, пока то да се. А пленка «любительская» уже поехала на CNN?

— Ага. Слушай, народ-то не расходится, — Вадим показывает пальцем на ту сторону проспекта, — я так думаю, что сейчас все зеваки в «Мак» ломанутся.

— Вот тебе, кстати, и ответ, почему тут качество упало. Народ сюда валом повалил, а при таких объемах какое же качество?

— Да? Интересно, а в Штатах что, народа мень-

ше? — разводит руками Вадим. — Чего же там качество не падает?

— Могут себе позволить не экономить на качестве,
а все потому, что инвестиции хорошие, не то что у нас.
Отсюда и результат. Поэтому, Вадим, одни в качестве
декораций используют башни на Манхэттене, а другие — заплеванные площадки перед метро. Представляешь, что бы было, если бы нам с тобой дали бюджет
под то, чтобы угондошить тыщи три статистов? Да еще
и в реальных декорациях, типа «Шереметьево-2», а?
Представляешь?

— Представляю, — грустно кивает Вадим, — мы
бы этот бюджет скрысили.

— Никакого полета мысли. — Я делаю затяжку и
щелчком посылаю окурок в урну. Он попадает на край
и отскакивает на землю, я сквозь зубы произношу
«блядь». — Никакой романтики. Один сплошной цинизм.

— Романтизм нам чужд, Антон. А цинизм хотя бы
ясен. Так что...

— Это точно. Слушай, нам же ехать на встречу с
твоей бабкой надо. Как выбираться-то будем? Все же
перекрыто.

— Может, дойдем до «Цветного бульвара» и на
метро поедем?

— На метро? Ты охренел, там же теракт был сегодня!

— Какой ужас! — картинно закрывает лицо руками Вадим. — Тогда пошли на Олимпийский, тачку
поймаем.

— Пошли.

— Давай напрямик, мимо церкви.

— Мне когда лет десять было, я на «Спортивной» в такую давку попал. Там футбол какой-то был. Кажется, «Спартак» играл. И вот я, маленький мальчик, смотрю на прущую толпу. — Вадим показывает руками размер толпы.

— Ни фига себе. А задавили кого?

— Я не помню, но, кажется, трупы были. Точно были. В газетах даже писали. Слушай, у тебя мелочь есть на тачку?

Через час Вадим вводит в мой кабинет женщину маленького роста, с красными от бесконечного плача глазами и абсолютно серым лицом. Несмотря на то что женщина явно находится в состоянии долгой драмы, она аккуратно одета и причесана. На груди ее кофты приколота зеленая брошь, а на плечах лежит платок с сине-зелеными узорами.

— Антон, знакомьтесь, это Зинаида Николаевна. Я рассказывал тебе про ее горе.

— Да, да, конечно. Зинаида Николаевна, хотите чая?

— Нет-нет, спасибо, Антон, расскажите мне, что вы знаете о Володе? Вы же знаете его?

— Да. Я его знаю. Мы вместе служили. Вы понимаете, я... я даже не знаю, с чего начать, — я вытираю ладонью мифический пот на лице, — понимаете, Зинаида Николаевна, я занимаюсь делами российских солдат, воевавших в Чечне.

— Да вы же знаете, мой Володенька воевал там. Он вернулся, и я не могу понять, почему он мне не звонит. Может быть, у него какие-то дела? Мне все говорят. И соседи, и в поликлинике, и в военкомате, что он погиб. Но я-то его видела тогда еще. Год назад. И знаю, что он в Москве, только не звонит мне почему-то и не приезжает. Может, у него девушка появилась? Знаете, они ведь в этом возрасте влюбчивые. А что, я считаю, что это хорошо. Пусть приводит ее к нам. Я буду в своей комнате жить, им оставлю большую. А дети пойдут? Все же лучше, чем по съемным углам жить. Зачем снимать, если у нас есть квартира? А может быть, он у нее живет? Почему же он не звонит?

— Зинаида Николаевна, послушайте. Я вам все сейчас объясню.

— Что-то случилось с Володенькой?— Она вскочила и начала теребить платок. — Вы скажите, что-то случилось?

— Успокойтесь, Зинаида Николаевна. Вадим, врач здесь?

— Да, он ждет за дверью.

— Мне не нужен врач, слышите?! Скажите, что с моим сыном?

— Зинаида Николаевна, он жив. Его здоровье вне опасности. Вы смотрите телевизор?

— Я? — Она села на стул, затем снова вскочила. — Нет, не смотрю. Там его показывали? Я радио только слушаю.

— Сегодня в московском метро произошел террористический акт. Взрыв. Слышали? По радио должны были сказать.

— Да... — она растерянно посмотрела по сторонам, — что-то такое говорили. Там был мой сын? Он там вчера был? — У женщины затряслись плечи. Она вытерла лицо платком, собралась с силами и продолжила: — Я приму любую правду. Скажите, что с моим сыном?

— Зинаида Николаевна, — я закашлялся, — ваш сын вчера вышел из метро в момент взрыва. Его слегка контузило. Одна из карет «Скорой помощи» увезла его в больницу. Мы ищем его, но списки пострадавших засекречены. Мы знаем точно, что он там был, потому что поддерживаем связь со всеми ветеранами Чеченской войны. Он вчера позвонил нам перед тем, как выйти из метро. Он собирался ехать к вам.

— Да? Володенька звонил? А почему же он не позвонил мне? Надо искать его! Слышите, давайте искать его по больницам!

— Зинаида Николаевна, мы пытаемся его искать, но списки пострадавших засекречены самым главным министром. Министром МЧС. И он нам не хочет отвечать на вопросы.

— Почему? Ведь мой сын ни в чем не виноват. Он ехал ко мне. Надо идти к министру, пусть он скажет мне, где мой сын. Я же мать. Что же это такое происходит? — Она снова начала рыдать.— Я сама к нему пойду, как мне его найти?

— Зинаида Николаевна, я как раз вам хочу это

предложить. Вам как матери он не сможет отказать. Завтра, в одиннадцать утра, будет пресс-конференция, на которой выступит министр МЧС. Вы расскажете ему, что видели вашего сына у метро в момент взрыва. Видели дым и его, лежащим на земле. Только так министр поймет, что вы знаете о том, что вашего Володю прячут в государственной больнице. Он поймет и скажет, где искать Володю. Мы должны сделать это вместе. Вы и я. Пойти и спросить министра, где Володя.

— Да... да, мы пойдем. Дым, Володя на земле. Но... но я же не была вчера у метро? — опешила женщина.

— Если вы скажете, что не были у метро, министр вам не поверит. И мы уже не сможем найти Володю. Обязательно нужно сказать, что вы там были. — Я перегнулся через стол и вплотную приблизился к ее лицу: — Понимаете, Володя очень ждет, что вы его разыщите. Он вас ждет, Зинаида Николаевна. Лежит в больнице и ждет.

— Да. Да. Я поняла. Он ждет. Министр не поверит, если не на земле. Володя в дыму. Ой... у меня голова начинает кружиться.

— Спокойно, Зинаида Николаевна, — я делаю Вадиму знак, и он убегает за врачом, — сейчас мы вам укольчик сделаем, а завтра вместе поедем на встречу с министром и отыщем Володю.

Я встаю, обнимаю ее за плечи и поправляю платок. Вбегают Вадим и женщина в белом халате. Она делает укол Зинаиде, я в это время еще раз проговариваю историю с ее присутствием у метро, затем врач и Вадим берут ее аккуратно под руки и выводят из кабинета.

Я сажусь в кресло и вытираю салфеткой лоб. В этот раз я по-настоящему вспотел. Возвращается Вадим. Он стоит на пороге кабинета, смотрит на меня и кивает. Я киваю в ответ. Вадим снова уходит. Оставшись один, я изнутри закрываю кабинет на ключ, снимаю трубки со всех аппаратов, выключаю мобильник, сажусь за стол, кладу голову на скрещенные руки и смотрю перед собой. Трудно сказать, сколько времени я провожу в этом безмолвии. Мне по-настоящему страшно от того, что мы сделали.

В четыре часа я вальяжно вышагиваю по Лубянке и гляжу по сторонам. Людей на улице мало, вероятно, в связи с сегодняшним происшествием все решили попрятаться по офисам и квартирам. Все вокруг выглядит как-то взъерошенно. Даже машины, стоящие в пробке, похожи на взъерошенных котов, которых кто-то дразнил или пугал. Вероятно, они смотрятся так из-за солнца, которое светит сквозь тучи как-то полосами. Проходя мимо кафе «Щит и Меч», я разглядываю висящую на манекенах в витринах форму работников органов госбезопасности разных лет. Между фигурами кто-то повесил фото Боно и его группы. Я останавливаюсь и разглядываю плакат за витринным стеклом этого кафе. Довольно странно видеть здесь изображения рокеров с мировой славой, да еще и поддерживающих Amnesty International. Может быть, владелец кафе таким образом показывает свою диссидентскую сущность? Но, приглядевшись, я врубаюсь, что никакие это не «Ю-2» во главе с Боно. На плакате — Патрушев и офицеры ФСБ, стилизованные под группу «Ю-2», стоят с гитарами на крыше ГУМа и смотрят на колонну олигархов, идущую под конвоем по Тверской улице. Сзади них горят здоровенные неоновые буквы:

Поселок Мирный: WHERE THE STREETS REALLY HAVE NO NAME![1]

Я оторопел. Такое впечатление, что одно изображение вылезло из-под оболочки другого, будто змея, скинувшая старую шкуру, сменив расцветку, а заодно и основную идею. Я посмотрел на картинку еще несколько минут и отправился дальше к Чистым прудам.

До самого «Шатра» я следую в раздумье, курю одну сигару за другой и думаю о том, какие бывают таланты в России. Как креативно, а главное, как правдиво все у них выходит. Может быть, потому, что в таких людях по-настоящему все прекрасно: и холодная голова, и чистые руки, и горячее сердце? А может быть, кто-то, хорошо разбирающийся в современном искусстве, просто провел с ними пару-тройку базовых занятий?

---

[1] Поселок Мирный: Там, где улицы, в натуре, не имеют имен (в оригинале у U-2 «Там, где улицы не имеют имен»).

Я захожу в «Шатер» и вижу сидящих за столом Сашку и Никитоса. Они радостно машут мне руками, а Сашка показывает пальцем на стоящую на столе бутылку водки.

— Привет, — я обнимаюсь поочередно с каждым, — как дела?

— Да вроде как хорошо, — улыбается Никита, — а у тебя?

— Да так... местами, но в целом хорошо.

— А у меня плохо, — судя по красноватым глазкам, Епифанов уже бухенький, — я с выборами мэра в Норильске завис.

— Ну, наливаю тогда, — Никита берет бутылку и разливает, — давайте только жрать возьмем, а то мы тебя уж заждались.

— А что случилось-то? — спрашиваю я Сашку, когда мы чокаемся.

— У нас вчера двоих работников штаба в Норильске убили...

— Как?

— Легко. Думаю, что даже не затратив больше ста калорий. Из пистолета. Пах-пах — и готово.

— Начинается, — говорит Никита, — не успели сесть к столу, как тут же вы про жмуров начинаете базарить. Другого места, что ли, нет? Дайте хоть пожрать спокойно, без стрессов.

— Да погоди ты со своей жратвой, тут такие новости, — перебиваю я его, — стрессы его беспокоят. Тоже мне, существо тонкой душевной организации.

— Да, тонкой душевной организации. Может, разговоры о трупах провоцируют мой гастрит. Мне, может, вообще нервничать нельзя.

— Давно ли ты, Никита, стал думать про влияние разговоров о трупах на свой гастрит? Ты мне скажи, в девяностых, когда ты в составе какой-то там ОПГ краевые предприятия отжимал, ты тоже такой благостный был? Небось, когда сам людей толпами валил, о гастрите не думал? — смеюсь я. — А тут пара трупов, и то не твоих.

— То когда было!.. Вспомнила бабка, як дивкой была, — притворно обижается Никита, — я, если хотите, вообще больше слова не скажу. Хоть о массовых расстрелах базарьте.

— Возвращаясь к расстрелам. Из-за чего убили-то, Саш?

— Да там чистый криминал. Ребята возили кэш сумками на одном и том же водителе. Ну, кто-то из них, видать, по пьяни и слил водиле. Тот и навел. Утром обоих грохнули, когда они на работу выходили. Водила скрылся.

— Денег много ли? — участливо спрашивает Никитос.

— Взяли, по нашим прикидкам, штук триста. Глупо все как-то. И толковые ребята были, что обидно. Вот поеду завтра в Норильск с ментами разговаривать.

— Жалко... — говорю я, делая глоток вина.

— Кого?

— Бабки. Триста штук все-таки, деньги.

— Какой же ты, Антоха, циник. Я думал, ты меня пожалеешь, что мне завтра болтаться внутренними линиями в Норильск. Тереть там с ментами. Три дня, а то и больше, коту под хвост, в нечеловеческих условиях Крайнего Севера.

— Ну и тебя, конечно. Хоть ты и не забесплатно едешь, я тебе сочувствую. Все-таки друг. Ты, кстати, не хочешь из этого убийства политическое дело сделать? Ну, там... «городской голова, связанный с Кремлем, заказал убийство...»

— А у меня другого варианта и нет в голове. К Кремлю мэра привязывать за уши — слишком много чести, а то, что это он мочканул оппозицию, тему разыграем.

— Ну смотри. Тебе там, на месте, виднее.

— Давайте еду закажем, пожалуйста, — канючит Никита.

— «Давайте еду закажем», — передразнивает его Саша, — тебе худеть надо, брат, а ты все про еду.

— Во-во, — включаюсь я, — а то ты костюм купил импортный, в полоску, очки в дорогой оправе и думаешь, что сразу интеллигентным человеком стал. А ряха-то тебя выдает, Никита. Ох, выдает.

— Я в фитнес хожу, — угрюмо отвечает Никита, — и плавать еще начал. Начну... с понедельника.

— Ты не о теле думай, Никитос, — хлопает его по плечу Саша, — интеллигент — это состояние души!

— Ладно, давайте действительно еду закажем, —

примирительно говорю я, — а то мы так человека потеряем.

Пока официант принимает заказ, я успеваю ответить на три телефонных звонка (один из звонящих —
Вадим, обещающий заехать) и довольно сильно ляг-
нуть под столом Сашку, прошипев ему в ухо «хорош
так быстро нажираться». Сашка обиженно отворачивается. Когда официант отходит, Никитос снова разливает водку.

— Я, кстати, в Норильске был. Два года... Ваще-то
тяжко там. Люди в ежедневной жизни проявляют чу-
деса мужества и героизма. Без звезды и без картинок.

— Хорошая присказка, надо запомнить, — смеется Саша.

— А то! С Никитосом надо больше общаться, он
же кладезь народной мудрости, — говорю я.

— Ну, про «без звезды» понятно, — продолжает
хохотать Саша, — а почему «без картинок»-то?

— А потому что рисоваться не перед кем. А «без
звезды», кстати, тоже натурально. Баб очень мало, а
симпатичных — так и вообще...

— А как же ты обходился-то? С твоей африкан-
ской страстью? — продолжает Саша. — Северным оле-
ням, что ли, присовывал?

— Саша, ты мне друг, но, в натуре, прошу, есть вещи
за гранью. — Никитос хмурится.

— Не, Саня, ты не шаришь. У Никиты же образова-
ние техническое. Он же у нас механик или кто там.
Ну, соображал, наверное, с тракторами или вездехо-

дами. Исходя из размеров выхлопной трубы транспорта.— Начав стебаться, я чувствую, что остановиться будет уже трудно.

— Картина в духе соцреализма. «Ударник верхом на тракторе». — Сказав это, Саша закрывает лицо салфеткой, и его смех переходит во всхлипывания. Никита кладет салфетку на стол, отворачивается от нас и говорит тихим голосом: — Я с вами больше никуда не пойду, гадом буду.

— Ладно, Никит, не обижайся, мы же шутим. Расскажи нам дальше, про Север.

— Не буду я вам больше ничего рассказывать, — Никитос шмыгает носом, — бля, ну когда жрать-то дадут?

Тем временем приносят салаты. Никита резко набрасывается на свое блюдо, закидывая пищу в рот быстрыми, как сказали бы хоккейные комментаторы, «кистевыми бросками». Жует он тщательно, изредка обнажая мелкие зубы хищника. Сашка ест вяло, а у меня так вообще аппетита нет. Есть только желание напиться.

— А ты там на чьей стороне работаешь? — спрашивает Никита у Сашки.

— Мы там работаем против мэра. Один из серьезных коммерсантов в городе наш клиент.

— А основной пункт для популизма — «северный завоз», или как там это называется? — включаюсь я.

— Ага. Именно. Завоз пока не распилили. Продукты купили через свои фирмы по завышенной стоимости, а по топливу еще решения нет. Мэр блокирует сделки, которые наш клиент хочет через свои фирмы провести, а мы в местной прессе проводим компанию под знаком того, что мэр не способен готовить город к зимнему периоду.

— Ужас. Пока они будут решать, кто через себя сделки поведет, начнется сезон, судоходство встанет — и звездец. Отапливаться нечем, продуктов нет. Город голодать начнет, гондоны. — Никита опрокидывает стакан и наливает себе еще. — Ты представляешь, там дети маленькие, а молоко дефицит... Я когда там был, случилась у меня одна история...

— Слушайте, а зачем в блюда трюфели добавляют? — спрашиваю я, стараясь сменить тему.

— Для запаха. Ты на горячее шашлык возьмешь? — поворачивается ко мне Сашка.

— Наверное, а ты?

— Дайте рассказать дальше, у меня как раз история про детей, — не унимается Никитос.

— Да и черт с ними. Я рыбу вообще-то хотел. Тут рыба хорошая?

— А вы знаете, какая на Севере рыба? — пытается заинтересовать нас Никитос.

— Какая? — спрашиваю я, смотря, как Никита набирает в легкие воздуха, чтобы начать свое увлекательное повествование.

— Короче, рыбалка там — загляденье...

Пока Никитос рассказывает о прелестях рыбалки «на Северах», я думаю о том, как развернутся события с терактом. Никита бодро жестикулирует, показывает руками размеры диковинных рыб, Сашка живо участвует в беседе, а я смотрю сквозь них в глубину ресторана. Посетителей нереально много. Они увлеченно болтают, пьют шампанское и вино. Вокруг «Шатра» даже ездит венецианская гондола, на которой полупьяные пятидесятилетние Ромео катают юных Джульетт с алчными глазами вампиров. Я думаю о том, что если бы позволил бюджет и фантазия — можно было бы рвануть один из дорогих ресторанов в центре города. Ничто так не радует массового зрителя и ничто так долго не обсуждается, как многочисленные смерти зажиточных членов социума.

— Мужики, — Никитос неожиданно встает. Видимо, тема рыбалки себя исчерпала, — я хочу выпить за вас!

— Да ладно, брось ты, — псевдосмущенно говорю я.

— Никитос, хорош ты, садись, — вторит мне Сашка.

— Не, в натуре, мужики, я хочу выпить за вас. Как вы всех развели — это высший класс. От всех пацанов... от моих партнеров то есть, вам уважуха. Теперь если у вас какие проблемы — мы всегда поможем. Если чего — обращайтесь.

Мы дружно чокаемся и опрокидываем рюмки.

— У нас, кстати, есть проблемка. — Я пронзительно смотрю на Сашку.

— Да, точно, — говорит Сашка, вытирая рот салфеткой.

— А в чем трудности? — интересуется Никита.

— Да двух человек надо убить, — простодушно бросает Сашка.

— Да что же это? — Никитос оглядывается по сторонам и говорит приглушенным голосом: — Да что же это ты говоришь, прости господи?

— Никита, нам реально мешают два человека, — говорю я, — очень мешают.

— Да... — Никитос снова опрокидывает рюмку, — дела у вас. А че за люди? Авторитеты? Пацаны? Или так просто фраера? В бегах?

— Нет, в Москве сидят, на квартире.

— Не сбегут?

— Не должны.

— А... А то я помню, у меня случай был, еще с покойным Пашей-гномом, земля ему пухом. Был у него конфликт один...

В течение минут тридцати Никитос рассказывает в деталях, чем занимался Паша-гном, чем занимался в то время сам Никита, как они первый раз встретились и на каких уважаемых людей кто работал. Меня всегда раздражала эта особенность криминальных элементов и приблатненных чуваков часами растирать свои былинные истории про то, кто чего «контролировал» в 90-х, кто с кем был «в хороших», кто «в плохих», а кто «в ровных», превращая все в этакий эпос типа «Старшей Эдды». Кто из криминальных богов скольких завалил, у кого с кем были конфликты и какую большую роль сыграл в решении этих конфликтов рассказчик. Как правило, сам рассказчик в то время был мелкой рыбой, но за неимением свидетелей спустя годы его вчерашний статус резко возрос.

Причем об убийствах рассказывается детально, с указанием их точного количества и описанием места «стрелки». И все это обязательно перемежается лицемерными «прости господи», «царствие ему небесное», «упокой его душу», «дай ему Бог» и т.д. Каким удивительным образом сочетается в голове Никитоса «они со стрелки ровно отъехали, оставив пятерых жмуров» с «Николай Угодник, батюшка», мне не очень понятно. Внимательно выслушав все тонкости и перипетии истории Паши-гнома, я возвращаюсь к своей проблеме:

— Никит, так как с нашей проблемой?

— Да, как же быть-то? — икает Сашка.

— Мужики, — Никита обнимает нас обоих за шеи и наклоняется к нам, — мужики, давайте завтра об этом. Сегодня такой день хороший. Встретились, выпиваем за успех делов наших. А завтра ты, Сашка, подъезжай ко мне в офис, там все и решим. Выпьем?

— Выпьем, — устало соглашаюсь я.

Приносят горячее. Минут пять все сосредоточенно жуют, потом Никитос откладывает приборы и говорит:

— Мужики, а я вот что хотел спросить. Все, что вы с «Зевсом» разыграли, — это же чистая подстава, так?

— Так, — киваю я.

— А то фак ве? — Саша вторит мне с набитым ртом.

— Чего? — не понимает Никитос.

— Я говорю «а то как же». — Саша наконец прожевывает.

— Во, — Никита чуть пристукивает кулаком по столу, — давайте за это выпьем.

Мы с Сашкой непонимающе переглядываемся и поднимаем стаканы.

— Ну и дальше что? — спрашиваю я Никитоса. — Развивай тему.

— А дальше вот чего. Вся эта разводка наша попала в телевизор, на радио, в газеты. В общем, везде, правильно?

И я, и Епифанов предпочитаем не втягиваться в его монолог и просто киваем головами.

— Следовательно, раз вы наебали телевизор, то и телевизор, передав ваш фуфляк в эфир, наебал население. А значит, наебка-то круговая?

Мы жуем и киваем. Я понимаю, что Остапа понесло.

— Выпьем за это.

— Никитос, ты чего так быстро гонишь? — спрашивает Сашка.

— Да настроение у меня хорошее. Чего, нельзя, что ли?

Выпили. Я закурил, Сашка заказал себе еще сока.

— У меня в связи с этим вопрос к вам как к этим... му... ме...

— Медийщикам.

— Во. Точно. Так вот, у меня, блядь, вопрос: а вообще в телевизоре реальные события показывают или вообще все чистая подстава?

— Смотря что считать реальными событиями, Никита, — усмехаюсь я.

— А взять, к примеру, теракт сегодняшний?

— А фиг его знает... — Сашка покосился на меня.

— Да вряд ли, — я отрицательно качаю головой, — хотя... хотя, конечно, федералы могли сами взорвать.

— А для чего? — Никита вращает глазами. — Для чего они могли сами взорвать?

— Ну, для того, чтобы ужесточить внутреннюю политику в стране, или для того, чтобы отменить выборы, обвинив кандидата от оппозиции в связях с террористами, — вслух размышляю я.

В этот момент к нашему столу подходит Вадим, здоровается и садится рядом со мной.

— Это мой коллега, Вадим, — представляю я его, — с Сашей вы знакомы, а Никита — это наш большой друг. — Никитос косится на Вадима настороженно. — Наш человек, — обращаюсь я к Никитосу, — занимается политтехнологиями на телевидении.

— Аааа, — мычит Никитос, — пьешь?

— Нет, спасибо, я за рулем, — отвечает Вадим и ерзает на стуле.

«Подссывает Никитку-то», — отмечаю я про себя.

— Ну, как хочешь, — Никитос снова разливает, — я вот чего хочу отметить. Телевизор смотреть, радио слушать невозможно стало. Везде одна политика. — Никита выпил, зачерпнул супа, подул на ложку и рез-

ким движением забросил ее содержимое в рот. —
Я вот все-таки не пойму, бля, чего все кипешатся с этими выборами?

— То есть как? — я отрезал кусок семги и отло-
жил приборы, — чего тебе не понятно-то?

— Да бля, — Никита доел суп и отставил тарелку, — суп нереальный. Я в том смысле, что бабло палят зазря на предвыборные компроматы. Вся же эта
движуха бабла стоит. Я беру в расчет, сколько наша с
вами комбинация стоила, и так умножаю это в разме-
ре страны. Я прикинул — это же бешеные бабки. Просто так берут и палят их.

— Почему же просто так? — не понимаю я. — Это
же борьба за электорат. Чтобы ты, Никитос, посмотрел телевизор и пошел на выборы голосовать за нуж-
ного кандидата.

— А кому он нужен-то, этот кандидат? Тебе? — он
показывает пальцем на Сашку. — Или тебе? — обращается он ко мне, — или ему? — тычит он в Вадика. — Или вот... Слышь, ты! — кричит Никитос офи-
цианту, — иди сюда.

— Слушаю вас, — склоняется подошедший официант.

— Вот ответь мне, только честно, — Никитос достает из бумажника стодолларовую купюру и машет ею
в воздухе, — честно только, понял, бля? А насвис-
тишь — по глазам увижу и нос сломаю! — Официант
нервно кивает. — Вот скажи, ты на выборы голосовать ходишь?

Халдей смотрит то на сто долларов, то на Никитоса, то на нас, соображая, как ему лучше ответить, чтобы остаться и с целым носом, и с бабками. В конце концов, он вспоминает, что отвечать просили честно, закрывает глаза и выдыхает:

— Не хожу.

— Вот! — кричит Никита так, что все соседи оборачиваются на нас, — вот, бля! На, бери, заслужил. — Никитос засовывает халдею в нагрудный карман сотку. — Понял, Антоха?

— Это ничего не доказывает, — отвечаю я.

— Да не всем же всё настолько по фигу, — вторит Сашка.

Вадим испуганно наблюдает за нами и молчит.

— Погоди, Никитос, даже если и допустить, что все население страны на выборы не ходит, что с этим надо делать? — говорю я.

— Да все просто, — Никита забросил в рот суши, — тут главное — как в хорошем боевике — спецэффекты и декорации. Главное — это понты, то есть картинка. В целом же народу все равно, кто президент у нас, так?

— Ну, не совсем. — Я делаю глоток и чувствую, что начинаю пьянеть.

— Да ну нах! — машет рукой Никита. — Брось ты. Политтехнологи какие-то красивые схемы выстраивают, воюют друг с другом, а народу-то абсолютно до фени. Это раз. И народ очень сильно разбросан по территории страны и не связан друг с другом. Люди в

Тюмени не знают, что происходит с людьми в Питере. Это два. Поэтому надо всей политической братве сесть, договориться, как в свое время славянские воры с пиковыми, к примеру. И все поделить.

— А населению как объяснить? — Сашка икает. — Так и сказать, мол, пошли вон, не мешайте нам наживать?

— Зачем говорить-то? Населению важна картинка большой и сильной страны. Вот поэтому надо бабки тратить не на рекламные ролики, предвыборные ток-шоу, агитационные концерты и гонорары «говорилкам», а на реальные вещи. На спецэффекты и декорации.

— Ну-ка, ну-ка, — я придвигаюсь к Никите, — это как?

— Построить заводы, фабрики, космодромы, фермерские хозяйства, школы, морские порты, аэропорты, огромные госпитали, города нового типа, выстроенные на налоги от нефтяного экспорта. Ненастоящее все, естественно, но, сука, — Никита стучит кулаком по столу, — денег, бля, не жалеть. Строить добротно и красиво, как в Голливуде. И потом, — Никита застывает с открытым ртом, теряя нить рассказа, — гонять все это по телевизору. Президент открывает новый морской порт в Новосибирске, председатель «Единой России» перерезает ленту на открытии нового аэропорта в Краснодаре. И вещать на страну с учетом регионов — тем, кто живет в Краснодаре, показывать про Новосибирск. И наоборот. Люди же не знают, что творится за сотни километров от них. Будут думать: «Во, как же зашибись жить там-то... Не то что у нас». А глобальные вещи показывать одним потоком. Настроить декораций, как для «Девятой роты», и снять в них войнушку с грузинами какими-нибудь. — При этих словах я поймал заинтересованный взгляд Вадика, обращенный на Никитоса. — Выигранную войну на экране показали всей стране. Рейтинг патриотичности — хренакс и поднялся. Доверие президенту — хренакс и поднялось! Во как надо!

— А куда, интересно, девать свидетелей, которые по Интернету будут рассказывать, что на самом деле ни хера никакого порта в Новосибе не открыли? — ехидно подсмеивается Сашка.

— А закрыть на хрен все интернеты. Там только террористы да порнуха. Что там народу делать? Новости узнавать? Телевизор есть и газеты, которые новости дублируют для тех, кто не успел телевизор посмотреть. Как в Китае. Живут же так, и ничего.

— С альтернативными источниками информации ясно. Закрыть, и весь базар, — я сижу и охуеваю — иного слова не подобрать — от космического масштаба идиотизма Никитоса, — а как быть с иностранными гражданами? Которые тут обитают? Им тоже показывать только телевизор?

— А как раньше мы кредиты брали? Снимали офис в «Метрополе», сажали туда секретарш длинноногих, директора с менеджерами. Потом привозили туда банкиров, поили коньяком. Потом везли их на свой типа склад. Там стоят фуры с «Мальборо», грузчики ходят, все дела. Вот вам типа обеспечение кредита. Потом бумаги подпишешь, дождешься, пока бабки тебе на счет упадут, и ноги вставляешь. Банкиры приезжают через две недели — проверить, как дела у тех, кому они кредиты выдают, а там ни офиса, ни склада — все чистые декорации. Так и с импортными щеглами. В больших городах и так все современно развивается, а в регионах... а в регионах построить пару-тройку реальных объектов и возить туда...

— Но Россия, Никитос, это тебе не гостиница «Метрополь». Тут просто так не соскочишь. Есть же международное общественное мнение, связи с Европой и США, ООН и прочее. А главное — фондовый рынок, цены на нефть. Мы как только такое устроим, нам сразу обрушат все рынки, и будем кеглю сосать. А под твои фанерные заводы кредитов никто не даст.

— Это правда, — первый раз за сегодня поучаствовал в беседе Вадим.

— Ой, да ну вас, а кто мешает? — Никитос повернулся и чуть не опрокинул стол. Пьян он был уже очень сильно. — Бля... я говорю, кто мешает сразу в ООН со всеми разрамсить? Пацаны, так и сяк, мы вам гоним нефть, газ, и все это по ровным пацанским ценам, а вы взамен, тупо отъебитесь от нас наглушняк. Мы у себя в России делаем что хотим, как хотим, строим реальность в телевизоре, и вы картинку красивой действительности для нашего народа не ломайте. — Никитос закончил и икнул.

— Во как. — Сашка, по-моему, уже не слушал и вставлял свои междометия просто так.

— И чтобы подписались все президенты всех стран, — Никитос обводит всех пьяными глазами, — и не ебет!

— А как президента выбирать? — интересуется Вадим.

— Как? Я ж тебе говорю, вся братва политическая объединилась и расписала срок, кому, когда и сколько править. Пришло время — ебс — и типа выборы.

— Вот тут и противоречие, — Вадим улыбается, — потому что если одного президента на другого менять — это же надо всю картинку телевизионную перестраивать. Имитировать предвыборную борьбу, представлять народу кандидатов.

— Ты че, в натуре, не врубаешься, че я говорю? — Никитос стучит кулаком себе по лбу, — я ж тебе талдычу, что все происходит тока в декорациях. Народу сказали, что в этом году назначаются выборы. Ну, пришло, к примеру, в день выборов к урнам пять человек. На следующее утро объявили — явка была феноменальной. 100%. Новый президент такой-то. Ну, до этого показали сто раз, как он ленточки резал на заводах и открывал аэропорты. И народ его запомнил. Врубаешься, Вася?

— А что будет, если новый президент захочет, например, картинку телевизионную под себя менять? — Язык мой начинает заплетаться.

— Во блин, — Никита утыкается лицом в ла-

донь, — вы где ваще работаете? Я ж говорю — ВСЕ
декорации. Никого не ебет, как зовут президента. Мы
вчетвером реально рулим поляной. Чи-чи га-га, нефть,
газ и телевизор — все под нами. И так продолжается
уже бог знает сколько лет. А президент просто типа
афиша. Как рекламное лицо. Ну, типа как Шарапова,
которая часы рекламирует. Она же этой фирмой сама
не рулит? Так и мы. Захотели показать, что у нас все
как в Штатах стало, — хренакс берем негра. — Никитос указывает на чернокожего метрдотеля.

— Его, кстати, Адольфыч отечество, — словно просыпается Сашка.

— Ваще клево. Берем его, показываем народу и
миру. Говорим: у нас теперь президент Игорь Адольфыч Тумбаюмба, и предъявляем всем негра.
А рулим сами. Потом надоел нам негр — выбираем
татарина. И все. Ниче не меняется — только декорации.

— Ты «Дуxless», что ли, начитался? — смеется
Сашка.

— Чего, бля? — Никитос напрягся.

— Книжка такая, — говорю я, — там герой обку-
рился анаши, и ему приснился бессменный президент
Бэтыч. По телику появлялся только в маске Бэтмена и
рулил страной.

— Ааа. Не, не читал я никакого мухлиса-тухлиса.
Херня какая-то наркоманская. И идея говенная. Бред.
Ты скажи, на хрена ералаш лепить с Бэтменами, когда
можно реально построить страну в ящике?

— А когда умрут владельцы поляны, что будет? — интересуюсь я.

— А ниче. Они умерли, оставили поляну детям — те рулят по старым понятиям. Главное-то не просто в схеме. А в том, чтобы халдею сотку не забывать отдавать. Понимаете? Чтоб он мог себе пойти ботинки купить или ящик шампанского, — Никитос икает и неуклюже цепляет локтем пустой стакан, который падает на пол и расшибается, — сука-бля. Людям праздник нужно создавать. Иногда. А то они перестанут телик смотреть. И страна в ящике исчезнет...

— Умно... — резюмирую я.

Я смотрю на воду и думаю о том, что схема Никитоса не кажется мне чем-то совсем нереальным. Более того, я подозреваю, что когда-то так оно все и будет, причем в рамках планеты. Или, может, так оно и есть уже давно? Просто я об этом не догадывался? Если так, то кто тогда регулирует и координирует все эти сложные взаимосвязанные процессы, одновременно происходящие в разных точках земного шара?

Сашка и Вадим молчат. Никитос пытается раскурить сигару, принесенную ему официантом. Сигара вываливается у него изо рта, Никита матерится и снова пытается прикурить. После очередной неудачи он бросает сигару на пол, смотрит прямо перед собой и замирает. Я поворачиваю голову в том направлении, куда смотрит Никитос, и вижу в промежутке между стенами деревянный помост, идущий к воде. В конце помоста пришвартована та самая гондола. Не дай бог!

Нет, только этого еще не хватало. Я смотрю на Никитоса и понимаю, что он собирается сделать как раз то, чего я боюсь.

— Ну что, просим счет? — я пытаюсь сыграть на опережение. — А то мы уже нажрались порядком. Завтра дел много.

— Ну, что расход? — Сашка поднимает на меня свои абсолютно пьяные красные глаза. — Неплохо посидели.

— А пошли на лодке скатаемся. — Никитос встает и, не дожидаясь ответа, двигает в сторону гондолы.

— А че, пошли. Воздухом подышим. — Сашка подхватывается с места вслед за ним.

— Ребят, хорош, а? — я встаю вслед за ними. — Давайте рассчитаемся и по домам.

Наперерез Никитосу двигает охранник, кричащий на ходу:

— Мужчина, стойте, вы куда?

— Я на лодке с друзьями хочу скататься, — отвечает ему Никитос не останавливаясь.

— Лодка уже не плавает, гондольер ушел домой. — Охранник встает перед Никитосом, пытаясь не пустить его на помост.

— Да я че, без этого... без гондона вашего не уплыву, что ли? — Никитос пытается отодвинуть рукой охранника: — Слышь, отойди на х...

— Мы в нетрезвом виде не пускаем к воде, — вежливо отвечает охранник.

— Слышь, я не понял, тебе че, два раза повторить,

чтобы ты отошел? — Никита оборачивается на нас с Сашкой. — Мужики, он че, глухой?

Ко мне подходит Вадик и говорит шепотом: «Я закрыл счет, поехали отсюда». Я оборачиваюсь, хочу ему ответить и вижу стоящего у входа владельца ресторана Игоря Бухарова, с которым шапочно знаком. Бухаров наблюдает картину «недопущения отрока Никитоса к плавсредству». Он поворачивает голову, и мы встречаемся взглядами. Я киваю, он кивает в ответ и грустно смотрит на меня и моих друзей. Кажется, что его взгляд спрашивает — «Таки будут громить?» Я два раза моргаю, отвечая, что «таки да, к сожалению», и развожу руками, изображая бессилие помочь. Сию же секунду в его глазах читается вся скорбь еврейского народа, и он подзывает к себе метродотеля. Никитос с криком «Да пошел ты, казел!» внезапно наносит охраннику первый удар под дых. Охранник отступает на шаг, но не сгибается от боли — то ли удар слишком слабый, то ли охранник слишком крепкий. Никитос снова замахивается, но в этот момент к нему подбегают еще двое охранников и заламывают руки. Завязывается небольшая драка. В конце концов охранники берут верх. Никита матерится, старается раскидать их, но охранники трезвы и натренированы, в отличие от него.

Никитоса уводят к выходу. За ним, шатаясь, идет Сашка, приговаривая скороговоркой «ланамужикиептаотпуститемоегодруга». За Сашкой плетемся мы с Вадиком. Поравнявшись с Бухаровым, я говорю: «Извините, мы выпили», — на что он, смотря на меня искоса, говорит:

— Значить так. Вы не ходите ко мне больше. — И после паузы выдыхает: — Пожалуйста.

Мы с Вадиком вываливаемся из «Шатра», и я верчу головой по сторонам в поисках своих в жопу пьяных приятелей, но никого из них не вижу.

— Поехали, поехали, — тянет меня за рукав Вадик.

— Не... погоди, — я икаю, — мне нужно прогуляться. Давай кружок вокруг пруда?

— Ну... ОК, пойдем. — Вадим нехотя соглашается.

Мы молча доходим до метро «Чистые Пруды». На площади перед памятником Грибоедову в это время было весьма многолюдно. Помимо традиционных влюбленных парочек и клиентов ночных палаток присутствовали также две группы молодежи и студентов. Первая была явно тусовкой го́тов: девочки с густо подведенными тушью глазами, ярко-красными, в пол-лица губами и фиолетовыми волосами, и мальчики, которые в общем мало чем отличались от девочек. Одеты все они были в черные хламиды, высокие ботинки или казаки. Все, понятное дело, с пивом в руках. Вторая группа была более политизирована и состояла в основном из студентов старших курсов. Парни — одетые в джинсы и пиджаки, девушки — опрятного вида, некоторые из них носили майки с портретом Че Гевары, некоторые с портретом Лимонова, кое у кого на одежде были прикреплены значки молодежного движения «Яблоко». Знаете, из тех, которые никак не определятся, что им делать по жизни — кушать яблоки вместе с Явлинским, кидать помидоры в окна ФСБ с Лимоновым или просто пиво пить. Поскольку в их возрасте внешняя атрибутика бьет по мозгам сильнее внутреннего содержания, все они являли собой этакий симбиоз леволиберального толка. Эта компания сгрудилась вокруг длинноволосого урода, тренькавшего на гитаре что-то из репертуара «Гражданской Обороны».

Между ними, как бы разделяя эти группы, стояли несколько мужиков весьма потрепанного вида с баночными коктейлями и пивом в руках, горячо обсуждавшие проблему телевизионной рекламы. Это было, в общем, то немногое, что я смог разобрать из их маловнятной речи. Учитывая мое состояние в тот момент. Я подошел к памятнику и вдруг довольно ловко взобрался на парапет. Вадим попытался было поймать меня за ногу, но я брыкнулся, что твой горный козел, и заставил его отпустить мою ногу. Встав на ноги, я осмотрел своим мутным взором аудиторию и громко крикнул:

— Здравствуйте, дорогие мои сограждане!

Многие прохожие остановились и повернули головы в мою сторону. Готы с интересом принялись разглядывать меня, студенты прекратили играть на гитаре. Даже мужики отвлеклись от своих коктейлей.

— Здравствуйте еще раз, граждане свободной России!

— Здарова, мужик! Че нажрался? — крикнули мне готичные ребята.

— Да, нажрался, вы что-то имеете против? Или мы живем не в свободной стране? Вадик, скажи как друг — имею ли я право нажраться в свободное от работы время?

Вадик покраснел и отошел на два шага от памятника. Мужики заржали. Некоторые прохожие вновь заспешили по своим делам. Где-то в компании студентов раздался довольно четкий девичий голос:

— Еще один торгаш нажрался, и потянуло его на общение. Саша, играй дальше.

— Эээ... Саша, постой, не играй, — обратился я к невидимому Саше, — я, может, хочу с вами на общественные темы о будущем страны поговорить.

— С такими, как вы, у страны нет будущего, — ответил мне чернявый паренек с эспаньолкой, бывший у них тут, видимо, за лидера.

— Ух как интересно. А с такими, как вы, оно, значит, есть?

— Непременно.

— А с такими, как вы? — обратился я к готам.

— Спать иди, политик, — заржали они.

— Мужики, скажите, может быть, будущее страны в вас? — повернулся я к любителям коктейлей.

— Свободен, мужик. Че ты быкуешь? Есть будущее, не парься, — ответствовал мне мужик с усами, одетый в черный костюм и светлые летние туфли.

— И какое же?

— А не ебет, — резонно заметил мужик, — какое надо, такое и будет.

— Уж не хочешь ли ты, брат, сказать, что оно будет такое, как надо именно тебе?

— Может, и так.

— То есть оно зависит от тебя?

— Ну.

— Че ты нукаешь? Че ты нукаешь? Я тебе лошадь? Чего от тебя зависит? От тебя даже цена коктейля в банке, который ты жрешь, не зависит.

Молодежь затихла. Видимо, в предвкушении восточных единоборств. Я решаю оставить мужика напоследок и поворачиваюсь к студентам:

— Эй вы, молодые надежды Родины! Да-да, это я к вам обращаюсь, свободолюбивые вы мои. Я гляжу, у вас тут кружок строителей гражданского общества. Просто вольные каменщики, ёб вашу мать, не иначе. Масонская ложа имени пива «Клинского», или чем вы тут нажираетесь? Водочкой?

— Антон, слезь. Слезай оттуда, я тебе говорю, прекрати паясничать, нас сейчас в ментовку заберут, — тихо сказал мне Вадим.

— Да иди ты лесом, Вадик, — миролюбиво заметил я, — никуда я не слезу. У меня такая редкая возможность живого человеческого общения с аудиторией. Неужели ты думаешь, я ее упущу?

— Давай, мужик, отжигай! Аффтар жжот! — послышались крики с готской стороны.

— Итак, граждане свободной России, я имею вам

сказать за гражданские свободы! Интересно ли вам это? Скажите, может быть, вы расскажете, что думаете о грядущих выборах? Может быть, у вас есть какая-то новая идея на этот счет?

— Да нам до фени, — снова вернулся в разговор мужик с усами.

— Мы за «лигалайз» пойдем голосовать!— крикнул кто-то из готов.

Вторая группа молодежи дружно расхохоталась в ответ. Из ее рядов послышалось:

— Мы добьемся гражданских свобод революцией. Пойдем вешать буржуазию!

Молодежь снова захохотала. Гитарист заиграл «Все идет по плану». Напряжение диспута стремительно падало. Я прислонился спиной к памятнику и, раскачиваясь на манер Маяковского, заговорил:

— Весьма обидно, дорогие мои сограждане, осознавать, что все вы настолько тупые скоты. И вся ваша идея, — тут я похлопал по ноге Грибоедова, — в «дыме отечества», который для кого марихуана, а для кого, — кивнул я в сторону мужиков, — так вообще «Гжелка». Вы знаете, мне это вдвойне обидно как человеку, некоторым образом связанному с медиа.

— Антон, заткнись, что ты несешь?.. — зашипел Вадим.

— Вы все такие разные, но оказывается, что объединяют вас не убеждения, не партийная принадлежность, не даже банальная гражданская позиция. Отнюдь! Единственное, что способно сплотить вас, — это пиво или любой другой горячительный напиток.

Я сел на корточки, подпер голову рукой и продолжил более тихим голосом:

— Блядь, до чего же обидно. И как все просто оказывается. Лучшие политтехнологи ежедневно ломают головы над выстраиванием хитроумных схем, партийных линий, поиском харизматичных лидеров. Мы рассуждаем о протестном электорате, вовлечении избирателей. Мы ищем информационные поводы, ведем друг с другом идеологические войны, боремся за медиавлияние. А вам все настолько до лампочки. Уроды, господи, какие же вы уроды! Вы даже на секунду не замрете в попытке осмыслить получаемую информацию. Бараны, над чем же мы все тут бьемся-то, а? К чему вся эта сложность? Проще надо быть, проще. Вы — тупое стадо, которое понимает только плеть. Вас надо лупить как баранов, а по вокресеньям давать пряники в виде юмористических шоу.

Ненависть подступала к горлу, я снова встал на ноги, немедленно получил удар алкоголя в мозг, из-за быстрой смены позиции покачнулся и снова продолжил:

— Вы способны повторять только то, что вам скажет ваш телевизор, радиоприемник или компьютер. «Свобода слова», «борьба с тоталитаризмом», «будущее свободной страны». Вам все это не нужно, пони-

маете? Не нужно, читайте по губам. У вас нет никакого будущего.

— Будущее в анархии! — крякнула одна из раз-
малеванных телок.

— Ты, скотина, вообще заткнись. Твое будущее
находится в ближайшем подъезде. Это шприц с
«черняшкой». У вас нет будущего. Потому что сначала вы приходите сюда с пивом, гитарой и в ле-
вацких маечках, потом спариваетесь со своими иди-
отками, которые родят вам таких же тупых ублюд-
ков, а потом возвращаетесь сюда уже в виде вот
этих неврубных мужиков, которые с коктейлями «по
чуть-чуть», потому что завтра, блядь, на работу. Самые думающие из вас, какими они себе сами ка-
жутся, не нашли ничего лучше, чем последовать со-
ветам самых тупых из политтехнологов, заключаю-
щимся в игнорировании выборов. Вместо того чтобы
создать что-то своими голосами, вы, уроды, просто
остались дома у телика, блядь. Чтобы потом, с утра
увидеть выборы, которые прошли без вас, увидеть
победителя, которого выбрали не вы. Все, на что вы
способны, это проблеять «мэээээээ» в первое утро
после выборов. И не удивляйтесь, что вами манипулируют, не свистите про «подтасовки» и вброс
бюллетеней. По-другому не будет. Потому что все
вы не хотите принимать решений. Вам это трудно.
Просто включить голову. Очень трудно. И вся политика будущего будет заключаться в дистанцион-
ном управлении ленивым стадом через телевизор.

Не удивляйтесь, что с вами никто не считается. Потому что вас давно уже нет. Вы пустота.

— Антон, быстро слезай. — Вадим начал подпрыгивать, пытаясь схватить меня за руку. Изредка он поворачивался к толпе, натужно улыбался и извиняющимся тоном говорил:

— Он просто пьяный, не обращайте внимания, телевизора насмотрелся, я сейчас его уведу, не обращайте внимания, он сейчас слезет.

Я вырвал руку и заорал на Вадима:

— Ты что мне рот затыкаешь? Ты же как никто другой знаешь, что я прав, разве не так?

— Знаю, знаю. Я тебя прошу, пойдем. Завтра на работе договорим.

— Завтра? Нет, давай уж сейчас. Давай сегодня с ними поговорим. Иди, иди, отсоси у каждого из них. Может быть, мозги им вдуешь таким образом? Что ты стоишь? Это же твоя аудитория, нет? Потрещи с ними по-товарищески, выпей водочки. Уговори пойти на выборы, проголосовать за твоего кандидата. Расскажи, как много ты сделал за последние полгода, чтобы запудрить им мозги напрочь. Только будь ласковей. Расскажи им, что твой кандидат цены на водку и пиво снизит, например. Иди, хули ты тут стоишь, лицемер херов. Это же не просто быдло — это же, ёптыть, ЭЛЕКТОРАТ. Скажите, вы электорат или овцы? Ну, раз, два, три: МЫ... Да я и так знаю, что вы овцы.

— Надо милицию вызвать, — сказал кто-то из прохожих.

— Отличная идея, — поддержал я, — только не милицию, а зондеркоманду. Для окончательного решения электорального вопроса. А знаете что? Мне пришла в голову отличная мысль. Родненькие мои! Дорогие вы мои россияне! А что, если вам всем взять и умереть сейчас? А? Ну что вам стоит? Взять и исчезнуть с лица земли, а? Вас же все равно не существует? Вы даже «голосами» на выборах уже быть не хотите.

В этот момент из толпы вышла девушка, подняла на меня голову и тихо сказала:

— Простите, что перебиваю. А вы хотите? А что вы делаете для того, чтобы всем стало чуть лучше?

— Я? Что я делаю? Да я... да я ежедневно думаю над тем, как сделать так, чтобы вы окончательно превратились в биороботов. Я хочу научиться манипулировать вами с помощью этих дурацких ящиков, не затрачивая при этом ни одной калории. Вот чего я хочу. А еще, еще я очень хочу, чтобы все вы умерли...

— А вам никогда не приходила в голову идея о том, что мы тоже люди? Такие же, в общем, как вы? И еще одно. Если все мы умрем, что станется с вами?

— Со мной? Со мной ничего не станется. Потому что я разделен с вами броней сильнее танковой. Я нахожусь по ТУ СТОРОНУ ЭКРАНА.

К памятнику подошел тот самый усатый мужик, бросил на асфальт жестяную банку, отодвинул рукой девушку и сказал прищурясь:

— Так ты, сука, телевизионщик, да?

— Да, и что?

— А я думаю, что ж ты, падла, всех ублюдками да скотами ругаешь. А ну слазь, поговорим вдвоем.

— В тебе, никак, гражданская позиция проснулась, урод?

С этими словами я прыгнул на мужика, вцепился ему в одежду, и мы покатились по асфальту. Толпа стремительно расступилась. Мы наносили друг другу удары, тут же подбежали его дружки, которые принялись охаживать меня ногами, приговаривая:

— На, сука! На, козел, блядь, вонючий. Учить нас вздумал, за кого голосовать.

В общем, это было последнее, на чем я успел сконцентрироваться.

Очнулся я уже в машине. Рядом со мной сидел Вадим:

— Ну что, очнулся? Народный трибун... Гай Тиберий Гракх... Легче тебе стало?

— Куда мы едем?

— Домой тебя везу. Ты как? Ничего не сломал?

Я принялся ощупывать себя. Все тело болело, но не сильно. Видимо, я все еще был пьян. В машине играла «Enjoy the Silence», «Depeche Mode». Точнее, ее роковый ремикс. Я прислонился к боковому стеклу и тихо сказал:

— Я устал, Вадик. Мне очень тяжело и все надоело. Я хочу тишины. Просто тишины, чтобы все это кончилось и никогда не возвращалось, понимаешь?

— Понимаю, Антон. Все когда-то устают. Это бывает. Со мной тоже. Ты это...

— Помолчи пока. Доедем, ляжешь спать, и завтра все как рукой снимет. Только выспись, у нас в два часа клиенты приедут.

— Клиенты...Работать с клиентом, слушать клиента, предлагать клиенту позицию... Ты знаешь — мы с тобой две проститутки. Старые, но все еще достаточно дорогие бляди. Нет, даже хуже проституток. От простых московских блядей ты можешь подцепить сифилис, а мы заражаем людей сифилисом мозга, понимаешь?

— Понимаю, понимаю. С другой стороны, кто тебе мешает уйти?

— Ты считаешь, это возможно, Вадик? Мы не оставляем друг другу ни одного шанса, родной.

— Возможно. Другой вопрос — готов ли ты к этому? Ты же специалист только в одной области, правда?

— Да, специалист. Ты знаешь, Вадим, я придумал для нас с тобой название. Ты знаешь, кто мы?

— И кто же?

— Мы специалисты по беспорядочным половым связям с общественностью.

В машине повисла тишина. Водитель, видимо, увлеченный нашей беседой, даже приглушил радио. Я смотрел в окно, Вадим периодически хмыкал, собираясь с мыслями. Пока он готовился ответить мне, я водил пальцем по запотевшему от перегара стеклу, выводя на нем свою роспись. В тот момент когда Вадим начал говорить «А знаешь...», я уже отрубился. Кажется, что он сказал напоследок что-то вроде:

— А знаешь, не так уж это и плохо...

Я открываю глаза уже дома, лежа в собственной кровати. У меня жутко ломит глаза и болит голова. Спотыкаясь, я плетусь на кухню, выпиваю два стакана воды и смотрю на часы — 04:32. Я иду обратно, падаю лицом в подушку и снова засыпаю. Мне снится, что я нахожусь в Останкино, в студии программы «Пусть говорят» и слушаю, как Андрей Малахов представляет участников шоу.

Малахов: Здравствуйте! В эфире шоу Андрея Малахова «Пусть говорят». Наши сегодняшние героини Елена Ивановна Петухова и Мария Александровна Дорохова из села Стаканкино. Перед тем как мы узнаем их историю, я хочу показать вам документальные съемки.

На экране возник утренний пейзаж простого русского села. Несколько изб, покосившийся клуб, коровники, два трактора, распахивающих поле, дети, бегущие за гусями, и героини передачи, ведущие к местному медпункту своих маленьких дочерей. Голос за кадром:

— Стаканкино почти не отличается от прочих русских сел и деревень. Те же проблемы, те же радости. Многие молодые уехали в город, потому что село ветшает. В нем нет работы, нет перспектив, и, в общем, заняться людям особо нечем. Но некоторым его жителям работы, как оказалось, хватает...

Картинка сельского утра сменяется ночной магистралью, проходящей рядом с селом. Героини передачи стоят у дороги с ведрами в руках, мимо проезжают машины. Тормозит «КамАЗ». Из него вылезают дальнобойщики, Петухова и Дорохова идут к ним, качая ведрами. Между водителями и женщинами завязывается диалог. Одна из них влезает вместе с водителем в кабину, другая удаляется с его напарником в сторону ближайших кустов. Голос за кадром:

— Елена Петухова и Мария Дорохова приходят сюда почти каждый вечер. Как на работу. Хотя это и есть их работа. Лена и Маша оказывают водителям-дальнобойщикам услуги интимного характера. Попросту выражаясь, Лена и Маша — проститутки.

В зале начинается движение. С верхних рядов закричала женщина:

— Шлюхи!

Вслед за первым криком из разных рядов ей вторят другие:

— Да как вам не стыдно!

— А с виду и не подумаешь!

Петухова и Дорохова начинают кричать в ответ, оправдываясь:

— Да это вранье все! Сама ты шлюха! Мы картошкой ходили торговать!

Начавшая перепалку худая визгливая тетка с верхнего ряда встает во весь рост, поправляет лежащий на плечах платок, тычит в стаканкинских баб указующим перстом и гневно верещит:

— Знаем мы, чем вы торговать ходили! Пи (пии-
ип) ой вы ходили торговать!

Малахов: Женщина в верхнем ряду, прекратите
орать! Прекратите, я сказал, я вас из зала удалю!

Зал тем не менее продолжает:

— Как дочерям-то своим в глаза будете смотреть,
шлюхи?

— А мужу?

— У таких и мужей-то не бывает!

— За коровой надо ходить, а не мужей чужих по
кустам ублажать!

— Да картошкой мы в кустах торговали, у меня там
лоток с овощами стоял!

— Сама ты в кустах стояла!

Малахов: Все, я вас сейчас удалю из зала. Последнее предупреждение!

Зал медленно стихает. Экраны гаснут. Малахов
спускается в нижние ряды и продолжает:

— Это еще не все. Во второй части картины мы узнаем,
что делали наши героини после встречи с водителями.

На экранах снова утренняя деревня. Петухова и Дорохова с пластиковыми пакетами под мышкой подни-
маются по ступеням медпункта, открывают дверь и ис-
чезают внутри. Через какое-то время они, улыбаясь,
выходят оттуда уже без пакетов и идут домой. Голос
за кадром:

— В качестве оплаты за свои услуги наши «ночные бабочки» получили от водителей, следующих из
Таджикистана, наркотики, которые тут же продали

врачу своего села. (Зал ахает.)Вот такая работа у наших героинь из простого русского села Стаканкино. А вот перед нами и ее плоды.

Из медпункта выходит мужик, придерживая рукой карман телогрейки. Камера смотрит ему в спину и провожает его по сельской дороге. Следующий кадр. Мужик валяется в кустах уже без телогрейки. (Крики в зале: «Расстреливать таких надо! Сволочи! Куда власти смотрят!») Рубаха на нем расстегнута почти до пояса. Крупным планом лицо мужика, выражающее полную безмятежность. Голос за кадром:

— Когда впереди ничего нет — ни работы, ни семьи, ни будущего, остается только медленно убивать себя. Состояние безмятежности после укола героина нормально для тракториста Степана. Ему пока хорошо. Через какое-то время он пожалеет о том, что делает. Пожалеют ли они?(Крики в зале: «Своими руками бы разорвала суку! Да что же вы их не арестуете прямо тут?»)

Камера снова показывает Петухову и Дорохову, которые, улыбаясь, идут от медпункта. Экран гаснет. В студии Петухова тихо плачет, приговаривая «за что же нас так». Дорохова закрыла лицо руками.

Малахов:

— С одной стороны, этим женщинам нет оправдания, но с другой — обстоятельства...

Но договорить ему не дают. Левая половина рядов, состоящая почти из одних женщин, вскакивает со своих мест и с криками «Наркоманки! Убийцы!» бежит к героиням. Лица массовки искажены ненавистью. У некоторых на глазах слезы. Малахов отбегает к стене, между массовкой и героинями возникают милиционеры и охранники студии. Героини передачи — белые от ужаса.

Толпу разъяренных женщин растаскивают милиционеры. Некоторых выводят из студии, прочие рассаживаются по своим местам. Малахов возвращается в проход между рядами, поправляет очки и раскрывает папку, которую держит в руках.

— Наш следующий герой — Антон Дроздиков, человек, который снял все эти ужасы на пленку.

В зале раздаются аплодисменты и крики «молодец!», «хорошо, что заснял тварей этих!», «в суде пригодится!». Я сижу в кресле, киваю залу и улыбаюсь.
Малахов:

— Скажите, Антон, как вы себя чувствуете?

— Отлично!

— Что вы можете сказать о своем фильме?

— В целом получилось очень своевременное кино о быте русского села.
Петухова:

— Вам не стыдно?
Дорохова:

— Что же ты, сволочь, наделал-то?

Я криво улыбаюсь:

— Вы понимаете, дело в том, что современная медиа работает в разных жанрах...

Малахов:

— Действительно, Антон, вам не стыдно? Даже мне уже стыдно. Я расскажу историю, Антон, или вы сами ее расскажете?

Я:

— Мне, в общем, все равно. Вы ведущий, вы и рассказывайте.

Малахов:

— Хорошо. Антон Дроздиков, известный журналист, приехал в село Стаканкино и договорился с жителями о том, что снимет правдивое кино о русской глубинке. Елена Ивановна Петухова и Мария Александровна Дорохова действительно продают дальнобойщикам картошку и овощи со своего огорода. В качестве оплаты за них они берут у водителей анальгин, димедрол и но-шпу в ампулах, которые невозможно достать в селе. Они относят их в медпункт. Антон Дроздиков знал об этом, снимал все на камеру, а затем сделал монтаж, включив туда кадры с пьяным трактористом. После чего Антон наложил закадровый текст, который все вы слышали. И который, как понятно, не имеет ничего общего с действительностью. Антон считает это «работой в разных жанрах». А что думаете вы, уважаемые зрители?

В студии висит напряженная тишина, прерываемая поочередными всхлипами Дороховой и Петуховой. Наконец из первого ряда встает мужик в спортивном костюме и громко произносит:

— Да что тут думать? Он чистый пидор. Мочить таких надо!

— Правильно!

— Мочить!

— Убить его, суку!

— Так оболгал честных рабочих женщин!

— Мочить!

— Мочить суку!

Почти все зрители вскакивают со своих мест и несутся ко мне. Я встаю с кресла и отступаю к стене с экраном. Толпа движется на меня.

— Эй, эй вы чего? Вы с ума сбрендили? Алле, Малахов! Вызови охрану. Вызови охрану, я тебе говорю! Ты чего, не понял?

Меня прижимают к стене. Толпа наваливается и начинает лупить меня. Я чувствую, как десятки рук рвут на мне одежду. Сначала я пытаюсь отбиваться, но меня быстро валят на пол и добивают уже ногами. Я теряю сознание.

В следующем кадре я вижу студию как бы с потолка. Мое тело за ноги волокут к выходу два охранника. За моим телом тянется слабый кровавый след. Я слышу голос Малахова:

— Снято. До конца рекламной паузы минута. Массовка садится на свои места, удаленных из студии просим возвратиться. У нас еще два сюжета. Работаем на регионы в прямом эфире.

В студии раздается голос, отсчитывающий секунды до начала следующей темы:

— Сорок. Тридцать. Двадцать. Десять. Пять. В эфире! Здравствуйте! В эфире шоу Андрея Малахова «Пусть говорят». Мы прощаемся с героями темы «Справедливость торжествует!» и встречаем новых героев...

VIVA HATE!

Следующим утром я пересекаю площадь перед метро «Краснопресненская», курю, страдаю похмельной головной болью и соображаю, где я всего десять минут назад парковал машину. Удивительно, но факт — вчерашние посиделки с Никитосом, равно как и выступление перед народом на Чистых прудах, отложилось в моей памяти пусть и не в мельчайших, но все-таки в подробностях. И вот я иду по улице, вспоминаю все это и злюсь. Я смотрю по сторонам, разглядываю людей и понимаю, как я их всех ненавижу. Нет, дело не во вчерашнем метании бисера и не в драке, которую я затеял с тем мужиком. Злость подступает к горлу, когда я вспоминаю истоки моего вчерашнего бенефиса. Всю эту «оду протестному электорату». И мне моментально хочется всех уничтожить.

У палатки с надписью «Носки-чулки» разговаривают две девки. Одна в бесформенном джинсовом комбинезоне слушает свою подругу — блондинку в короткой джинсовой юбке и колготках в сетку. Блондинка вещает с характерным малороссийским акцентом:

— Идут мимо, видят меня. Заходят. Сначала на меня смотрят, потом уж на товар. Так, по ходу дела, разговорятся, лапши им на уши навешаешь, вот и купят чего.

— Натах, да ты просто королева местная!

— А то! А Рашид, хозяин палатки, тварь, не ценит. Только лапать пытается, скотина.

Почти миновав их, я услышал, как блондинка хамским тоном сказала мне в спину:

— Мужчина, вы носки чисто хлопковые приобрести не хотите?

— Нет, спасибо, я уже в носках, — пробурчал я.

Единственное, чего я хочу, — это подойти вплотную к тебе, взять один из пакетов с колготками с витрины, открыть его, достать оттуда колготки, обмотать вокруг твоей шеи и начать тебя душить. Попутно пристрелив твою жабу-подругу в джинсовом комбезе. Я хочу посмотреть, как ты будешь ползать по земле и хрипеть «помогите», королева ты наша местная. И когда ты сдохнешь, я подумаю о том, что жизнь в общем-то не такая уж и скучная штука. Впрочем, ты об этом никогда не узнаешь.

Рядом с салоном сотовой связи стоит узбек, одетый в спортивные штаны и футболку с надписью «D&G». На его грязных ногах надеты шлепанцы. Пальцы, как вы понимаете, угольного цвета. Ногти будто обгрызаны. Он разглядывает пальцы ног и орет в мобильный, периодически взвизгивая, так, что слышно всем прохожим:

— Ало! Это... Расул, ту херню, че я тибя просил, мине уже не надо, понял, да? Ало! Ало, слышишь меня? Расул, епта, я говорю, ту херню, че я тебя просил, мине уже везти не надо! Я, билять, завтра пириеду и всех там рэзать буду, за то, че они наделали на абъекте. Ишаки, бля. Я риальна гаварю. Все, давай пока.

За его спиной клетка с арбузами. Я прикидываю, что если попасть ему из пистолета точно в голову, то его отбросит аккурат в клетку. Таким образом, издалека даже не будет сразу понятно — где его мозги, а где разбитые арбузы.

У павильона метро два мужика, с сумками через плечо, пьют пиво. На головах у обоих кепки. Один из них после каждого глотка методично сплевывает себе под ноги. Второй — говорит, слегка покачивая бутылкой, в такт своим словам:

— Сын баран. Опять в сессию нахватал пересдач. Говорю ему, учись, сука, вылетишь из института — в армию пойдешь, а он только телок водит.

— Да это они все теперь. Моя только с подругами по телефону трещит да MTV смотрит. Пару раз приглашала в гости какого-то козла в рваных джинсах. Пидор пидором.

Конечно, сын баран. Такой же, как и ты. Просто надо было пользоваться презервативами. Вам вообще размножаться нельзя.

— Это потому, что они в телевизоре таких видят. Вот пример и берут.

— Была 6 моя воля, я 6 телик выбросил на хер. Прям из окна.

Чего ж ты его не выбросишь-то? Потому что футбольчик под пивко уже не посмотришь? Потому что в выходные сдохнешь вместе с женой без уморительного юмора Петросяна? Что тебе мешает, скотина? В телевизоре «таких видят». Нет, давайте мы молодому поколению будем показывать таких, как ты. У них и так шанс небольшой вырасти иными, так давайте же лишим их и его. Пускай в папаню пойдут. Интересно, если выстрелить им обоим в живот, удержат ли они пиво в руках, упав на колени? Оставив мужиков, стоящих на коленях с бутылками в руках, истекать кровью, я мысленно расстрелял их жен и детей. Последних, впрочем, я даже никогда не видел.

Два молодых парня идут мне навстречу. Оба в темных костюмах и лаковых ботинках из кожи китайца, с загибающимися носками. Косая сажень в плечах, прямая кишка в мозгах. Останавливаются у палатки. Один из них сует в окошко деньги и что-то спрашивает, параллельно сообщая своему дружбану:

— Говорят, на дешевые иномарки новый налог введут, а на русские тачки цены поднимутся. После Нового года!

— Да ладно. А ты откуда слышал?

— У моего дружбана есть корешок, он в вазовском салоне работает. Так вот он точно в теме.

— Бля... А че делать-то? Может, мне свою «девятку» слить, взять кредит и новую «десятку» купить до Нового года?

— Не знаю. Кредит ваще-то можно. Только дорого отдавать.

— Ваще-то да...

Действительно. Заставлять отдавать кредиты таких прекрасных парней может только очень бессердечный человек. Они же деньги берут не на бухло, а НА ТАЧКУ! Я стреляю обоим в коленки, говоря: «Теперь у тебя не будет вопросов с покупкой новой тачки, брат». Одновременно я решаю проблемы с недобросовестными дебиторами, помогая только становящейся на ноги российской банковской системе.

Я жду, когда они получат из окошка запрашиваемое и отвалят, затем подхожу к палатке. Пока я покупаю сигареты, подъезжает маршрутное такси. Из него выходят две телки лет тридцати. На обеих джинсы с низкой талией и укороченные футболки. И это при наличии на боках сальных оковалков, как вы сами понимаете. Они встают рядом с палаткой и дружно роются в сумках. Вероятно, в поисках сигарет:

— Нет, Лен, я говорю ему: «Ты меня когда последний раз в ресторан приглашал?»

— А он чего?

— А он мычит: «Ну мы же ходили на той неделе с Пашкой и его женой в бар».

— А ты?

— А я ему говорю: «На хера мне твой бар, твой

Пашка и его жена. Я хочу по-человечески посидеть в хорошем ресторане, хотя бы людей увидеть».

— Мой такой же козел был, хорошо, что я с ним развелась. Я пару месяцев с этим Володькой была. Помнишь, я тебе про него рассказывала?

— Ну. И чего он?

— Да урод, жадный оказался.

— Мужики все уро...

Впрочем, договорить она не успевает, потому что получает пулю точно в рот. Вторая стопудово начнет истерично визжать и закрывать лицо руками. Пуля входит ей в область переносицы. Как раз между приставленными к лицу ладонями. Я достаю кошелек и кладу на грудь каждой по сто долларовой банкноте, приговаривая:

— Я не жадный, поверьте, я не жадный. Вот, берите, сходите куда-нибудь вдвоем.

На остановке курят мужики лет за сорок. Один, худой и длинный, как шпала, доверительным тоном сообщает своему визави, маленькому «колобку» в плаще, с большой хозяйственной сумкой в руке:

— Ты слышал, что на водку опять цены поднимутся?

— Да? Вот суки, ёпть... И насколько?

— Я читал, что раза в два.

— Охереть... че ж делать-то?

— А че делать? Будем покупать. Хули тут остается?

— Может, щас закупиться?

— Да ладно. Все равно до конца жизни не затаришься.

Длинный сразу получает прикладом в область переносицы и падает навзничь. Что-то разбивается. Из-под мужика начинает растекаться большая лужа. Вряд ли это кровь, как вы думаете? Я вырываю у «колобка» сумку, достаю оттуда бутылку водки и спрашиваю его:

— Кто тебе сказал, что до конца жизни не затаришься?

— Эээ... — блеет он в ответ.

— Правильно, чувак. Это смотря когда конец.

Я заставляю его открыть рот и заливаю ему прямо в глотку всю бутылку. Кажется, он теряет сознание. Я стреляю ему в затылок. Так, чтобы наверняка.

Я осматриваюсь по сторонам. Людской поток продолжает плыть мимо, сливая мне в уши кисель из обрывков разговоров, телефонных звонков, восклицаний и матерных шуток. К остановке подбегают две девчонки лет по двадцать. Остановившись, они продолжают начатый разговор:

— Я прихожу на работу в девять и ухожу в шесть часов. Кручусь как белка. То телефон, то факс, то электронная почта. А Свиридов...

— Это кто?

— Начальник наш. Так вот он только по загранкомандировкам летает. Другим, я слышала, хоть зарплату прибавляют, а нам — ни фига!

— Лен, а ты просила?

— Да просила, че толку-то? Он как полено. Талды-
чит одно: «Согласно штатному расписанию». Как всегда: кто больше всех пашет — меньше всех получает.

— Слушай, Лен, а ты с ним не пробовала?.. Ну...
того?

— Оль, я тебя умоляю. Ты б его видела. Студень
какой-то. Глазки еще маленькие такие, как у сви-
ньи... брррр. Оль, я тут с таким мужиком познако-
милась!

— Где?

— В Интернете. Я же днем торчу на этом сайте зна-
комств...

Я представляю, с каким наслаждением я забил бы
их обеих прикладом винтовки, потому что на работе
не надо висеть в Интернете. На работе надо работать.
На работе надо работать, блядь. Работать, а не висеть,
глупые суки. Неужели это так сложно понять, что надо
работать? На работе надо работать. Это очень просто.
Казалось бы, что может быть проще для понимания?
На работе надо работать. Она потому так и называется — работа. Это очень просто уяснить для себя. Это,
блядь, ВООБЩЕ НИЧЕГО НЕ СТОИТ. Просто работать, и
все...

Когда мозги уже готовы закипеть, я наконец дохожу до своей машины. Я нажимаю на кнопку сиг-
нализации и открываю дверь. Рядом останавливается машина. Из нее вылезает тучный чувак. С тротуара ему навстречу шагает телка, которую я как-то
сразу не приметил. Лицо у нее крайне недоволь-

ное. Вероятно, ждала его долго. Мужик начинает оправдываться за свое опоздание, говоря достаточно
громко:

— Катя, я простоял на Садовом полчаса. Пробки
везде. ПО МОСКВЕ ЕЗДИТЬ СТАЛО НЕВОЗМОЖНО.

Стоит ли говорить, как я люблю эти заезженные
фразочки. Я вставляю в ружье последний патрон и
стреляю ему точно в лоб, тихо говоря:

— Катайся на метро, козел.

На телку у меня уже не хватает патронов. В другой
раз, сестра, в другой раз...

— Антоха!

Я резко оборачиваюсь. У тротуара стоит ярко-жел-
тая мусороуборочная машина, рядом с ней чувак в синем комбинезоне и красной бейсболке.

— Антох, здарова, сто лет не видел тебя!

«Блядь, это Васька. Мудило гороховый, черт тебя
дернул здороваться со мной в центре города». При-
вет-привет. Извини, Вася, я тороплюсь.

— А я тебя по телевизору видел на каком-то ми-
тинге! — кричит он еще громче.

— Да? Здорово, — я сажусь в машину, — давай
увидимся.

— Антох, погоди!

— Чего?

— А меня на службе повысили! — Васька подходит к моей машине, — месяца два уже, прикинь!

— Круто. И кем ты теперь?

— Я теперь на спецучастке. Центр, спецобъекты, — Вася переходит на шепот, — Администрация Президента даже.

— Да ну? И чего там? Больше мусорят?

— Да вроде так же. Только секретности больше.

— Ясно. Вась, увидимся как-нибудь, я опаздываю.

— Ну давай, — Васька приветственно поднимает руку, — увидимся, поболтаем. Ты, кстати, на экране толще выглядишь. Ну, до скорого.

— «Не дай бог». Ага! Увидимся, обязательно!

Я завожу двигатель, трогаюсь и выезжаю в правый ряд.

Нет, вы не подумайте, что я такой злой. Напротив, я готов воспринимать окружающих с улыбкой и где-то даже с распростертыми объятиями. Я хочу улыбаться людям и смотреть в будущее с оптимизмом. Но они не дают мне ни единого шанса это сделать. Правда, я пытаюсь, но не могу. Поверьте.

— Блядь, куда ты лезешь, скотина? Ты светофор видишь, нет?

Потому что мир пропитан людской ненавистью друг к другу. Мужики ненавидят баб, бабы ненавидят мужиков, родители ненавидят своих детей, дети жаждут смерти своих родителей, начальники готовы уничтожить подчиненных, а подчиненные готовы вцепиться в глотки своим начальникам, чтобы потом занять их места. Депутаты ненавидят своих избирателей, а избиратели ненавидят тех, за кого голосуют. Народ ненавидит олигархов, а те ненавидят народ.

Как же надоела эта вечная пробка перед тоннелем

под Новым Арбатом. Уроды, ну вы же все уже должны сидеть в своих офисах, а? Ну почему если мне нужно на «Парк культуры», то сразу всему городу нужно туда же? А? На чем я остановился? А!

Евреи ненавидят арабов, арабы ненавидят евреев. Все вместе они ненавидят русских, а последние, в свою очередь, ненавидят всех вокруг. Все ненавидят всех, при этом забывая, что все вокруг ничуть не лучше и не хуже их самих. Мы все чьи-то родители и одновременно чьи-то дети. Мы сами суки-бабы и козлы-мужики, мы чьи-то начальники и чьи-то подчиненные. Мы сами и электорат, и президенты. А главное — мы многонациональны и исповедуем разные религии. Так почему же, еб вашу мать, мы не можем просто ужиться друг с другом? Это же не так сложно, правда? Это не требует каких-то материальных затрат, душевных мук или растраченных калорий. Все, что нам нужно, это немного терпимости друг к другу. Но нет. Границы, религии, национальности, государственный строй, экономические разногласия — все это ничто по сравнению с тем, что по-настоящему движет нами. Имя этой движущей силы — НЕНАВИСТЬ.

Ага. Точно. Посигналь мне. Да, посигналь. Чего ты дудишь, газелист тупорылый? Куда я подвинусь, если там стоит такой же баран, твой брат водитель-экспедитор? Надуделся? Баран. Да, точно. Двинь мне в бочину. Боишься? Вот именно.

Есть еще одно. То, что всех тут объединяет перед тем, как повести вперед. СТРАХ. Всеобщий, парализующий страх. Клерки боятся потерять работу, бабы — потерять мужиков, мужики — своих баб, телка, торгующая колготками, боится потных рук хозяина палатки, тот боится, что она обворует его, узбек боится скинхеда и мента, мент боится их обоих, народ боится олигархов и собственного правительства, правительство боится народа. Еще они боятся финансового кризиса, куриного гриппа, роста цен на бензин, расширения НАТО, войны и мировых террористов. И наконец, все вместе, включая мировых террористов, боятся падения цен на нефть и исчезновения с прилавков водки. Причем неизвестно, чего больше.

И только медиа не боится никого и ничего. Потому что у медиа нет никого и ничего, кроме ее самой и отчасти аудитории. Не делайте из нее монстра. Как раз наоборот. Она — добренький старичок, вроде Олле Лукойе, который ходит с двумя зонтиками и показывает всем сны. Иногда цветные, иногда черные. В зависимости от того, кто чего заказал и кто чего заслужил. А так как эти сны сотканы из ваших чувств, медиа просто отбирает из них самые сильные. СТРАХ И НЕНАВИСТЬ. Ведь это ваши самые любимые, а главное, самые искренние чувства, не правда ли?

Ну, переключай светофор. Сколько можно держать его? Кто-то поехать, что ли, должен? Так он, наверное, через Арбат поехал, а не по набережной. А ты все тупишь. Гаишники все-таки тупые, падлы. Наконец-то. Слава тебе, господи, поехали!

И не пеняйте медиа на то, что она вами управляет, используя «эйфорию единства от безысходности», «истерию ужаса» или как вы там это называете. Как может быть иначе? Страх и ненависть — единственные средства для управления трусливым и озлобленным стадом. Все зеркально, не правда ли? Мы играем только ту музыку, которую вы заказываете. Только ту, которую вы хотите слушать. Только ту, которой вы достойны. Вы не хотите, чтобы медиа вами управляла? Отлично!

VIVA HATE! Так давайте же, наконец, уничтожим друг друга. Только сделаем это красиво. И не спеша. Мы, медийщики, сначала найдем одного общего врага, против которого все объединятся. Затем, когда он будет повержен, мы приступим к уничтожению более мелких врагов, и так постепенно перебьем всех, пока на планете не останется ни одного человека. Наконец-то в мире воцарится тишина и покой. Хотя нет, вру. Абсолютной тишины все-таки не получится. Последний свидетель этой Великой войны свиней будет еще какое-то время тупо отображать мигом опустевшую действительность. Телевизор. Некоторые из них, не погибшие во время пожаров и побоищ, будут транслировать друг другу картинку пустой планеты. Таким образом круг наконец-то замкнется. Медиа будет воспроизводить саму себя и потреблять сама себя. Пока не кончится электричество. Хотя, я уверен, она что-нибудь с этим придумает.

Вам страшно? Все это сделали вы. Своими руками.

Своим страхом и своей ненавистью. Вы отлично научились бояться и ненавидеть. Может быть, попробуете научиться любить? Слишком сложно? Ну, тогда включайте телевизор, вы снова в студии.

Viva Hate!

Viva Fear!

Viva Media!

Ага, ну вот и РИА «Новости». Гениально. Не прошло и часа, как я доехал. Найти бы еще место. Поставлю тут, ебись они в рот, эти вечно снующие эвакуаторы.

Я прохожу через центральный вход, называю милиционеру свое имя, даю в окошечко паспорт и иду через турникет. В большом конференц-зале уже толпа журналистов. Я протискиваюсь через них, жму кому-то руки и вижу Генку Орлова, который занял два места в последнем ряду. Я сажусь рядом, собираюсь спросить, давно ли началось, и вижу стоящего в первом ряду с микрофоном Дениса Квашина, который спрашивает Шойгу:

— Вы хотите сказать, что теракта не было?

Как и предполагалось, на роль жертвы выбрали Шойгу. Он сидит, частенько отпивает из стакана воду и подолгу вытирает салфеткой рот:

— Я хочу сказать, что нами не зафиксировано в связи с данным случаем ни одного поступившего в больницы города Москвы человека, — Шойгу кашлянул и закончил более приглушенным голосом, — равно как и в морги.

— Александр Фадеев, информационный портал Lenta.ru. А как вы объясните наличие видеорепортажей, показанных CNN и некоторыми другими западными телеканалами?

— Я не знаю, каким образом эти телеканалы поставили в эфир сюжеты, которые не имеют ничего общего с действительностью. Я не отвечаю за эфирную сетку на CNN.

— Да, но вы отвечаете за чрезвычайные ситуации в стране, разве не так?

— Безусловно, так.

— Тогда не потрудитесь ли вы ответить на два простых вопроса: являлись ли машины с красно-белой окраской машинами «скорой помощи»? Кого забирали машины «скорой помощи» у метро «Проспект Мира»?

— Я повторюсь. Ни одна из так называемых машин «скорой помощи» не принадлежит медицинским учреждениям города Москвы. Я не знаю, кого эти машины забирали от здания метрополитена. Когда на место события прибыли настоящие бригады «скорой помощи», на площади не было никаких тел.

— А «так называемые» наряды милиции и спецназа также не имеют ничего общего с государственными органами?

— Сотрудники милиции, ФСБ и МЧС, прибывшие на место события, безусловно, представляют официальные органы. Кроме двух автомашин «Жигули», которые отбыли сразу вместе с — повторюсь — так называемыми машинами «Скорой помощи».

— Господин Шойгу, почему вы упорно называете машины «скорой помощи», зафиксированные видеокамерами, «так называемыми»? Тогда как вместо того чтобы назвать террористический акт террористическим актом, вы используете трусливое словечко «событие» или еще того хуже — «случай»? Случай — это когда у вас на государственной даче пятидесятиметровый бассейн засорился, а здесь мы имеем дело с терактом, который государство в вашем лице пытается скрыть. Почему вы так бесстыдно лжете нам, Сергей Кожугетович?

— У меня нет бассейна, вы что-то напутали, это во-первых. А во вторых...

— Может быть, у вас и государственной дачи нет?

Напряжение на прессухе нарастало. Понятно, что Шойгу, которого выставили в окопы первым номером, сильно напрягается, пускаясь в объяснялово. Сам он точно еще не уверен, был теракт или нет. Ему в отличие от журналистов приходится доказывать и оправдываться, тогда как им нужно просто наиболее болезненно наступать на мозоли его неинформированности. Ситуация развивалась по плану. Коля из ньюсрукома сбросил мне уже три эсэмэски. Он очень торопился раньше времени порвать Кожугетыча и все испортить.

— У меня есть дача, но дело не в этом. Я хотел сказать, что прежде чем называть это террористическим актом, необходимо...

— Я знаю, что у вас есть дача, и знаю, что у вас есть там бассейн. Вы даже в мелочах боитесь правды, Сергей Кожугетович.

— Я имел в виду, что у меня нет пятидесятиметрового бассейна. Вот что я хотел сказать, но вы меня постоянно перебиваете. Может быть, будем взаимно корректны? Это все-таки пресс-конференция, а не базар.

Тактика сталкивания Шойгу в бои местного значения постепенно давала результаты. Привыкший работать «на поле», максимум выступать с докладом постфактум по реальной ситуации, он не обладал искусством выступлений на публике, подобно Геббельсу. Особенно учитывая тот факт, что последнего никто никогда не перебивал.

Шойгу имел дело с профессионалами в своем деле, поэтому я предполагал, что минут через двадцать эти ландскнехты свободной прессы его банально угандошат. В любом случае, нервничать он уже начал прилично.

— Господин Шойгу, давайте быть корректными. У меня последний, корректный вопрос: куда машины отвозили тела мертвых и раненых? Где вы их прячете?

— Я повторяю вам, что это были не наши машины. Никаких мертвых и раненых мы в больницах не видели и никого не прячем.

— Алексей Алферов, «Эхо Москвы». А весь мир видел, господин Шойгу. Вам не кажется это странным? Министр МЧС не видел, а миллионы телезрителей в мире видели УБИТЫХ И РАНЕНЫХ в городе МОСКВА, столице РОССИИ. Вы понимаете, о чем я? Видели лужи крови и оторванные конечности. Видели детские трупы. Все это видели, а вы не видели, вот что странно.

— Показанные западными каналами лужи крови и оторванные конечности не есть доказательства того, что теракт на самом деле имел место. Россия прошла через десятки терактов. Взорванные дома в Москве, Буйнакске, «Норд-Ост», Беслан. Тысячи жертв. Вы полагаете, что, пройдя через все это, государственные органы почему-то решили «замылить» совершенное кем-то преступление? Особенно под прицелами видеокамер западных СМИ? В чем логика?

— Вы не понимаете, в чем логика? Вы действительно не понимаете, почему государственные органы решили это, как вы выразились, «замылить»? Я вам объясню, если хотите.

— Да, объясните, а заодно и своим коллегам объясните, всем очень интересно.

— Логика в том, что вы, правительство, президент, администрация президента, — вы все настолько обнаглели от тотального контроля всех и вся, что решили, что аудитория «съест» любую ложь, которую вы ей подсунете. Вы решили, что безнаказанно можете «замылить» любое преступление. Особенно в свете рапорта министра внутренних дел о полной победе над боевиками в Чечне. Этот теракт ну никак не вяжется с «полной победой». Особенно когда на носу президентские выборы. Вчера сюжет о теракте был показан в прямом эфире по РТР через десять минут после взрыва. В вечерних новостях его уже не было нигде. Вы решили, что вам это сойдет с рук? Вы решили, что можете так тотально нагло манипулировать людьми?

— Я не отвечаю за сетки вещания, я же вам сказал, вероятно, на РТР поставили сюжет, не разобравшись...

— Вот именно, что «не разобравшись»... А потом вы с ними быстренько разобрались и заблокировали новость о теракте. Но кроме РТР и ОРТ есть еще, слава богу, мировая общественность...

— Я имел в виду, что они поставили сюжет, не проверив, действительно ли имели место подобные обстоятельства. Я повторяю — я не отвечаю за сетку вещания...

— Поймите, господин Шойгу, нам все равно, за что вы отвечаете. В вашем лице мы обращаемся к власти, которая чинит произвол и диктатуру в области СМИ. Да и не только в области СМИ. Мы просим ответов от власти, господин Шойгу, а вы уходите от них. Мне это напоминает допрос фашистами коммуниста Димитрова, помните? «Вы боитесь моих вопросов, господин министр?» Я тоже хочу спросить: вы боитесь моих вопросов, господин министр?

Да, Шойгу попал. Зная этих придурков, спичрайтеров, я вполне допускаю, что они не успели написать отмазку по поводу столь быстрой реакции РТР и последующего молчания в вечернем эфире, тем самым подставив его. Ситуация патовая. Ошибочка у вас вышла, граждане. Сейчас он, конечно, сошлется на то, что утром все каналы высказались по ситуации, сказав, что обстоятельства выясняются. Но тут уже поздняк метаться. Шойгу попал. Я набираю Коле SMS с единственной фразой: «Давай».

— Я не боюсь ничьих вопросов. Я говорю вам ту информацию, которую мы имеем. Я говорю вам то, что утром уже прозвучало на всех телеканалах и радиостанциях. Есть видеокадры с места события, есть показанные машины и тела. Самих пострадавших нет. Машины неясной принадлежности. В больницах и моргах ни одного тела. Вы хотите вместе со мной проехать посмотреть?

— Николай Вострецов, Ньюсру.ком. Господин Шойгу, не хотите ли вы сказать, что теракт инсцинирован?

Туше. Коля обводит окружающих взглядом победителя. Но истинный триумфатор не он, ох не он.

— Я повторяю. У нас нет никаких свидетельств того, что теракт имел место. Никаких свидетельств и никаких обращений родственников. Ничего, кроме видеокадров.

Двери зала, где проходит пресс-конференция, открываются. Камеры дружно переключаются на входящих. В дверях плачущая женщина, которую ведут под руки двое мужчин. Журналист с «Эхо Москвы» берет микрофон и говорит, что у него есть заявление. Затем передает микрофон женщине.

— Сергей, я к вам обращаюсь по имени, потому что вы ровесник моему сыну. Вчера мы с ним должны были встретиться у метро «Проспект Мира». Он вышел из здания, пошел ко мне, потом я услышала взрыв и увидела дым. Он ехал с работы, мы еще позавчера договорились встретиться, он вез мне лекарства. Я увидела дым (плачет) и моего Володеньку, он там лежал. А потом приехали эти «скорые», его погрузили, и больше я его не видела. Вы не знаете, где мой сын, Сергей? Я вас очень прошу, скажите мне. Мне очень нужно его увидеть. Я вас ни в чем не обвиню, просто покажите мне моего сына, пожалуйста. Я мать, поймите. У вас есть мать?

Шойгу начинает говорить что-то свои соседям по столу. Затем включается кто-то из ФСБ. Прессуху сворачивают. Женщину уводят милиционеры. Финита ля комедиа.

ПРИЕМ

Oh no not I, I will survive
Oh as long as I know how to love I
Know I'll stay alive
I've gor all my life to live
I've got all love to give
I'll survive I will survive
Hey, hey

Из колонок музыкального центра звучит Глория Гейнор, а вся наша команда — Вадим, Пашка, Генка, Женька и я — стоит на кухне Пашкиной квартиры и чокается водкой. Мы отмечаем наш сегодняшний успех уже второй час. Все уже достаточно пьяные, тогда как я почти не пью, собираясь к шести часам на встречу с Вербицким.

— А помните, как Фадеев с «Ленты» загонял Шойгу с этой госдачей и бассейном? — спрашивает Женька.

— Ага, «никаких мертвых мы в больницах не видели», — захлебывается смехом Генка. — Кожугетыч, что сам, что ли, по больницам ходил?

— А как эта старая дура выступила? — Паша завязывает полотенце на манер головного платка и гундосит, изображая ту безумную бабку: — «Сергей, вы не знаете, где мой Володенька?» Кто ее придумал, Антон?

— Это Вадик, — улыбаюсь я, — он режиссировал все гениально.

Пашка берет со стола круглую картонную подставку под пивную кружку и пришлепывает ее на пиджак Вадика со словами:

— За проявленное во время съемок антиутопии «Метро-2007» мужество и героизм Вадим Даев награждается орденом Сутулова!

— Первой степени! — кричит в дымину пьяный Генка, воздев палец к потолку. — Первой степени! Это же додуматься нужно до такого свидетеля!

— УРААА! — кричим мы все вместе и дружно хохочем.

Все снова чокаются, выпивают, и кухня снова наполняется обсуждением прошедшего. Я выхожу на балкон и закуриваю сигарету. Следом за мной выходит Вадик:

— Ну что? Думаешь про метро?

— Мы сегодня их обыграли, — я пытаюсь выпустить несколько колец из дыма, но они рассыпаются, — интересно, как они ответят?

— Это уже не важно, — Вадим пристально смотрит на меня, — ты вошел в историю.

Сначала я хочу традиционно ответить ему про то,

что «мы все — команда» или «мы сделали это вместе», но, чуть помедлив, я просто отвечаю:

— Я знаю...

— Как ты думаешь, мы попадем на страницы учебников по информационным технологиям? — продолжает Вадик.

— Не-а, вряд ли. Мы же отрицательные персонажи, — улыбаюсь я.

— Ну и что? Между прочим, в 1938 году журнал TIME назвал Гитлера человеком года! А я всего лишь хочу остаться в памяти людей с помощью простых учебников.

— Не знаю как TIME, а Родина нас точно припомнит...

Вернувшись на кухню, я прощаюсь с ребятами, объясняю, что мне нужно ехать на встречу, и ухожу.

На улице, прежде чем сесть в машину, я решаю купить сигарет и бутылку воды. На другой стороне улицы стоит павильон, торгующий всякой всячиной. Туда я и направляюсь. Я собирался открыть дверь павильона, когда меня окликнули:

— Антон Геннадьевич! — Это прозвучало настолько убедительно, что стало ясно — человек, окликнувший меня, совершенно точно не обознался.

— Да? — Я медленно обернулся и увидел мужчину среднего роста в темно-синем костюме, белой рубашке и галстуке. Позади него стоял еще один человек. Он был очень высок, носил серый костюм и опирался на открытую дверь черного «Мерседеса». Мужчина подошел вплотную ко мне:

— Здравствуйте. Прокатимся? — Он улыбнулся одними глазами, если можно так выразиться. То есть лицо его, ничем особо не примечательное, было совершенно спокойным. И только в глубине его холодных серых глаз зажегся зеленоватый огонек. Такой удивительной особенностью говорить глазами отличаются два типа существ на земле. Породистые ротвейлеры и работники органов государственной безопасности.

— Куда кататься-то? Пробки кругом. — Я скользнул взглядом вниз и уставился в его галстук, украшенный чередующимися друг друга красной, белой и голубой полосками.

— Да тут рядом. И потом, у меня проездной хороший. — Он залез во внутренний карман, достал оттуда бордовую ксиву с российским гербом и молниеносно, как фокусник, раскрыл ее у меня перед глазами, задержав ровно на две секунды. Прежде чем она снова исчезла, я успел разглядеть только фотографию и крупную надпись: ГОСУДАРСТВЕННЫЙ СЛУЖАЩИЙ.

— Единый студенческий? — попытался пошутить я, понимая, что отказаться от вечернего променада с этим госслужащим мне не удастся.

— Практически. Садитесь в машину, — пригласил он меня жестом, не терпящим возражений.

Товарищ в сером костюме открыл заднюю дверь, я

залез в салон и увидел еще одного пассажира также в сером костюме, сидящего у окна.

— Добрый вечер, — поздоровался я. Пассажир глянул на меня и, не ответив, отвернулся к окну. Я сел посередине, человек в синем костюме влез следом за мной, а стоявший на улице дылда сел на переднее сиденье. Мы тронулись. Машина резко рванула на «разделительную» и понеслась в сторону Политехнического музея.

— Я могу позвонить? — спросил я у «синего костюма», достав телефон.

— Антон Геннадьевич, ну что вы, в самом деле? Что это за звонок другу? Мы же не в «Кто хочет стать миллионером?» играем? — В этот раз он улыбнулся уголками рта и протянул мне раскрытую ладонь. Я вложил в нее телефон и усмехнулся:

— Ой, а я думал, играем. Как раз собирался отказаться отвечать на вопросы и взять деньги.

— Я так понимаю, Антон Геннадьевич... деньги вы уже взяли. Не так ли? — ответил «синий костюм» и пристально посмотрел на меня.

— Э... — затянул было я.

— Вы правы, это теперь не имеет никакого значения. — Он произнес это таким тоном, что я почувствовал, как у меня мокнет под мышками.

— Простите, с кем имею честь? — попытался я разрядить обстановку.

— Иванов, — сухо ответил он, — Иван Иванович.

— А...

— И мои коллеги тоже. Ивановы Иваны Ивановичи. Удобно, правда? Вы что-то еще хотите узнать?

— Нет, спасибо.

Больше вопросов у меня не было. Мы проехали мимо Третьяковского проезда. Я пытался успокоиться, но мысли у меня были самые черные. «Интересно, думал я, суд будет? Или сразу ебнут? Нет, если бы захотели убить, то вальнули бы на улице, а тут в машину посадили. А может быть, хотят продлить себе удовольствие? Сначала прочитают лекцию о преступлениях, совершенных мной против государства, а потом все-таки завалят? Нет, ну сейчас же не 37-й год? Значит, будет суд.

Сейчас приедем, мне зачитают права — и в какую-нибудь спецтюрьму. Потом быстрый допрос, закрытый суд. Адвокатам работать не дадут, пресса их все дело быстро замнет, наши даже рыпнуться не успеют. Да и вряд ли полезут. Бесполезно. Интересно, сколько мне дадут? С другой стороны, чего я сделал? Это бездоказательно. Теракта же не было? Хотя... Черт! Точно. Они признают теракт! И объявят о быстрой поимке одного из организаторов. Так... Вербицкий, понятно, уже в курсе, валит в Лондон. Гениально. Они одним махом обезглавят наши структуры и типа раскроют теракт. Ребят, наверное, уже забирают. У Вадима семья, у Генки ребенок маленький. Все сломалось. Все. Это уже преступная группа получается. Лет пятнадцать. А то и пожизненное...»

Я смотрел вперед, на улицы, на людей, открывающих двери ресторанов, помогающих своим спутницам покинуть авто, на прохожих, спешащих по своим делам. «Еще вчера я вас так ненавидел, а сегодня я вам так завидую. Вы — счастливчики, хотя половина из вас этого простого счастья явно не заслуживает. Пройду ли я еще по этим улицам?

Что делать? Может быть, смогу договориться? А чем черт не шутит? Им же нужны талантливые профессионалы, а? Я же их обыграл? Это же игра, они тоже играют. Предложу сделку. А что, покупают же друг у друга игроков футбольные клубы, которые являются непримиримыми врагами? Надо договариваться, это единственный шанс. Да уж, сегодня один из тех дней, что запоминаются на всю оставшуюся жизнь. Момент истины».

Я перестал смотреть на улицу и перевел взгляд на спинку водительского сиденья. На ней был наклеен стикер со строкой из модного хита:

YOU'LL REMEMBER ME FOR THE REST OF YOUR LIFE![1]

— Современной музыкой интересуетесь, Иван Иванович? — спросил я. Все, исключая водителя, обернулись на меня.

— Почему вы так решили? — отозвался «синий костюм».

— Ну... вот же, на стикере, — показал я пальцем.

---

[1] «Запомнишь меня на всю оставшуюся жизнь!» *(англ.)*

— Аааа... это. Это чтобы пассажиры не скучали. Что-то вроде баннерной рекламы.

— Глубоко, — только и сказал я.

— Стараемся пользоваться яркими образами.

— Да уж куда ярче. Ярче только...

— ...звезды.

— Так мы в Кремль едем? — удивился я

— Практически. В Мавзолей, — отозвался молчавший до этого водитель. — Ща будем тебя из пионеров исключать.

— Кстати, Антон, а вас в пионеры в Мавзолее принимали? — спросил «синий костюм».

— Какое это имеет значение?

— Для вас никакого, а мне интересно. Вам ответить сложно?

— Не в Мавзолее. В актовом зале школы.

— Ясно. Значит, учились неважно, — резюмировал «синий костюм».

«Пионеры, блядь, комсомольцы. Ненавижу идиотские подъебки». Я начал злиться. «Взять бы сейчас и локтем в нос тебе заехать». Я представил, как я разбиваю «синему» лицо, машина тормозит и меня начинают бить все четверо. Потом надевают наручники и с заплывшим лицом, подбитыми глазами выволакивают на улицу. Перед глазами встала финальная сцена из «Утомленных солнцем». И меня понесло. «Не буду я с вами торговаться, уроды. Хотя бы раз в жизни плюну вам в лицо открыто, выступлю на суде хотя бы перед охраной и вашими судьями и поеду как политический, вместе с ребятами. Скоты. Ни ума, ни фантазии. Работать можете только как каток, прокатывая всех и все. А я вас обыграл. Обыграл с минимальным ресурсом. Порвал, как грелок. Я не буду с вами торговаться. Точно! Тот, к кому меня сейчас везут, ждет, что я начну падать ему в ноги. Не дождетесь. Сейчас приедем, я скажу ему в лицо...»

— Вот и приехали, — «синий костюм» пощелкал по циферблату своих часов, показывая мне на время, — смотрите, семь минут. Я же говорю, у меня проездной хороший.

На его круглых часах с римскими цифрами под XII стояло клеймо BREGUET, а на месте номера модели — 77 RUS. Внизу циферблата, над окошком с датой был нарисован маленький пистолетик, похожий на логотип Джеймса Бонда. Над ним красовалась надпись: KOMANDIRSKIE.

— Интересные у вас часы, Иван Иванович. Лимитед Идишн?

— Эти? — Он посмотрел на свои часы так, будто видел их первый раз в жизни. — Именные. Друзья подарили на профессиональный праздник. Выходим.

На улице стоял свежий июльский вечер. В воздухе пахло кофе и смесью различных духов. «Нет, все-таки надо торговаться». Я расправил плечи, потер поясницу и пошел вслед за «синим».

Мы миновали будку с милиционером и пошли переулком. Я пялился по сторонам, отмечая детали окружающих зданий, сам не зная зачем. И так понятно, что обратную дорогу мне в случае чего подскажут. Довольно быстро мы подошли к зданию с широкими ступеньками перед входом. На стене рядом с массивной дверью висела бордовая табличка с гербом России и надписью:

АДМИНИСТРАЦИЯ ПРЕЗИДЕНТА РФ
КУХНЯ № 9. СПЕЦБЛОК

Из дверей, чуть не столкнувшись с нами, вышли две тетки лет пятидесяти, несшие в руках перевязанные бечевкой картонные коробки. «Пирожные, наверное, получили спецпайком. Никогда бы не подумал, что в таких стенах обитают подобные персонажи. Кухня же, может быть, обслуга?» — подумал я, а вслух заметил:

— Теперь я понял, откуда у журналистов этот идиотский штамп «кремлевская кухня». Мне даже в голову не приходило, что такое учреждение в самом деле существует.

— Есть многое на свете, друг Антонио, чего не знает «Яндекс» и «Yahoo», — заметил «синий», — вообще-то это расхожий штамп — «телевизионная кухня» или «футбольная кухня» там. Не обязательно только «кремлевская».

— Иван Иваныч, а почему номер 9?

— А почему бы и нет? — «Синий» дернул дверь на себя. — Чего, нельзя, что ли?

— Действительно, почему бы и нет? Хороший номер, — согласился я.

— А почему «спецблок», вам не интересно узнать?

Меня несколько передернуло. Я пожал плечами и посмотрел в сторону.

Зайдя внутрь, мы оказались перед высокой рамой металлодетектора, за которой стояли два милиционера и рентгеновская машина. «Синий» передал мне пластиковый лоток:

— Выкладывайте все сюда.

— В смысле металлические предметы? Так у меня вроде нет ничего.

— В смысле все. Документы, пишущие принадлежности, портмоне. Все, что в карманах, одним словом.

«Вот и все», — похолодел я.

— Ремень тоже снимать? — тихо спросил я Иваныча.

— Не задерживайте вход, мужчина! — крикнул мне один из ментов. — Шутки будете в другом месте шутить. Сказано — вылаживайте все, значит, вылаживайте.

Я послушно выгреб из карманов документы, кошелек, две авторучки и пропуск на работу. Мент протянул руку через рамку детектора и взял у меня лоток. Мы прошли. Двое «серых костюмов» остались за рамкой, мы с «синим» двинулись дальше.

— А не боитесь, что сбегу? — нагло спросил я Иваныча, когда мы подошли к лифтам. — Или один управитесь?

— Тут старое здание. Такая запутанная система помещений, что сам до сих пор не могу привыкнуть. — Иваныч глянул на меня снисходительно и продолжил: — Допустим, броситесь вы в бега и будете тут, как Фарада, ходить сутками по коридорам и кричать: «Люди, люди!» Помните, как в «Чародеях»? А тут ведь не только информационное управление находится, но и другие структуры. Могут неправильно истолковать. Понимаете, о чем я?

Открылись двери лифта, «синий» нажал на кнопку девятого этажа, двери закрылись. Лифт поднимался довольно медленно, как это бывает в старых домах. Я ощутил, как у меня за ухом начинает стекать из-под волос капля пота. Видимо, Иваныч это тоже заметил и не преминул съязвить:

— Пребываете в нетерпении? Я же говорю, старое здание. И лифт старый. Тише едешь — дальше будешь. От того места, куда едешь.

Сказано это было таким тоном, что смеяться мне уже расхотелось. У меня начала расти внутренняя дрожь, где-то в области желудка, и чуть пересохло во рту. Наконец лифт приехал. Пока мы шли прямым коридором, я разглядывал таблички, висевшие на дверях кабинетов. Надписи на них выглядели, прямо скажем, довольно нетипично для официального заведения:

Кузнецов@mediakitchen.gov.ru
Фадеев@mediakitchen.gov.ru
Лапин@mediakitchen.gov.ru

Коридор закончился дверью, на которой висела такого же размера табличка с надписью:

door@mediakitchen.gov.ru

Надпись была сделана зеленой флуоресцентной краской, которой любят пользоваться фанаты граффити или интернетчики, что служило намеком на дверь главного начальника, который разбирается в современных технологиях. Иваныч открыл дверь и пропустил меня вперед.

— Добрый вечер, — хором поздоровались две секретарши, сидевшие перед мониторами. Их головы были украшены гарнитурами с динамиком, вроде тех, которые используют девушки в call-центрах. Хотя у меня лично своими гарнитурами, неброским макияжем и короткими стрижками они вызвали ассоциацию с женщинами-инопланетянками из фильма моего детства «Москва—Кассиопея».

— Добрый. Че, у себя? — спросил Иваныч.

— Он вас ждет, проходите.

Иваныч открыл дверь и в этот раз прошел первым. Я успел заметить табличку на двери с надписью:

Черкасов@mediakitchen.gov.ru

«Надо будет интеллектуально пошутить насчет связи с боливийским подпольем, интересно — поймет?» — подумалось мне.

Мы вошли в большой кабинет, у дальней стены которого стоял длинный стол с двумя мониторами по краям. Когда мы подошли ближе, я отметил, что на столе нет никаких массивных письменных приборов, столь любимых большими государственными боссами. Не было также стопок бумаг, сшитых «пружинкой» отчетов и всего того, с чем у меня ассоциировалась госслужба. Кроме мониторов и клавиатур на поверхности стола лежала прокладка для удобства письма из коричневой кожи. По ее нижнему краю шла оранжевая полоса с логотипом мчащейся колесницы и слоганом «Старый конь борозды не портит. Hermes». На прокладке лежала компьютерная мышь и столь любимый литераторами блокнот Molesqine. Оба предмета были декорированы в цвета российского флага.

— Что, привел Антона Йозефовича? — Из-за стола навстречу нам поднялся худощавый мужчина в очках в тонкой золотой оправе. Он носил синий однобортный костюм и лицо выпускника Оксфорда, что вкупе с его вопросом резко исключило возможность шуток а-ля интеллектуальное превосходство с моей стороны.

— Привел. Представляешь, ехать не хотел, — ответил Иваныч.

— Никак машина ему твоя не понравилась? — криво усмехнулся Черкасов. — Так извиняйте, «Хорьхов» у нас нету.

— Да я как-то... — промямлил я. «Образованные, падлы».

— К делу. Моя фамилия Черкасов, я работаю кем-то вроде мастера по ремонту телевизоров, если угодно. Пойдемте за стол, — указал он рукой куда-то позади меня.

— Очень приятно. — Я обернулся и увидел небольшой стол для переговоров с четырьмя креслами. Черкасов и Иваныч заняли крайние, я же оказался между ними, лицом к двери и книжному шкафу. Кресло напротив меня осталось пустым. Я сел и стал разглядывать кабинет. В простенке между окнами висело несколько документов в рамках. «Председателю жюри всероссийского конкурса «Лучший телеведущий новостей», «За обеспечение он-лайн конференции В.В. Путина в 2006 году. Благодарность», «Победителю всероссийского конкурса по быстрому поиску в Интернете», «Лучшему в профессии. Российская ассоциация работников медиаиндустрии». «Странно, почему я до сих пор не слышал фамилии этого человека? Судя по кабинету и рамкам на стене, персонаж в информационном поле значимый», — подумал я, прочитав названия дипломов. «Есть многое на свете...» — тут же вспомнилась мне фраза Иваныча. Действительно, «Яндекс» и «Yahoo» о таких людях, как правило, не рассказывают.

В книжном шкафу кроме самих книг, судя по корешкам, в основном посвященным СМИ, стояло две работы в рамках. Одна из них представляла собой традиционную фотографию Че Гевары в берете со звездой. Он стоял в полный рост, одетый в футболку с изображением Путина, и держал в правой руке телевизионный пульт. Другая являлась плакатом, выполненным в стилистике первых лет Великой Отечественной войны. На плакате были изображены рабочие в спецовках, касках на голове и с закопченными, ответственными лицами. Они шли цепью на фоне горизонта с нефтяными вышками, сжимая в руках кирки и отбойные молотки. Поверх голов нефтяников стоял слоган:

РАЗГРОМИМ СЫРЬЕВОГО ПРОТИВНИКА!
ЗА РОДИНУ!
URAAAAAAAAAAAAAAAAALS, ТОВАРИЩИ!
Нефтяники России взяли на себя обязательства
по увеличению добычи нефти на 2% в 2006 году

«Креативненько, — отметил я. — Ничего у ребят не пропадает».

— Ну что? Расскажите мне, Антон, что вас толкнуло на путь информационного терроризма? — вытащил меня из созерцаний Черкасов.

— Как?.. Каккк..ого терроризма?

— Информационного, Антон, информационного.

— А почему это я террорист?

— Вот гад! Сам теракт подстроил, а сам спрашивает, — включился в беседу Иваныч, неожиданно для меня, использовав этакие простонародные обороты. — Да что с ним говорить-то, а? Его в колонию надо, а не лясы с ним точить.

— И с этой позицией трудно спорить! — развел руками Черкасов.

«Ясно. Злой следователь — добрый следователь. Интересно, для чего меня сюда привезли? Вербовать хотят?»

— Я никакой теракт не устраивал, граждане. Я журналист, а не подрывник. У меня своя работа, — ответил я.

— Антон, давайте вы сейчас кривляться прекратите, потому что от вас не требуется чистосердечное признание, тем более что мы и так в курсе событий, а времени у меня мало. Вы здесь для того, чтобы слушать. Посему я переформулирую вопрос более откровенно: «Какого черта было инсценировать всю эту клоунаду у метро?» У вас фантазия иссякла или просто слишком большой бюджет осваиваете?

Подобный тон беседы вариантов для увиливаний не предусматривал, посему я решил принять «откровенные» правила игры:

— Господин Черкасов, мы с вами коллеги, правда? Наша задача — конструировать информационное поле. В такой работе мы вынуждены использовать, скажем, любые нетрадиционные методы для воздействия на аудиторию. Так что это всего лишь механизм. Как вы знаете, мы ограничены в больших медиаинструментах, приходится работать в окружении превосходящих сил противника.

— Антон, я думаю, вы не мой коллега. Вы — аферист от СМИ. Недоучившийся аферист.

— Доучиться мне ваши коллеги не дали, — парировал я.

— Тебя вместо увольнения из ФЭПа надо было журналистом отправить тогда еще. На Крайний Север, — снова встрял Иваныч.

— Видимо, у ваших коллег в то время был скудный бюджет командировок. Или боялись такого таланта, как я, заморозить. — Я повернул голову в сторону Иваныча. Отчего-то страх мой прошел.

— Переписывать речи Геббельса можно годами. Более талантливо. И без ошибок, — продолжил Черкасов, — но настоящий профессионал СМИ всегда вырабатывает собственный стиль. Медиаконструкт, Антон, насчитывает добрую сотню способов достижения преимущества в информационной конкуренции. Мы можем обратиться к практике борьбы тори и лейбористов в Великобритании или демократов и республиканцев в США. Любая комбинация в СМИ может быть разыграна с использованием компромата, подтасовки фактов и ворованной из стана соперников информации. Можно манипулировать журналистами, телекартинкой, радиоэфиром и Интернетом. Это не возбраняется. Но везде есть границы, за которые настоящий профессионал никогда не выйдет. Всегда есть правила игры, Антон. Вы их вчера нарушили.

— А вы, значит, правила никогда не нарушаете? Не блокируете эфир для конкурентов, не анонсируете псевдонародные инициативы по продлению срока президентских полномочий? Не строите параллельную реальность, в которой все хорошо и все довольны?

— Любые СМИ, Антон, и есть параллельная реальность.

— Да? Ну если ваша параллельная реальность состоит целиком из радостных будней народа, то почему вы не допускаете возможности параллельной реальности, в которой гремят взрывы, а?

— Потому что это против правил, еще раз повторяю. Это негласный кодекс профессионалов. Можно использовать любые технологии, кроме технологий крови. Вспомните историю двухгодичной давности с картинками разрушений ливанского города после попадания израильских ракет, подделанными в фотошопе. Если бы речь шла о фотошопе, где президент какой-то страны обнимает проституток, все промолчали бы. Но кровь фотошопить нельзя. Она слишком реальна. И потом, вся эта мерзость, устроенная на пресс-конференции...

— Кожугетыча подставил. Святого человека! Он из самолета не вылезает, лично разруливая наводнения, землетрясения и техногенные катастрофы, а вы, суки, втянули его в ваше говно. Он же привык с реальными вещами работать, а не воду в ступе толочь, как вы. — Иваныч хлопнул себя по коленке и, отвернувшись, добавил: — Я бы с тобой, конечно, по-другому поговорил.

— А можно огласить все правила? Так, чтобы знать на будущее. Типа как в футболе? — тихо спросил я.

— А в общем они похожи на футбол. Знаете, там тоже нарушения бывают, все хотят выиграть. Можно себе рукой подыграть, иногда случается забить из «вне игры». На это можно закрыть глаза. Но где вы видели, чтобы проигрывающая команда, отчаявшись одолеть соперника, вызвала бы на подмогу зрителей с трибун? — Черкасов запнулся, потому что в этот момент дверь открылась и на пороге показался маленький человек в твидовом костюме, похожий на Зиновия Гердта.

— Не помешаю? — спросил «Гердт».

— Заходи, заходи, — сказал Черкасов, — я тут дополнительные занятия для неуспевающих провожу.

— Привет, Женя, полюбуйся, это и есть тот самый Дроздиков, — поздоровался с вошедшим Иваныч.

— Любопытно. — «Гердт» надел очки и сел напротив меня. — Так вот кто терроризм нам устроил. И что же он?

— Не хочет отказываться от своих преступных намерений, — ответил Иваныч.

— Не знает правил игры, — добавил Черкасов и посмотрел на меня. — Так на чем я остановился? А! Вы поступили именно так с этим фальшивым терактом. Аудитория — это болельщики. Они только смотрят матч, но не участвуют в нем, понимаете?

— Если говорить футбольным языком, как можно строить игру по правилам, если у вас все судьи куплены? — Я испытующе посмотрел на Черкасова.

— Я попросил бы вас впредь воздерживаться, молодой человек, — грозно сказал «Гердт».

— Судьи тут ни при чем. Не надо тут, как у вас принято, всех в один винегрет мешать, — вторит ему Иваныч.

— Да, действительно, судьи тут ни при чем. Антон,

сильная команда обыграет соперника при любом су-
действе, раз уж на то пошло, — говорит Черкасов,
слегка постукивая пальцами правой руки по ладони
левой.

— Безусловно. А телеканалы, «эксклюзивно» ос-
вещающие матч, покажут всем, что выиграли хозяева
поля вне зависимости от результата? — сказал я, об-
ведя присутствующих взглядом. Повисла пауза. Первым ответил Черкасов:

— Антон, это как в Лиге чемпионов. Есть матчи
дома, есть «на выезде». Мы пока играем на своем поле.
А у хозяев поля всегда есть право эксклюзивной трансляции.

— Вы, молодой человек, хотя бы отдаленно пред-
ставляете, что станется с вами, если мы используем те
же технологии и подключим к игре болельщиков? —
спрашивает «Гердт».

— Да вас народ просто разорвет, если мы завтра
признаем теракт и укажем на виновных, — резюмирует Иваныч. — Может быть, так оно и лучше было бы?

— В смысле? То есть как? — наигранно туплю я.

— А так. Сами посудите. У нас есть два варианта.
Первый — это вариант признания теракта и поиска
виновных. Демонстрация потерпевших...

— А что, в стране найдется достаточно честных хороших парней, готовых помочь Родине и стать постра-
давшими в теракте, — говорит Иваныч, почему-то
показывая на меня пальцем.

— Но мы не можем вовлекать в этот водевиль

аудиторию, — продолжает Черкасов, — потому что, как я уже сказал, это против правил. А также потому, что у граждан страны есть более важные дела, нежели выведение на чистую воду аферистов от СМИ. — Черкасов поднял со стола покоившийся на нем до этой секунды лист формата А4 и перевернул, демонстрируя мне. Лист представлял собой плакат в стиле «Окон РОСТа». Двое рабочих в касках стояли рядом с нефтяным факелом. Под ногами у них находилась речевка:

МЫ НА ГОРЕ ВСЕМ БУРЖУЯМ
МИРОВОЙ ПОЖАР РАЗДУЕМ!
ДАЕШЬ СОТКУ ЗА БАРРЕЛЬ!
Нефтяники России взяли на себя обязательства
по увеличению добычи нефти на 8% в 2008 году

— Впечатляет, — кивнул я головой.

— Даже если направить ситуацию в правовое поле, — Черкасов посмотрел в сторону «Гердта», последний кивнул, — то у меня нет никаких гарантий, что после вашего, Антон, ареста не появятся новые «Дроздиковы», менее вменяемые и более глупые. А что? Бюджетов у наших оппонентов хватит, недоучившихся журналистов, мнящих себя новыми Геббельсами, тем более. Остается второй вариант. Вариант диалога. Посему, Антон, я предпочитаю наставить на путь истинный самого перспективного из вашего лагеря. То есть вас.

— А вы уверены, что я стою не на истинном пути, господа? Вы тут мне рассказываете про какие-то правила, про болельщиков. Раз уж мы начали проводить аналогии, то вернемся к игре как определению. Раз это игра, то наша задача — понравиться аудитории. Устроить шоу, которое вырвет ее из спячки. А аудитория сама выберет победителя. И чем сильнее персона, тем лучше шоу, а значит, больше популярности. И наоборот — хорошие шоу ведут сильные фигуры. Я просто одна из них. И как показывает практика, аудитория пока выбирает меня.

— Молодой человек, — «Гердт» закашливается, вынимает носовой платок и сморкается, — молодой человек. Позвольте узнать, вы имеете представление, что будет, если это самое ваше шоу «вырвет аудиторию из спячки»? У вас есть гарантии, что она не захочет узнать, каким образом столь молодой и талантливый шоумен устраивает все эти красочные фейерверки? Вы готовы устроить аудитории «сеанс магии с полнейшим ее разоблачением»?

— Антон, вы на самом деле полагаете себя фигурой? Вы это сейчас со всей ответственностью заявляете? — пристально смотрит на меня Черкасов.

— Я даю повод считать себя не вполне нормальным? — удивляюсь я.

— Судя по всему, так оно и есть. А что? Тогда это многое объясняет, — кивает головой «Иваныч», — а мы тут с ним время тратим. — Он стучит по своим «командирским» часам и качает головой.

— Антон, я еще раз убедился в том, что вы не до конца понимаете механику восприятия политтехнологов аудиторией. Вы неверно полагаете, что люди считают вас какой-то там фигурой. Более того, они даже о вашем существовании не подозревают. А вы им насаждаете какие-то животные инстинкты. Разбудить пытаетесь. Я вам помогу. — Черкасов подходит к шкафу и достает оттуда какую-то книгу: — Вот, послушайте:

«Тут она замолчала и в страхе прислушалась: в лесу неподалеку кто-то громко пыхтел, словно огромный паровоз. «Уж не дикий ли это зверь?» — мелькнуло у нее в голове.

— А в вашем лесу много тигров и львов? — робко спросила она.

— Это всего-навсего Черный Король, — сказал Траляля. — Расхрапелся немножко!

— Пойдем посмотрим на него! — закричали братья, взяли Алису за руки и подвели к спящему неподалеку Королю.

— Милый, правда? — спросил Траляля.

Алисе трудно было с ним согласиться. На Короле был красный ночной колпак с кисточкой и старый грязный халат, а лежал он под кустом и храпел с такой силой, что все деревья сотрясались.

— Так можно себе и голову отхрапеть! — заметил Труляля.

— Как бы он не простудился, — забеспокоилась Алиса, которая была очень заботливой девочкой. — Ведь он лежит на сырой траве!

— *Ему снится сон!* — *сказал Траляля.* — *И как по-твоему, кто ему снится?*

— *Не знаю,* — *ответила Алиса.* — *Этого никто сказать не может.*

— *Ему снишься ты!* — *закричал Траляля и радостно захлопал в ладоши.* — *Если б он не видел тебя во сне, где бы, интересно, ты была?*

— *Там, где я и есть, конечно,* — *сказала Алиса.*

— *А вот и ошибаешься!* — *возразил с презрением Траляля.* — *Тебя бы тогда вообще нигде не было! Ты просто снишься ему во сне.*

— *Если этот вот Король вдруг проснется,* — *подтвердил Труляля,* — *ты сразу же* — *фьють!* — *потухнешь, как свеча!»*

— Узнаете? — Черкасов закрыл книгу.

— Это... это, по-моему, из «Алисы в Зазеркалье», — сказал я.

— Это сказка про пешку, которая стала королевой, ни разу за игру не разбудив спящего короля. — Он поставил книгу на полку и обернулся ко мне: — Вы любите английскую литературу?

— Не все, — ответил я, чувствуя, что окончательно тупею.

— Я надеюсь, Антон, что после нашей беседы вы сделаете соответствующие выводы. Либо прекратите играть против правил, либо прекратите заниматься СМИ в целом. Я ясно излагаю?

— Куда уж яснее.

— Тогда давайте на этом закончим. У меня к вам

личная просьба. Передайте Вербицкому, что он, в силу возраста, должен понимать, что Лондон — это не так уж далеко отсюда. В случае чего. Резюмируя. Я надеюсь, Антон, что это мое предупреждение заставит вас задуматься. Второго не будет.

— Может быть, передадите мне для него наглядное пособие? — усмехнулся я, показывая на плакаты. — А то я боюсь, не смогу передать со всей суровой марксистской прямотой.

— Скажите, Антон, а вы не боитесь однажды на самом деле узнать, что напрасно называют Север крайним? — «Гердт» снял очки и начал протирать их тряпочкой, вытащенной из бокового кармана пиджака.

— В смысле?

— Ну, в смысле увидеть своими глазами, что он бескрайний? — Он подышал на очки и снова принялся протирать их.

— Я после сегодняшнего нашего диалога понимаю, что страхов у меня осталось меньше. — Признаться, я устал от этой демагогии и хотел, чтобы наша встреча скорее закончилась.

— В самом деле? Ну, тогда я вам его дарю. В смысле Север. Возьмите визиточку. Вдруг пригодится. Не дай бог, конечно. — Он протянул мне карточку, встал и пошел к выходу. За ним встали Черкасов и Иваныч.

— До свидания, Антон. Проводи его, пожалуйста, — кивнул Черкасов Иванычу. — Я надеюсь, Антон, вы дома еще раз проанализируете нашу встречу и сделаете работу над ошибками.

— Постараюсь, — отвечаю я и выхожу вслед за Иванычем. В лифте я достал из кармана визитку, которую дал мне «Гердт»:

Скуратовский Евгений Малютович
Эксперт

BASSMANN — Ooh yeah!
PRAVO Ltd
Судебные тяжбы
Правовая поддержка вашего бизнеса
Юридические консультации

Раздумывая, зачем она мне, я автоматически перевернул ее и прочел мелкий шрифт на обороте:

I will see you in far-off places
© Morrissey

Прочел и тут же убрал в карман.

Внизу дежурный мент выдал мне пластиковый пакет с надписью «Общепит». Заглянув внутрь, я обнаружил свои вещи, сданные при пересечении металлической рамы. Мы с Иванычем вышли на улицу, молча дошли до второго милицейского кордона, миновали его и остановились рядом с «Мерседесом», доставившим нас сюда.

— Ну, бывай, журналист, — усмехнулся Иваныч.

— Вам тоже всего самого хорошего, — улыбнулся

я. — Вы, кстати, меня до дома не подбросите? Или до того места, откуда взяли?

— А ты заработал на такое такси-то? — Иваныч посмотрел на меня с плохо скрываемой неприязнью. Видимо, он на самом деле жалел, что меня не расстреляли.

— Понял. Не дурак. Стало быть, доеду сам как-нибудь. — Я кивнул головой и пошел в сторону Старой площади. Когда я вышел на площадь, хлынул сильнейший ливень. Благодаря тому, что у кафе «Прадо» всегда стоят таксисты, я не слишком сильно вымок. Сев в первую же машину, я объявил тысячу рублей и уже через тридцать минут принимал душ в собственной ванной.

После душа я лежу на диване. Одним глазом я смотрю телевизор, по которому идет какой-то документальный фильм о Великой Отечественной. На экране о чем-то увлеченно беседуют офицеры СМЕРШа.

Я чертыхаюсь, прогоняя неприятную ассоциацию, и закрываю глаза.

ВЛАСТЕЛИН МЕДИА

Июль 2007, Москва
За восемь месяцев до выборов Президента РФ

Мы всей командой сидим в комнате для переговоров, временно переоборудованной в кинозал. Позади всех сидит Вербицкий. На растянутом на стене экране — рабочая версия документального фильма «Чья-то чужая нефть». Даже не документального, а, как сказано в титрах, «героико-публицистического эпоса». Минут тридцать шел рассказ о детстве, отрочестве и юности Ходорковского в пряничном стиле «когда был Миша маленький с кудрявой головой, он тоже лазил в валенках по вышке нефтяной». Затем рассказ пошел о становлении компании «Юкос» и превращении ее в Закрома. Реально, закадровый голос так и сказанул — «Они создали Закрома Родины». В тот момент, когда я собрался уж было зевнуть, началась жесть. Пошли кадры про арест.

Голос за кадром: «Как Прометей, он нес народу России свет свободы и либеральных ценностей. Он шел наперекор Системе, высоко подняв голову. Он просто делал свою работу. А в это время чьи-то злые глаза уже следили за ним».

Камера показывает чьи-то глаза в прорезях спецназовской маски. Следующий кадр — Михаил Ходорковский изображен Прометеем, прикованным к скале. Его атлетичный торс перекрещен цепями, ноги закованы в кандалы. Он мудро и вместе с тем печально смотрит из-под очков куда-то на Восток. Туда, где рождалась заря и нефть. С наступлением темноты с той же стороны прилетает двуглавый орел, держащий в лапах скипетр и державу. Головы орла, как и полагается государственной птице, смотрят в разные стороны. Орел камнем падает с небес и начинает двумя клювами яростно долбить печень Ходорковского, сжирая ее без остатка. Лапы орла попеременно охаживают Прометея по голове скипетром и державой.

— Мама родная, — я хватаюсь за виски, — Вадик, кто это снимал?

— Ну, так... паренек один молодой, а что, не нравится? — обернулся Вадик в искреннем изумлении. — Что конкретно?

— Что ж он употребляет-то? Барбитураты? Нет... скорее всего кислота...

Голос за кадром:

— За ночь печень регенерировалась и даже чуть увеличивалась в размерах. Если посмотреть на нее поближе (наезд камеры), то под тонкой пленкой можно было различить нефтяные вышки, капилляры нефтепроводов, новые перерабатывающие предприятия,

сотни бензовозов и тысячи бензоколонок, заседания
совета директоров и рост акций, увеличение EBITDA
и выплаты дивидендов, хороших друзей и верных подчиненных, жарящих вместе шашлык в Нахабино, ли-
цей для талантливых детей и региональные программы развития.

Что и говорить, снято гениально. Признаться, я и сам
люблю здоровый стеб и цинизм, который делает окружающий мир более удобоваримым. Но все-таки есть же
пределы всякому глумилову. И потом, поймет ли Аркадий Яковлевич? В силу возрастных различий, так сказать. Я поворачиваюсь назад и смотрю на Вербицкого.
Его лицо не отражает никаких эмоций. Он сидит, погруженный в просмотр, лишь изредка поправляя очки. Хм...
Голос за кадром: «Узник тишины? Нет, неправда. Народ не молчит. Те, к кому все эти годы обращался Михаил, помнят своего вождя. Своего духовного проводника».

Теперь камера показывала долговязого парнишку,
одетого в тертые джинсы и куртку-«аляску». Он стоял
на фоне не то гаражей, не то забора из ржавых ме-
таллических листов. В руках его был плакат, на котором была нарисована нефтяная вышка, которую вен-
чало Всевидящее Око, вроде того, что нарисовано на
долларе США. Над оком полукругом было написано:

Liber Hodor!

— Этот материал еще не причесан, — шепотом
сказал Вадим, наклонившись к моему уху, — рабочая
версия.

— А что за парень-то? — поинтересовался я.

— Не в курсе. Его Генка притащил. Говорит, что это новая звезда русского Интернета. Типа того на него вся молодая аудитория дрочит.

— А... — делаю я понимающее лицо.

Голос за кадром:

— Здравствуйте, расскажите о себе, Сергей.

Парень кашлянул, зачем-то поднял над головой плакат, потом опустил и начал говорить:

— Я Сережа Шляхтич, основатель и руководитель движения высшей нефтяной справедливости «Либер Ходор!». Мы — прогрессивная молодежь России — видим свою цель в продолжении дела нашего великого учителя — Михаила Ходорковского, в борьбе за идеалы свободы и демократии. Мы добиваемся скорейшего освобождения нашего учителя из темницы, в которую его бросил кровавый режим, и работаем над выдвижением Михаила кандидатом в Президенты России!

Камера показывает крупным планом лицо Шляхтича. Я обращаю внимание на его широко раскрытые глаза с практически отсутствующими зрачками.

— Он укурен, что ли? — шепотом спрашиваю я Вадима.

— Я не знаю. Почему ты так думаешь? Говорит несвязно?

— Говорит-то он как раз связно. Зрачков только нет.

Я поворачиваюсь назад, к Генке:

— Ген, он обкуренный?

— Я не в курсе, — по ходу прыскает в кулак Генка.

— Ну и кадры у тебя. Как он перед камерой-то стоит? Он не упадет?

— Дальше смотри, — показывает пальцем на экран Генка.

Голос за кадром:

— Движение «Либер Ходор!» создано Сергеем
два года назад и уже насчитывает более трех тысяч
человек. Ребята устраивают семинары, организовы-
вают митинги гражданской оппозиции, конференции
в Интернете. Они работают в тесном контакте с бывшими сотрудниками «ЮКОСа» и надеются, что Ми-
хаилу Ходорковскому разрешат участвовать в выбо-
рах-2008, в которых он, безусловно, победит.

В это время на экране сменяют друг друга кадры, изображающие парней и девчонок от семнад-
цати до двадцати лет, марширующих с плакатами,
расклеивающих листовки, расписывающих стены
граффити, сидящих за компьютерами. Камера выхы-
ватывает паренька, в руках у которого плакат с надписью «Путин — уйди сам!». Парень смотрит в камеру, потом натягивает на голову капюшон кофты и
уходит из кадра.

— Во! — показываю я пальцем на экран. — Это
же тот самый дятел, который хотел с митинга убежать
весной. Я еще рядом с ним стоял, когда мне вопросы
задавали журналисты. Помнишь, Вадим?

— Не-а, — отрицательно качает головой он.

— Ген, — оборачиваюсь я, — этот парень на митинг студентов ходил?

— Я не помню. Наверное, ходил. Эта же одна и та же агитбригада. Я их часто пользую. У банкоматов они тоже были, к примеру.

— Тогда ясно.

На экране снова крупным планом Шляхтич, который стоит на крыше строительного вагончика и громким голосом вещает:

— Либер Ходор! Лишь Михаил Ходорковский в силах обращать воду в нефть одним лишь Умным Взглядом Сквозь Очки.

— Либер Ходор!

Стоящая около вагончика толпа молодежи поднимает руки вверх и скандирует:

— Либер Ходор! Либер Ходор!

Голос за кадром:

— Иногда, вынуждаемые произволом властей, ребята переходят к акциям прямого действия.

Камера показывает приемную ФСБ, закиданную помидорами, затем снова Шляхтича, который говорит на бегу:

— Последней каплей терпения гражданского общества стало закрытие властями сиротского приюта, где отобранные обществом «ЮКОС» со всей планеты милые и очаровательные ребятишки могли жить, учиться, дружить и познавать радости Свободы и Либерализма. В ответ на это мы перешли к прямым действиям!

— Вообще-то приемную ФСБ «лимоновцы» закидывали, — говорю я Вадиму.

— Какая разница? Люди все равно не помнят. — Он разводит руками и улыбается.

— Резонно, — киваю я, — а кадр со Шляхтичем переснять надо. Видно, что он не бежит, а просто руками машет на месте.

На экране снова возникает стена из ржавого металла. Шляхтич стоит, повернувшись к камере боком, и говорит, методично рубя воздух ладонью:

— Атмосфера клеветы, обмана и басманного правосудия, коей окутали нашу страну силы темной стороны, заслонив свет свободы, стала непроницаемой. И подлая цель их понятна — ввести народ в заблуждение, оболгать демократию, извратить парламентаризм и не дать гражданскому обществу осуществить Левый Поворот до 2008 года. Мы им этого сделать не позволим. Спасибо...

Он выходит из кадра, затем снова возвращается и говорит:

— А... это... забыл... «Путин — уйди сам!»

Голос за кадром:

— Бля...

Шляхтич выходит из кадра, но продолжает говорить:

— Чо, все? Или еще продолжать гнать?

Голос за кадром.

— Все, хорош, Серега.

Шляхтич:

— Может, еще про летающую тарелку Гитлера и связь с Арктическим Рейхом дать?

Голос за кадром:

— Все, все, спасибо.

Шляхтич:

— Ну как хотите. А вот про гламурный фашизм?

Голос за кадром:

— Ребят, а покажите Сергею, как к машине пройти.

Шляхтич входит в кадр, поднимает два пальца и говорит:

— Реасе, кросафчеги!

Подходит какой-то мужик и выталкивает его из кадра. Камера показывает стену, слышно, как Шляхтич говорит за кадром: «Ладно, ладно, чего вы, я пошутил». Фильм заканчивается.

Все смеются и дружно аплодируют. Включается свет.

После просмотра мы сидим в моем кабинете втроем — я, Вербицкий и Вадим. Мы смотрим на шефа, ожидая реакции. Вербицкий медленно допивает кофе и молвит:

— Если коротко, то... понравилось. Много шероховатостей, вашего вечного цинизма, но... я так понимаю, что без него уже и нельзя. Да. В общем, проект одобряю. Развивайте. Но я хотел сказать вам пару слов не о том. Как вы знаете, в воскресенье я прилетел из Лондона. Так вот. Отдельные персонажи из Администрации Президента выходили на связь с Лондоном.

— Ого! — вырвалось у Вадима.

— По моей информации власть собирается предложить нам сценарий выборов, учитывающий инте-
ресы оппозиции. — Вербицкий отворачивается к окну
и замолкает на несколько секунд. — Речь идет о кресле премьер-министра и нескольких министерских
портфелях. Иными словами...

Не дожидаясь, пока он закончит, мы с Вадимом
дружно хлопаем в ладоши. Победа. Вербицкий цар-
ственно улыбается.

— Да, ребята, да. Мы их сдвинули. Я полагаю, что
они на грани истерики. Сами подумайте — общество
разобщено, напугано, дестабилизировано, эмоционально перегружено... Что им остается делать? Нам
бы еще один толчок, — Вербицкий комкает салфетку
и щелбаном скидывает ее со стола, — и в пропасть.
И тогда полная победа. В общем, нужен еще один проект... Есть мысли?

— Вы знаете, я тут на досуге размышлял над тем,
где их еще зацепить можно, — Вадим посмотрел сначала на меня, потом на Вербицкого, — в каких сфе-
рах мы еще не играли. И вот что мне пришло в голову. Социалка была — с Зайцевым и бомжами, эконо-
мика была — с банковским кризисом, хоррор был, —
Вадим понизил тональность, — с метро. Сейчас
фильм этот про Хайдера как вершина пирамиды. Это
же чисто идеологический ход, как правильно заметил Антон.

— Ага, — я кивнул головой, — идеология чистой
воды.

— Да, — Вадим замешкался, будто собираясь с мыслями, — да. Правильно.

— Ты что-то еще хотел предложить? — Вербицкий покрутил в руках чашку и поставил ее·на блюдце. — Есть идеи?

— Есть. Понимаете, все проекты, которые мы, начиная с февраля, реализовали, лежали в одной плоскости — внутренних событий. И реакция на них была прежде всего внутренних СМИ.

— Ты хочешь сказать, что мы недостаточно с западными поработали? «Ты, Вадик, хочешь, может быть, бросить тень на меня как на главного идеолога? Взыграло ретивое?» — думаю я.

— Нет, Антон, не в том дело. СМИ, как известно, состоят из двух частей — внутреннее информационное поле и внешнее. Внутреннее поле мы уже вспахали.

— Так вот, — продолжает Вадим, — осталось внешнее поле.

— Что мешает? — Вербицкий отворачивается. Кажется, он зевает. — Работайте с фирмачами плотнее. Они же интересуются, что тут у нас происходит.

— Это верно. Но как бы сильно фирмачи ни интересовались нашими внутренними делами, они все равно останутся для них «нашими» делами, — Вадик рисует руками в воздухе шар, — и заставить западные СМИ среагировать на что-то серьезно, можно только лишь затронув их среду обитания. Причем серьезно. Это должна быть серьезная угроза.

— Ты думаешь, нам удастся уговорить Путина или Лаврова постучать по трибуне ботинком на манер Никиты Сергеевича? — криво ухмыляюсь я. — И кто кого будет уговаривать?

— Я могу через одноклассников попытаться на Лаврова выйти, — улыбается Вербицкий, — а что он должен сказать, пристукивая башмаком? Войну США объявить?

Мы сдержанно смеемся. Вадим, как ни странно, тоже.

— Антон, ты помнишь встречу с твоим другом Никитой на Чистых прудах? — обращается ко мне Вадим.

— Ну... — при совмещении Чистых прудов с именем Никитоса у меня начинает ломить затылок, — в общих чертах. А что?

— Никита там двинул очень удачную мысль про построение страны в телевизоре, помнишь?

— В общих чертах, что-то такое было, — вспоминаю я пьяные базары Никитоса.

— Страна в телевизоре? Оригинально! — восклицает Вербицкий. — Это как «Городок в табакерке», что ли?

— Практически. Так вот, объясняя технологии поднятия рейтинга, он предлагал показывать политиков, перерезающих ленточки на открытиях фабрик и заводов, фальшивых, естественно.

— Чего-то было такое... Ты, пардон, предлагаешь нам начать продвигать «добрые дела» нашего кандидата? И где будем строить первый завод или порт? — Я ловлю себя на мысли о том, что Вадик мне уже порядком надоел.

— Наряду с фабриками там упоминалась маленькая военная инсценировка, — Вадим не обращает никакого внимания на мои подколки, — помнишь, Антон? Декорации типа «Девятой роты»?

— Помню. И что?

— Секундочку. — Вербицкий весь подбирается, как кот, готовый к прыжку. — А можно подробнее? С кем ты, Вадим, собираешься воевать и каким образом?

— Я предлагаю организовать что-то вроде приграничного инцидента, Аркадий Яковлевич, — Вадим кивает в сторону телевизора, — что-то похожее на теракт в метро, только с прицелом на международный конфликт.

— С кем? — Я разглядываю стену напротив, понимая, о чем скорее всего пойдет речь. — Не с Китаем, случайно?

— Ну, полагаю, вариантов у нас не так чтобы и много? — Вербицкий пристально смотрит на Вадика. — Вероятно, нам нужна какая-то гордая маленькая страна?

— Ясно... — Я рассматриваю свое запястье и думаю о том, что неплохо было бы часы сменить. Может, купить «Seiko» пластмассовые? Хотя, конечно, это уже понты через край, я же не Абрамович. — На натуру поедем? Или Грузию будем в павильоне на «Мосфильме» снимать?

— Я полагаю, что снимать в России слишком рисково, — Вербицкий встает, — после известных событий. У меня есть достаточно неплохие контакты в Грузии, помогут все организовать. Вообще идея отличная.

— Гениальная идея. — «Господи, как же ехать-то не хочется», — думаю я. — Вадим, а ты уже прикидывал даты реализации проекта?

— Август — лучше всего, я полагаю.

— Почему это? — хором спрашиваем мы с Вербицким.

— Ну, во-первых, есть время для подготовки. А во-вторых, — Вадим смотрит на потолок, — во-вторых... в августе всегда что-то происходит, так? То лодка, то самолет, это уже традиция. Теперь вот военные действия.

— Да, Антон, действительно. А почему бы и не август? — спрашивает меня Вербицкий.

— Да я, в общем, не против, господа. — «Действительно, бля. А мне вот интересно, почему иных вопросов не возникает? Ни с кем проект согласовывать не надо, не нужны предпроектные записки, даже «Мне нужно все обдумать» не произнесено вслух. Вы уже полностью нам доверяете, Аркадий Яковлевич? Или просто такое головокружение от успехов?» — Август — хороший месяц для таких событий, я согласен с Вадимом.

Все замолкают. Вадим улыбается с чувством полнейшего превосходства. Вероятно, он думает о том, что мое кресло теперь не так уж и недосягаемо.

«Надо бы тебя в Москве оставить, друг мой, а то ты

зарвешься окончательно», — думаю я. О чем думает Вербицкий, я не знаю. Может, о пенсии?

— Кто будет медиареагированием в Москве рулить, а кто поедет в Грузию на съемку? — нарушает тишину голос Вербицкого.

— Я мог бы уговорить поехать со мной съемочную группу CNN, — предлагаю я. — Вадим уже имеет опыт координации департаментов, а «темник» я напишу.

— А ты уверен, что нам так уж необходима там западная съемочная группа? — пытается отыграться Вадим. — Может быть, просто передадим им кассету, как с метро?

— Лучше будет, чтобы такую операцию проводил на месте Антон, — Вербицкий смотрит в окно, — а мы тут отрулим. В конце концов, основная война в СМИ начнется дня через два после самого события. Антон уже будет здесь.

— Логично. — Вадик кивает с бесстрастным лицом, но в глазах его мелькает недобрая искра.

«Хер тебе, а не медали». — Я смотрю на него и добродушно улыбаюсь. — Когда будем детали обсуждать?

— Ребят, мне нужно ехать, предлагаю встретиться завтра-послезавтра. — Вербицкий смотрит на часы. — А вы днями «темник» набросайте.

Проводив Вербицкого, мы возвращаемся.

— Ну, ладно. Я «темник» начну писать вечером, завтра вместе продолжим, ОК?

— Хорошо, — Вадим стоит на пороге кабинета и ждет момента, чтобы войти внутрь, — как скажешь.

— ОК. — Я разворачиваюсь и иду к себе. В конце коридора я встречаю Орлова с листами бумаги.

— Привет, — здоровается он.

— Привет.

— Видел, какой мне прикол прислали? Чувак один сказал, что это реальный плакат «комитетовцы» готовят к печати. — Он протягивает мне лист А4, на котором изображены Ксения Собчак и Ксения Бородина на фоне гербового щита КГБ, поверх их голов написано:

Ксения Собчак и Ксения Бородина представляют
«БОЛЬШОЙ ДОМ-2»
Как построить любовь?

— Смешно, да, Антон?

— Обхохочешься, блядь, — говорю я и зачем-то сплевываю три раза через плечо.

— А мне кажется... — начинает Генка, но я не даю ему договорить и ухожу.

Сев в кресло в своем кабинете, я размышляю о том, что идея с Грузией неплоха, но все-таки вторична. И есть риск того, что не получится у нас все замутить так же ловко, как и с метро. А главное — это неясная цель. Для чего? Чтобы западная медиа обвинила Россию в агрессии против маленькой горной страны? Типа танки против роз? И как это нам поможет?

Грузия, Грузия... Что меня связывает с Грузией? На ум приходила только съемка в программе Моти Ганапольского «Спорная территория». Трехмесячной давности. Там была грузинская тема... весьма смешная...

В начале программы первый вопрос: «От кого зависят СМИ?» Ганапольский задал грузинскому журналисту Зурабу, который сидел в Тбилиси и разговаривал с нами в режиме телемоста:

— Я хачу сказат, что преждэ всэго нада раздэлят СМЫ на государствэние и нэзависимие! — начал Зураб и затем довольно долго и путано объяснял, кому какие СМИ в Грузии принадлежат. Сидящие в московской студии некоторое время слушали его, потом начали свою дискуссию, совершенно выключив Зураба. Пару раз я отвечал на вопросы журналистов из зала, давал какие-то комментарии выступлениям коллег. Так прошло минут сорок, пока Матвей не попытался снова вовлечь Зураба в процесс обсуждения.

— Скажите, Зураб, как вы считаете, в Грузии сейчас более независимые СМИ, чем в России?

Услышав, что к нему обращаются, Зураб оживился и начал по новой:

— Я хачу сказат, что преждэ всэго нада раздэлят СМЫ на государствэние и нэзависимие!

— Мы поняли, Зураб, мы поняли, — остановил его Матвей, — мы уже перешли к другому вопросу. Вы слышали его, батоно Зураб?

— Что? — Зураб снова обезоруживающе улыбнулся. В этот раз его улыбка уже реально раздражала. — Нэт, павтаритэ, пажаласта.

Все засмеялись. Ганапольский поворачивается спиной к монитору и обращается к нам:

— Коллеги, Зурабу очень не просто. Мы все вместе обсуждаем тему в студии, практически выключая его из дискуссии. А когда Зураб отвечает, то слышит себя в наушнике с трехсекундной задержкой. Поверьте, это очень не просто. Давайте будем уважать друг друга. Итак, Зураб, я повторяю вопрос: «Как вы считаете, в Грузии сейчас более независимые СМИ, чем в России?»

И в этот момент у грузина выпадает из уха микрофон, и он снова не слышит Ганапольского. Когда Ганапольский заканчивает говорить и поворачивается к экрану, Зураб снова расплывается в улыбке и говорит:

— Батоно Матвей, извэнитэ, у мэня микрофон из уха выпаль. Тот жэ вапрос? Так я считаю, что прэждэ всего...

— Вот мудило тупое, — выдыхаю я, забыв, что ко мне прикреплен микрофон. Зураб продолжает говорить, и тут мое высказывание доходит до него по телемосту. Услышав собственную речь с задержкой в три секунды, как и полагается, он встрепенулся.

— Эээээ, ты что сказал, а? — Зураб вскакивает, вынимает из уха микрофон, который ему мешает говорить, отбрасывает его в сторону и начинает орать: — Ты каво мудилой назвал, ищак? Я твой рот ибаль, понял, да?

— Сам ты ишак. Тоже мне, орел... — Я встаю, снимаю микрофон и двигаю к выходу.

— Ребята, ребята, — пытается примирить нас Ганапольский, — Антон, Зураб — перестаньте.

— Ээ, Матвей, а че это за дэло, э? Чо он меня так назвал? Я его так называл? — Зураб стоит в своей студии и по-бабьи разводит руками.

— Антон, ты не прав, — Ганапольский идет следом за мной, — последнее, что мы сейчас должны делать, — это ругаться между собой. Тогда как нам нужно сплачиваться.

— Вот и сплачивайтесь. — Я хлопнул дверью и вышел вон.

Я улыбаюсь. Действительно, смешно получилось, хотя весьма вероятно, что и не правильно. Я, полулежа в кресле, курю и пью прямо из горла довольно дрянной французский коньяк неизвестной марки, подаренный мне кем-то из коллег. Включаю телевизор. По РТР показывают «Аншлаг, аншлаг». Клоун, одетый метростроевцем, или метростроевец, одетый клоуном, не поймешь, поет комические куплеты:

> Выпить я хотел сто грамм.
> На экране либерал
> Говорит, что президент
> С нас три шкуры ободрал,
> Мол, ни водки, ни селедки
> Не оставил вам, друзья!

Только вот не понял я
Диспут философский.
Раньше пил я спирт «Рояль»,
Теперь коньяк «Московский».
Медия, медия,
Не понятно не струя.

«Халтурщики, — я отпиваю коньяк, — неужели тоньше нельзя? Хотя, наверное... наверное, и не нужно тоньше-то». Клоуна-метростроевца сменили две «новые русские бабки». Одна из них играла на маленькой гармошке, другая — на гавайской гитаре. Рядом с ними топтался на месте дурацкого вида чувак в деловом костюме. Бабки запели хором:

Телевизор я включила:
В нем программа «НОВОСТИ»,
Про инфляцию трещит
Там Антоха Дроздиков.
Он пугал, что скоро будем
Снова все мы нищими,
А мне пенсию подняли
Двумя с полстами тыщями.
Эх, хвост, чешуя,
Все наврала медия.
Мне по радио сказали:
«Нет свободы слова».
Я-то знаю, все придумал
Дроздиков Антоха.

Я разбила радиолу, завела магнитофон,
Только гадости забыла, снова слышу его гон:
«Нам в России жизни нет
С этим президентом».
Дернула из сети шнур я одним моментом.
Эх, хвост, чешуя,
Все наврала медия.
Я включила пылесос,
И в пылесосе этот пёс
Говорит, что олигархов обижает президент.
А мне до олигархов — что до этой лампы.
Внук включает Интырнет:
Тама баннер про балет.
Тыкнула на баннер я —
Там сволочь либеральная.

«Судя по всему, чувак в деловом костюме — я. Вот так. Когда-то мне говорили, что настоящей звездой можно стать только после того, как тебя простебают на ОРТ или РТР. Поздно они спохватились. Пропустили тренд. Я простебал их раньше. Я стал медиазвездой. Ха-ха-ха. Властелином Медиа».

Бабки тем временем продолжили:

Я от Дроздиков устала:
Все мозги мне выпили.
В ФСБ я позвонила,
Чтобы меры приняли.

«Приходят люди в серых костюмах и уводят Дроздикова под песню «Антошка, Антошка, пойдем копать картошку».

Неужели намек на то, что снова на «Кухню» ехать? Пойдем копать картошку... юмористы, бля... нету, нету у вас героев, — я делаю большой глоток, — не читаете классику. Папу не знаете». Я улыбаюсь и смотрю на плакат в рамке, стоящий в книжном шкафу. Плакат представляет собой стебалово над известной обложкой брауновского «Кода да Винчи». Отличие состоит лишь в том, что леонардовская Мона Лиза носит голову Геббельса с гладко зачесанными назад волосами. Геббельс, так же, как и она, криво улыбается. На месте названия книги характерным шрифтом написано: CODE 14/88. DISARM YOU WITH A SMILE! А под фигурой Йозефа-Джоконды то же, но в русском переводе: КОД ЗА 14 р. 88 коп. МИЛЫЙ МОЙ, ТВОЯ УЛЫБКА!

Я снова улыбаюсь и закрываю глаза. После коньяка очень хочется спать. Я запрокинул голову и, весьма вероятно, захрапел. Мне опять снились «нокиевские» гонки на спорткарах. Я также сидел в прозрачном кубе-комнате перед монитором и с помощью мыши управлял машинками доброго десятка игроков, которые жали на клавиатуры своих телефонов. Даже во сне я помнил, что все это уже было со мной: и как я менял игрокам «порши» на «Жигули», и как я увеличивал или уменьшал им высоту трамплина, и как я потешался над тем, что игроки думали, что это они сами управляют своей игрой.

Я зевал. Мне было ужасно скучно. Отчасти из-за того, что я знал финал игры каждого из участников, отчасти из-за того, что я понимал — ни один из них так и не обернется назад. Слишком уж каждый из них был увлечен собой. И тогда я решил обернуться сам.

За прозрачной стенкой куба позади меня не было ВООБЩЕ НИЧЕГО. Казалось, что кто-то приложил к стенке белый лист бумаги. Вероятно, именно так должна была выглядеть по замыслу создателя АБСОЛЮТНАЯ ПУСТОТА. Лишь изредка по этому листу бегали какие-то блики. Я встал, подошел к стенке и уперся в нее лбом. Так, чтобы хоть чуточку посмотреть вниз. Вначале мои глаза, привыкшие к мерцанию мониторов, не уловили границы между пустотой и чем-то еще. Я всматривался вниз и через несколько минут понял, почему бликовала пустота. Мерцание исходило снизу, от светящихся квадратиков. Они то загорались, то гасли — так, как это происходит с клавишами телефона, на которые нажимают пальцем. Подумав об этом, я в ужасе отстранился от стены и вернулся обратно за стол, ведь ЭТО И БЫЛ ЧЕЙ-ТО ТЕЛЕФОН. Во всяком случае, все на это указывало.

«НЕТ, — ПОДУМАЛ Я, — ЭТОГО НЕ МОЖЕТ БЫТЬ, ВЕДЬ ЭТО Я — ТОТ, КТО УПРАВЛЯЕТ ЧУЖИМИ ТЕЛЕФОНАМИ И МАШИНКАМИ?»

Я снова подошел к стене, прислонился всем лицом и даже встал на цыпочки, чтобы увеличить угол обзора. Клавиши не горели. Какие-то секунды внизу было темно. Затем из ниоткуда выдвинулся белый столб, тыкнул в один из квадратиков — и тот загорелся.

Я проснулся в холодном поту от собственного крика. Я долго сидел на кровати, не включая свет, и тупо смотрел перед собой, пока мне не показалось, что сбоку от меня что-то мерцает. Я повернул голову и увидел лежащий на тумбочке телефон со светящимся экраном. На экране было написано:

«Неотвеченный вызов: 1».

Просматривать, кто мне звонил, я отчего-то не стал.

КИНОСТУДИЯ «ГРУЗИЯ-ФИЛЬМ»

Август 2007 года, где-то на грузинской границе.
За семь месяцев до выборов Президента РФ

К месту съемок приехали в семь часов утра. Пока из автобусов выгружались американцы и аппаратура, я с оператором из своей команды пошел на встречу с грузинами. Из подъехавшего открытого «уазика» почти на ходу выскочил здоровый бородатый мужик, одетый в камуфляж. Он подошел ко мне, снял темные очки, улыбнулся и протянул руку:

— Ваха.

— Приятно познакомиться, я Антон.

— И мнэ очэн приятно.

— Ты, значит, тут за старшего?

— Вродэ того.

— У тебя общая информация о сегодняшнем событии имеется?

— Имеется, а как жэ. Канешна имеетса, дарагой.

— Вот и отлично. Значит так, Ваха. Мы тут у тебя поснимаем чуть-чуть и уедем. Мне главное понять диспозицию, так сказать. Чтобы мы все, разом, понимаешь, все вместе слаженно сработали, понимаешь?

— Канэшно панимаю, дарагой. Я по-русски харашо панимаю. Русскую школу заканчивал, в армии служил, мнэ три раза гаварить нэ нада. Харашо, дарагой? А на акцэнт внимания не обращай, дети гор, что с нас возьмешь. — Закончив фразу на чистом русском языке, Ваха улыбнулся, как человек, готовящийся привести приговор смертной казни в исполнение.

— Прости, Ваха, прости, дорогой. Это издержки профессии. Приходится часто с иностранцами работать, вот и говорю медленно, с повторами. Условный рефлекс. Извини, если обидел.

— Нэ проблэма, дарагой.

— У тебя опыт съемок боевых действий или вообще опыт подобных съемок имеется?

— Ну, так... — Ваха отвернулся и сплюнул.

— Большой?

— У меня в девяносто первом — девяносто третьем нэбольшая киностудия была. Там. В лесах, — ответил Ваха и махнул рукой куда-то в сторону Чечни. — Я был что-то вроде продюсера, так у вас говорят? Малэнка савсем. Мэнше, чем дажэ «Грузиа-филм».

Я посмотрел в глаза Вахе, и мне показалось, что в этот момент в них отразились инструкции по взрывному делу, организации боевых отрядов, внезапным рейдам в тыл противника и всему тому, что должен знать и уметь каждый уважающий себя кинопродюсер, становление карьеры которого пришлось на первую Чеченскую войну.

— Я так и думал. Значит, всем все ясно. Это хорошо. Это очень хорошо, Ваха. Рассказываю. Работать во время съемок будем без связи. Вертолеты прилетят со стороны России в семь сорок пять. Отстреляются и в восемь нуль-нуль развернутся обратно. Мы все снимаем и ретируемся отсюда в восемь десять, максимум восемь пятнадцать. Нам дан коридор до восьми двадцати. Дальше, автобусы с аппаратурой уезжают своим ходом, а твои ребята увозят нас на своих машинах и переправляют завтра в Россию. Нам сейчас надо договориться, кто и куда садится после съемки, где будут стоять твои машины и кто повезет, потому что через пять минут мы отрубаем рации и мобильники и будем без связи, понимаешь?

— Без связи так без связи. — Все время, пока я говорил, Ваха счищал прутиком грязь, прилипшую к подошвам его высоких армейских ботинок. — Нэ проблема. Пойдем, покажу позиции.

— Подожди, я переводчиков и старших иностранцев позову.

— Им все покажут, нэ волнуйся, дарагой. Все места подготовлены.

Мы миновали кусты, растущие у дороги, и вышли на плоскую местность. Муляж пограничной заставы представлял собой квадрат, образованный четырьмя огневыми точками. Из двух точек торчали орудия, две другие были пустые. Недалеко от нас находилось некое подобие сарая, наполовину врытого в землю («Блиндаж, где командный пункт располагается», — пояснил Ваха), далее стояли два барака, имитировавшие казармы, между ними стоял ветхий грузовик «ЗИЛ», а по периметру квадрата стояли телеграфные столбы, врытые наспех и не несущие никаких проводов.

— Халтура, — резюмировал я, обозрев местность, — чего, провода лень было повесить или по смете не прошли?

— Времени не́ хватило. Ну... и денег тоже, — щелкнул пальцами Ваха.

— Пойдем, огневые точки посмотрим, а то, может, это не пушки, а елки торчат.

— Абижаешь, а? Какие елки, там даже солдаты настоящие сидят.

В двух огневых точках действительно находились орудия и солдаты. По трое у каждого. При нашем появлении они нехотя вставали, поправляли ремни, но сигарет изо рта не вынимали. Ваха что-то сказал им по-грузински, довольно резко, после чего бойцы стали расчехлять орудия и некоторые даже надели каски. В двух других гнездах обнаружились пустые бутылки («Долго сидэли, холодно», — сухо заметил Ваха) и отхожая яма.

— Я ж тебе говорю: халтура, а ты — «времени не хватило». Твои бойцы зассали и засрали тут одну яму почти целиком, а в другой бутылок полмашины. Совести не хватило вам, а не времени.

— Слушай, Антон, ты тут собрался противовоздушной обороной заниматься или кино снимать, а? — развел руками Ваха. — Меня просили макет — я построил макет. Что еще надо? Может, тэбэ еще аэродром за неделю здесь построить надо было и федералов два полка нагнать?

— Ваха, ты не кипятись. Уж кого-кого, а федералов мне тут точно не надо. Просто я перфекционист и сторонник съемок, максимально приближенных к реальности.

— Как скажеш, дарагой. Вот еще что. Тут у меня два мешка с грузинской формой, пайдем пакажу.

Мы подходим к блиндажу, у которого стоят два похожих на Ваху грузина, одетые в спортивные костюмы. Ваха делает им знак рукой, и они молча вываливают содержимое мешков на землю. Я сажусь на корточки, беру в руки камуфляж и верчу его так и сяк. Камуфляж весь в огромных дырках на груди и спине, бурых пятнах, местами обожжен.

— Ваха, а почему дырки такие большие, а? Такое впечатление, что в человека не пулемет, а пушка снарядами лупила. Вы тут не перестарались?

— Антон, ты когда-нибудь видел, как вертолетный пулемет работает?

— Нет, честно говоря, не видел.

— И нэ дай тэбэ Бог увидеть. Не придирайся. Нормальные дырки. В самый раз.

Отчего-то мне не захотелось больше расспрашивать и придираться к дыркам, понимая, что это последняя вещь, в которой мне хотелось бы разбираться профессионально. Я прошу своего оператора позвать начальника статистов, а также проверить, разместились ли камеры.

Я заметил в отдалении небольшой холм, с которого просматривалась вся поляна, и двинулся к нему. Дойдя, я закурил и стал осматривать поле предстоящей «битвы». Массовка лениво разбирала военную форму, камеры уже заняли три указанных им места, и операторы деловито копошились вокруг небольших песчаных насыпей, устраиваясь удобнее. Трое грузин молча стояли в центре площадки, даже не переговариваясь друг с другом. Солдаты у пушек смотрели на происходящее весьма заинтересованно. Почти все было готово, лишь у блиндажа двое американских операторов безуспешно боролись с маскировочной сеткой, которая закрывала им окна. Я двигаюсь к ним. Один из троих грузин Вахи двигается вместе со мной. Мы почти одновременно подходим к блиндажу и смотрим, как америкосы неловко тянут сетку на себя, пытаясь оторвать ее от окна. Грузин подходит к окну, отстраняет америкосов, достает большой нож, делает два взмаха и освобождает окно от сетки. Лишь с одной стороны сетка закрывает окно чуть больше, чем нужно. Кто-то из америкосов указывает ему на этот небольшой недочет. Грузин молча указывает рукой на небо и уходит, оставив америкосов в замешательстве. Поняв, в чем дело, я говорю переводчице:

— С этой стороны солнце будет мешать, переведи.

Америкосы, поняв, в чем дело, дружно аплодируют грузину. Он оборачивается, кивает головой и продолжает идти к Вахе. Переводчицы приносят кофе в больших термосах, разливают его по пластиковым стаканам и обносят окружающих.

Ко мне подходит Ваха со своими бойцами:

— Я нэ нужэн болшэ, Антон?

— Как не нужен? А кто нас увезет отсюда? — смеюсь я.

— Мои машины там будут стоять, за лесом. Как вертолеты улетят, вы закончите и идите к нам, аппаратуру бойцы погрузят. Они аккуратные.

— Спасибо. Тогда встречаемся за лесом. Увидимся.

— Удачи тэбэ, дарагой. — Ваха жмет мне руку, надевает очки и уходит вместе со своими молчаливыми грузинами.

Я про себя еще раз отмечаю его странную манеру говорить то с сильным акцентом, то на чистом русском языке. Наверное, кагэбешник бывший, не иначе, объясняю я эту странность моего нового знакомства. Еще, мне кажется, что он как-то печально посмотрел на меня во время прощания. Возможно, эта неземная грусть во взгляде свойственна всем продюсерам, работавшим в 1991–1993 годах в лесах Чечни, возможно, мне просто показалось. В любом случае Ваха оказался профессионалом своего дела. Что приятно.

Ко мне подходит главный америкос, Джефф Райот. В одной руке он держит пластиковый стакан с кофе, в другой — сигарету. Его ветровка застегнута под горло, но все равно он стучит зубами от холода.

— What's up, dude?[1] — спрашиваю я со смехом, хотя и так все ясно.

— Such a cold, Anthony. It's always like that here?[2]

— Of course, it's not Miami beach, but I'm OK, Jeff[3].

— You're Russian bear[4], — смеется Джефф.

Я снимаю свою куртку и отдаю ее Джеффу, потому что на самом деле не так холодно или просто у меня начинает вырабатываться адреналин, который согревает.

— Take this, Jeff[5].

— O, thank you. And what about you?[6]

— I'm OK. I've got another thing[7].

Я достаю из заднего кармана джинсов плоскую фляжку с коньяком и отхлебываю из нее. Джефф рассматривает мою ветровку, во всю спину которой надпись большими буквами: HOMO MINOTAURUS. К нам подходит переводчица, с которой Джефф начинает обсуждать эту надпись. Она смеется и говорит:

— Знаете, Антон Геннадьевич, у всех режиссеров есть такие специальные стульчики, на спинках которых их фамилия написана. Как у Бондарчука, например. Вы прямо как режиссер.

---

[1] Как дела, чувак? *(англ.)*
[2] Как холодно, Антон. Здесь всегда так? *(англ.)*
[3] Конечно, это не Майами-Бич, но я в порядке, Джефф *(англ.)*.
[4] Ты — русский медведь *(англ.)*.
[5] Бери, Джефф *(англ.)*.
[6] О, спасибо. А ты как же? *(англ.)*
[7] Я в порядке. У меня есть другая штука *(англ.)*.

— Я и есть режиссер, милая моя. И автор сценария, и продюсер, и режиссер. Все в одном флаконе.

Она переводит Джеффу, мы все начинаем хохотать, Джефф надевает мою ветровку, я протягиваю ему фляжку для более быстрого согревания, он делает большой глоток, чуть кривится и произносит:

— Excellent...[1]

Судя по всему, бухло здесь было не только у меня, потому что все участники съемок сгрудились около блиндажа, курят и передают по кругу какую-то бутылку. Кто-то включает непонятно как сюда попавший магнитофон, который начинает играть известный хит Глории Гейнор «I will survive». Над площадкой летит:

I've got all my life to live
I've got all my love to give
I will survive
I will survive
Ooh

Я смотрю на часы и понимаю, что до подлета вертолетов осталось семь минут. Взяв мегафон, я скорей шутливо, чем строго, говорю:

— Але, дорогие товарищи, бухать прекращаем, нам работать еще предстоит.

От блиндажа раздается смех, музыку делают чуть тише, но не выключают совсем.

И все пританцовывают якобы от холода, продолжают передавать бутылку по кругу, кто-то из амери-

___
[1] Великолепно (англ.).

канцев даже подпевает. В общем, атмосфера самая что ни на есть кайфовая. Выглядит это так, как если бы большая компания выехала на игру в пейнтбол и сейчас все «разминаются коньячком», а после игры день плавно перейдет в пикник. В общем, повторюсь, всем очень кайфово.

И тут я услышал гул. Сначала он был где-то очень далеко, затем стал нарастать все ближе и ближе, так, что скоро превратился в стрекот пропеллеров. «Вот и началось», — подумал я. Над лесом появился первый вертолет, за ним другой, третий, четвертый.

— Всем камерам приготовиться! Командам занять свои места! Внимание на крупные планы. «Жертвы» готовы»? — объявляю я начало мероприятия.

— Готовы! — поднимает руку ответственный за массовку. Люди в массовке снимают куртки и предстают в изорванной военной форме, покрытой пятнами крови. Кто-то, одетый в форму работника МЧС, тащит сетку с пластмассовыми конечностями и банки с кинематографической кровью.

— Эй, ты, дятел! — кричу я ему. — Але, я к тебе обращаюсь, «эмчеэсник», куда ты прешься?

— Так ведь вы же скомандовали? — Мужик останавливается и кладет сетку и банки на место. — Как скомандовали, так я и пошел!

— Баран, это я камерам и массовке скомандовал, а не тебе. Декораторы появляются только после боя, когда мы «убитых» снимать будем, понятно?

— Понятно, Антон Геннадьевич. И что мне делать?

— Обратно вали, туда, где стоял. Снимать по моей команде «On the air», — объявляю я всем операторам. — Переведите американцам.

Девушки бросаются к главным в двух иностранных командах и, отчаянно жестикулируя, начинают тараторить. Иностранцы дружно смотрят в мою сторону, затем в небо и согласно кивают. На дальних закоулках моего сознания рождается вопрос: «Какого черта «вертушки» летят со стороны Грузии? Должно же быть наоборот?» Но он тут же подавляется контраргументом о всегдашней тупости военных, заряженных на эту операцию. Картина в моем сознании нарисовалась примерно следующая. Генералы, которые получили бабки, передали по цепочке приказ направить четверку вертолетов для чего-то вроде учений. Приказ миновал все звенья и наконец дошел до командира звена (или как он там называется). А командир этот решил, что лететь таким образом будет быстрее, можно сэкономить топливо, потом продать сэкономленное и купить пару ящиков водки. А то, что вертолеты появляются со стороны Грузии, в то время как видеоряд рассказывает о нападении российских вертолетов на грузинских пограничников, так это его, командира, не волнует. Это же не он потом монтировать и ретушировать все будет. Не его задача. Его задача — купить пару ящиков водки. И в этом, как мне в тот момент казалось, лежит вся сермяжная истина российской истории. В паре ящиков водки...

— Jesus...[1] — только и сказал Джефф, увидев вылетающих из-за контура леса вертолетов. Вся четверка зависла в воздухе и стала похожа на рыцарей Средних веков, которые стоят в полной боевой амуниции, готовые к ристалищу. Во всяком случае, окна кабины и тупая морда вертолета вызвали у меня ассоциации с рыцарским забралом и закованным в броню боевым конем.

— Impressive! Once I was on the air show, down to New Orlean. That was nothing, comparing what these guys doing![2]

— It's another show, Jeff! It's totally another show[3], блядь. — Я похлопываю его по плечу.

— Блиад! — радостно соглашается Джефф и кивает башкой.

И все-таки какого черта эти ебаные вертолеты прилетели с грузинской стороны? Я беру в руки мегафон и объявляю:

— Всем камерам внимание! Не снимать самолеты над лесом! Не снимать самолеты над лесом! Только в воздухе, когда они стрелять начнут! DON'T MAKE ANY PICTURES WHILE HELICOPTERS ARE ABOVE THE FOREST! DON'T MAKE A MOVE TILL I SAY!

Я стараюсь кричать как можно громче и все равно не уверен в том, что мои слова слышны в этом стреко-

---

[1] Господи... (англ.)

[2] Впечатляет! Однажды я был на авиашоу под Новым Орлеаном. По сравнению с тем, что вытворяют эти ребята, то шоу было ерундой! (англ.)

[3] Это другое шоу, Джефф. Это абсолютно другое шоу (англ.).

те лопастей. Один из вертолетов отделился от звена и стал описывать круги над нами. Выглядело это довольно грозно.

— Jesus! — снова говорит Джефф. — Watch that one, Anthony! O my God, check that out![1]

— God is not Jesus, anymore, Jeff! Your God is media! Remember! GOD IS MEDIA![2] — говорю я.

— Sorry[3]. — То ли у меня проблемы с дикцией, то ли здесь слишком шумно, Джефф наклоняется ко мне и говорит: — What do you mean?[4]

— I mean that we are making the history today. We are Gods, Jeff! We are Media Gods![5] — кричу я ему прямо в ухо.

— Ooh, yeahh![6] — поднимает он вверх большой палец.

— ON DA AIR![7] — ору я что есть сил, и камеры утыкаются в небо.

Проходит какое-то время, и звучит гром или что-то, похожее на гром. Я вижу, как из-под крыла самого дальнего от нас вертолета вырывается пламя и ракета вдребезги разносит старый «ЗИЛ», поставленный в качестве декорации. Картинка должна получиться

---

[1] Посмотри на того, Антон! Господи, ты только посмотри на это! *(англ.)*
[2] Господь не Иисус, Джефф. Твой Бог — Медиа! Запомни! Бог — это Медиа! *(англ.)*
[3] Прости *(англ.)*.
[4] Что ты имеешь в виду? *(англ.)*
[5] Я имею в виду то, что сегодня мы делаем историю. Мы боги, Джефф. Мы Медиа боги! *(англ.)*
[6] О, да! *(англ.)*
[7] В эфире! *(англ.)*

потрясающей. Хорошо бы, чтобы еще вертолеты сменили дислокацию так, чтобы лес оказался перед, а не за ними. «Грузинские» пушки или «зенитки», черт их разберет, начинают стрелять по вертолетам. Вокруг летающих машин возникают облачка из дыма.

Я стою на небольшом пригорке, как Наполеон, ждущий ключей от Москвы. Я уже чувствую вечерний эфир. Такое впечатление, что перед моими глазами проносится выпуск новостей целиком. Я так и представляю себе напряженные лица ведущих «Первого канала», РТР и НТВ, которые не знают, что говорить своей аудитории. Наверняка эти бездари не придумают ничего лучше, чем назвать свои сюжеты одинаково: «Провокация на российско-грузинской границе», в то время как CNN, BBC и прочие выдут в эфир с коротким, но единственно верным титлом: WAR! И миллионы людей сегодняшним вечером позвонят друг другу для того, чтобы начать разговор с единственной фразы: «Видел, что в Грузии творится?» А сотни тысяч счастливых обладателей цифрового телевидения уже не уснут сегодняшней ночью, потому что до утра будут вперивать свои красные глаза в экран телевизора, переключая западные каналы, чтобы еще и еще раз увидеть одну и ту же картинку: кровь и огонь. Они будут жадно ловить каждое слово западных аналитиков в надежде понять, что будет завтра со страной, а еще важней, что будет завтра конкретно с ними? Звонить таким же не спящим друзьям, консультироваться, прикидывать, строить прогнозы. А самые возрастные и малообразованные (но зачастую самые богатые) из них будут зычно призывать на помощь своих жен, наливая себе третий за последние полчаса бокал коньяка:

— Алла!

— Чего?

— Иди, позови Светку, пусть переводит, непонятно ни хера!

— Да спит она уже, отстань ты от дочери!

— Да мне ее сон до фонаря, когда тут такое происходит. Я ее учителю по английскому плачу двушку в месяц, а она спит, видите ли! Пусть встает и переводит отцу. У меня в акциях три мулика, мне надо знать, как себя завтра биржа поведет!

— У тебя брокер есть, вот он пусть и знает. А дочь пусть спит!

— Буди, блядь, я сказал! Бабки мои, а не брокера. Может, завтра спать будем уже в другом месте и на полу!

Мама поспешно бежит на второй этаж в комнату дочери...

А завтра, того и гляди, западные правительства выступят с осуждающими действия России речами, вероятно, даже введут какие-то санкции и направят в Грузию свои миротворческие силы. Президент и правительство начнут оправдываться, собираться на ночные заседания с целью выяснить, кто проспал такую подставу, но будет уже поздно. Биржа немедленно отреагирует, акции российских компаний упадут, потом Standard and Poors, или еще кто, даст отрицательную оценку инвестиционному климату в России и понизит наш рейтинг до невозможного, и все эти умники-прогнозисты, аналитики, брокеры, портфельные инвесторы, политтехнологи и модераторы ситуаций, просто говоря, умоются. Потому что в какой-то момент все пошло не так. И это, заметьте, в самый неподходящий момент. В канун президентских выборов...

А все почему? Потому что один отдельно взятый человек, Антон Дроздиков, замутил весь этот спектакль. Антон, простой и в общем-то хороший чувак, которого в свое время не оценили. А если бы оценили, то ничего бы этого не было. Ни терактов, ни нападений на погранзаставу, ничего. Возможно даже, Антон сочинил бы им другой спектакль, который позволил бы президенту спокойно остаться на третий срок или спокойно передать власть Преемнику. Смотря по обстоятельствам. А теперь нате, жрите говно, ведь вы этого достойны?

Примерно такой текст лихой кавалерией проносится в моей голове в то время, как ракета, выпущенная вторым вертолетом, попадает в артиллерийский расчет, разнося на куски пушку. Из облака пыли и ошметков, возникшего над тем местом, которое еще секунду назад было артиллерийским расчетом, вылетает чье-то тело. «Каскадеры, красавцы какие, — думаю я. — Неужели грузины так работать научились? Это же чистый Голливуд». Джефф, стоящий рядом со своими камерами, оборачивается ко мне, снова поднимает большой палец и кричит:

— Nice job, Anthony![1]

— Welcome![2] — небрежно отвечаю я и снова кричу в мегафон: — Больше крупных планов! Переводчики, скажите иностранцам, больше крупных планов. Работаем быстро, у нас времени еще пять минут, не больше.

Вертолеты начинают работать из пулеметов. Кругом стоит грохот, в воздухе висит пыль. За моей спиной что-то взрывается, и я инстинктивно падаю на землю. Думая о том, что мне как организатору такое поведение не к лицу, я встаю и поспешно объявляю в мегафон:

— Массовка вошла в кадр! Массовка вошла в кадр, легли в развалинах и работаем!

— Так ведь стреляют еще, Антон Геннадьевич! — кричит мне начальник массовки.

— На войне как на войне! — смеюсь я.

Действительно, это война. Великая отечественная медиавойна, которую придумал, срежиссировал, воплотил в жизнь и отснял для истории один человек — Я. Я чувствую себя этаким Шивой, который играет роли сразу нескольких сторон — и нападающих, и обороняющихся. И охотников и жертв. Хотя нет, жертв здесь еще нет, аудитория увидит всю нашу войнушку только вечером. И состояние у меня в этот момент сродни наркотическому опьянению. Хотя нет, конечно же нет. Кайф от любого наркотика НИЧТО по сравнению с тем кайфом, когда ты управляешь ситуацией. Когда ты четко понимаешь, что завтра миллионная

---

[1] Отличная работа, Антон! *(англ.)*
[2] К вашим услугам! *(англ.)*

аудитория, увидев по телевизору войну, испугается, впадет в панику и дальше будет тупо бежать по дороге, которую укажут ей аналитики. Она увидит и услышит войну, которую создал ТЫ, аналитиков, чьими устами говоришь ТЫ. А потом, поверив всему этому, аудитория начнет делать выводы и принимать решения. Но все эти выводы и решения давно уже придумал и вложил в их головы ТЫ. Хотят они того или нет, но у них нет выбора. Потому что медиа давно уже решила за них абсолютно все. А она действительно разумна. Потому что МЕДИА — ЭТО ТЫ...

И несмотря на то что в воздухе висит пыль и видно достаточно плохо, мне кажется, что я различаю вдали солнечные лучи, которых в эту пасмурную погоду не было еще десять минут назад. Реально я вижу, как они медленно начинают прорезать пыль и бьют в нашу сторону. Или все это мне только кажется?

Ко мне подбегает начальник массовки и спрашивает, почему взорвалась машина и пушка, если вертолеты стреляют холостыми? Я начинаю объяснять ему про пиротехнику, заранее заложенные заряды, одновременно смотря на вертолеты. Один из них снова описал над нами круг и завис над лесом. Вот идиоты! Опять над лесом. Блядь, какого черта он опять полез туда? Вообще, какого черта надо было лететь со стороны Грузии?

Вертолет открывает огонь из пулеметов. Пули похожи на косой дождь, первые капли которого падают метров за сто перед группой американского телевидения, а последние, похожие скорее на град, методично сносят небольшую насыпь, сделанную для удобства операторов. Затем они сносят камеры первого ряда, а в финале — самих операторов. Последний из группы, высокий белобрысый парень, по инерции продолжает снимать в эти секунды стреляющий вертолет, пока пули не разрывают его тело в клочья.

Я думаю, что это какая-то чудовищная нелепость и все такое. Катастрофическая ошибка или трагичный сбой приборов у пилота. Я понимаю, что этот вертолет сейчас замолчит и все остальные, увидев произошедшее, резко свалят. Еще я думаю о том, достаточно ли мы успели снять до того момента, когда «вертушки» улетят. Выглядело ли это достаточно натуралистично? Успел ли кто-то снять гибель американской группы со стороны? Мои мысли бегают от «хороший ли получился сюжет» до «как же мы будем завтра отмазываться перед америкосами»? И тут ракета попадает в стоящий чуть поодаль блиндаж, в котором сидит группа, снимающая общий вид поля боя. Я успеваю подумать только о том, как мы боролись с нависающей на окна маскировочной сеткой, которой была укрыта крыша, как ракета натурально пробивает крышу и следует жуткий взрыв. Меня начинает охватывать паника: КТО-НИБУДЬ ПОНИМАЕТ, ЧТО ПРОИСХОДИТ? КАКОГО ЧЕРТА ОН ДЕЛАЕТ?

Гремит еще пара взрывов, которые поднимают в воздух несколько человеческих тел. Я вижу, как Джефф снова оборачивается ко мне совершенно бледный и ничего не понимающий. Что-то подсказывает мне, что все происходящее — это не спецэффекты. Или все это мне только кажется? Тем не менее я кричу ему:

— RUUUUUUUUUUUUUUUUNNNN![1] — затем поворачиваюсь спиной и несусь сломя голову прочь отсюда.

— What the hell are they doing?[2] — кричит бегущий ко мне Джефф. — They killed the CNN guys![3]

— I don't know, Jeff, I'm really sorry[4], — отвечаю я, не оборачиваясь.

— YOU TOLD ME IT'S GONNA BE SAFE HERE, BASTARD![5] — Джефф начинает свирепеть.

— Relax, dude, everything is under control[6], — пытаюсь я успокоить его.

— What the fuck is under control? Answer me![7] — Джефф подбегает и бьет меня в лицо. Я падаю. Он еще пару раз поддает меня ногами с криками «Answer me!», «Answer me!». Я закрываю лицо руками и пытаюсь увернуться от ударов, катаясь по земле. Его всего колотит. Мне удается откатиться от него на достаточное расстояние. Я лежу и смотрю, как Джефф, воздев руки к небу, плачет и кричит, непонятно к кому обращаясь: «Are you a human? No, you're not![8]»

---

[1] Беги! *(англ.)*

[2] Какого черта они творят? *(англ.)*

[3] Они убили ребят из Си-Эн-Эн *(англ.)*.

[4] Я не знаю, Джеф, прости *(англ.)*.

[5] Ты сказал мне, что здесь будет безопасно, ублюдок! *(англ.)*

[6] Расслабься, чувак, все под контролем *(англ.)*.

[7] Под каким, блядь, контролем? Отвечай! *(англ.)*

[8] Разве вы люди? Нет! *(англ.)*

Я встаю с земли и вижу, как вертолеты продолжают поливать свинцом окружающее пространство. Позади Джеффа что-то взрывается, его подбрасывает вверх, меня вместе с ним. Я падаю, каким-то чудом успев вытянуть руки перед собой, но все равно грохаюсь о землю, как мешок с костями. В паре метрах от меня приземляется Джефф. Точнее, то, что от него осталось. Еще точнее — его голова. В ушах начинает звенеть до резкой боли, затем все погружается в тишину. То ли вертолеты улетели, закончив свою работу, то ли я просто оглох. Глядя на голову Джеффа, я вспоминаю нашу первую с ним встречу. Тогда какой-то из главарей его компании сказал, представляя его, что хед-хантеры всего мира охотятся за его головой. Вот она, голова, берите. Это было последнее, о чем я успел подумать. Затем я отключаюсь. Странно, но «I will survive» продолжает играть. Или все это мне уже снится?

■

АД ВЕРТАЙЗИНГ ЭНД МЕДИА ТМ

Я брел по какой-то дороге…

Куда она вела и как я на ней оказался, мне было совершенно непонятно. Зато я отчетливо понимал, что идти по этой дороге можно было только вперед, туда, где на горизонте виднелась гора, поросшая редкой растительностью ядовито-зеленого цвета, без возможности повернуть обратно. Источником этого понимания отчасти служил туман, который возникал каждый раз, когда я поворачивал голову назад, отчасти то, что это пресловутое «обратно» больше не существовало. Во всяком случае для меня.

Впереди показалась очередь из стариков, старух, молодых людей и детей разных возрастов (попадались даже грудные младенцы, неизвестно каким образом самостоятельно передвигавшиеся). Очередь растянулась на многие километры, и, по моим прикидкам, оказаться в ее голове мне светило не раньше, чем через неделю, а то и месяц. Я встал в хвост этой очереди и стал думать, каким образом мне быстро просочиться вперед. Сначала я начал реально нервничать, но, раскинув мозгами, пришел к выводу, что если есть очередь, то есть и чуваки, всегда стоящие в ее голове, которые наживаются на том, что продают свое место. Во всяком случае, так было в советское время, и я уверен, что и сейчас мало что изменилось. Я стоял позади старухи в белом платке и простом ситцевом платье. Лицо ее показалось мне удивительно знакомым. Она стояла, явно никуда не торопясь. Это наводило на две мысли: либо она местная и никуда не торопится, либо «в теме» и знает, куда нырнуть, чтобы выскочить впереди. А не торопится она никуда, потому что на работе и барыжит местами. По-любому, к ней стоило обратиться, чтобы просечь, что к чему.

— Бабуль, куда стоим-то? — начал я нарочито простецким тоном. — Дают чего, не в курсе?

— Дают? — Бабка обернулась ко мне, очень сильно удивленная. — Скорее уж берут. Эх, молодежь, все бы вам паясничать. В любом месте.

— Ну чего сразу учить-то. Я не местный, первый раз тут оказался.

— Да я и сама не второй раз тут, — засмеялась бабка.

— Ты лучше скажи мне вот что, — я наклонился к ее уху, — тут наверняка есть эти... как их... «волчки» или «жучки», ну, короче, такие верткие ребята, которые за денежку без очереди пропускают. Не знаешь таких? Вон через двух человек впереди тебя стоит мужик в телогрейке, он не из этих? Мне просто очень сильно надо. Не могу я тут стоять долго, мне по делу, быстрее бы.

— Быстрее? — Мне показалось, что у бабки аж глаза вдавились внутрь от моей наглости. — Тут никаких мужиков, которые тебе помогут, нет. И быстрее не получится. Да и медленнее тоже. Тут все вовремя. Вроде как и не торопится никто.

— Простите, а мы с вами... нигде раньше не встречались? Не разговаривали?

— Не знаю, — пожала плечами старуха и улыбнулась.

— Да? Странно... — только и промямлил я.

Бабка ввела меня в совершенный ступор своими ответами. Я первый раз видел длиннющую очередь, стоящую за чем-то очень важным, в которой никто никуда не торопится. До сегодняшнего дня я в реальности такого не видал. Хотя реальность происходящего у меня как раз начинала вызывать вопросы. Тем не менее не прошло и часа, как я весьма странным образом оказался в голове колонны людей. Моему взору открылась небольшая площадка, посредине которой стоял стол. Люди, подходя к столу, доставали что-то из карманов и выкладывали на стол. За столом сидел старик с бородой, одетый в белое. Он оценивал содержимое карманов людей и весело трещал о чем-то с ними. Многие смеялись в ответ. После беседы со стариком кто-то уходил направо, кто-то налево от стола. Передо мной, кроме бабки, стояли трое детей, их мать и отец и двое стариков, один из которых был в военном мундире. Так вот, из всех этих людей налево пошел только один военный. «Понятно, — подумал я про себя, — эти-то чижики все, простые лохи, а дед, небось, генерал. Или комитетчик бывший. Показал ксиву и прошел туда, куда простым смертным даже по телевизору не покажут». После деда настала моя очередь. Я подошел к столу, думая, с чего бы начать разговор, чтобы старик сразу воткнул, что я человек серьезный, а не просто погулять сюда пришел. Но он опередил меня, просто обратившись:

— Привет, Антон Дроздиков.

— Здрасьте. А откуда вы меня знаете? — растерянно поинтересовался я.

— Да не важно, Антон, я много кого знаю, показывай, с чем пришел и куда пойдешь.

— А куда можно?

— Можно налево, можно направо — от тебя зависит.

— А там чего посмотреть-то хоть можно? — Я, признаться, не очень врубался, о чем шла речь.

— Легко.

Тут перспектива как-то резко прыгнула мне на встречу, и я очень четко увидел концы двух дорог, ведущих от стола. Левая дорога упиралась в двери из затемненного стекла, правая вела к дверям из стекла простого. Вспомнив тех лохов, которые пошли направо, и генерала, который оказался одним из немногих свернувших налево, я решил, что мне непременно нужно налево.

— Я, наверное, налево пойду, за тем дедом в мундире. У меня и документик соответствующий имеется. — Я хитро подмигнул старику. — У меня пропуск «Пресса», я с ОРТ.

Чтобы подтвердить свою компетентность, я начал искать по карманам кошелек с набором различных «ксив-вездеходов», но отчего-то не находил его. Хотя я точно помнил, что с утра он у меня был. «В офисе забыл, вот урод, — наехал я сам на себя. — Сейчас пойду, как все лохи, направо. А мог бы как человек».

— Не стоит, Антон, я знаю, что ты «пресса». Тут у нас пропуска не канают. Дай-ка я гляну, что там у тебя. — Старик несколько секунд пристально рассматривал что-то за моей спиной, затем откинулся на спинку своего стула и сказал: — Ты прав, Антон, тебе точно налево. Причем с эскортом.

Он сунул руку под стол, и в ту же секунду рядом со мной оказались двое ребят в черном, похожих на охранников.

— Вот это ваш клиент, — сказал им старик.

«Воистину, VIP — это не надпись на карточке, это состояние души», — подумал я.

— Это точно, — сказал один из чуваков в черном. — Пошли за нами.

— А поуважительней можно? — После того как старик отправил меня вслед за генералом, ко мне вернулось мое обычное состояние уверенности.

— Тут тебе не «Ритц-Карлтон», — усмехнулся другой.

Охранники оказались довольно наглыми. Такие обычно охраняют либо очень крутых олигархов, либо работают в ФСО. В любом случае их клиенты реально важные персоны. Я пошел за ними и подумал о том, что надо узнать имя старика, который помог мне.

— А ваше имя-отчество можно узнать? — спросил я его, обернувшись.

— Петр.

— Ага. Ну спасибо за помощь. За мной не заржавеет. Увидимся, — я снова подмигнул ему.

— Все в руках Божьих, — спокойно ответил он.

Я шел и рассматривал спины охранников. Они были одеты в сюртуки странного покроя. Очень пыльные, видимо, очень старые, и вдобавок у одного из них сюртук разошелся по шву прямо по центру спины. А обе штанины у второго были словно обгрызаны собаками. Оказавшись перед дверями, я решил чуть-чуть пошутить, дабы разрядить обстановку:

— Что-то вы, ребята, выглядите неважно. Если что, у меня есть мастер по костюмам хороший.

— На себя посмотри, — сказал охранник с рваными штанами.

— Норма-а-а-а-ально, — протяжно ответил ему второй. — Сам как из Кунсткамеры, а мы, значит, выглядим плохо.

Не поняв шутки, я опустил голову вниз, чтобы оглядеть себя. В этот момент я понял, что означает «у меня был шок». Потому что у меня реально случился шок. Обе мои ноги несли следы начавшегося гниения. От брюк кое-где остались лоскуты, прилипшие к коже. Ногти на ногах были синего цвета, обувь сгнила. К пра-

вой ступне прилип шнурок, а к левой — язычок от бо-
тинка. Кисти рук были какие-то слегка вздувшиеся,
синюшные. Некоторые ногти почернели. Я поднес к
глазам левую руку, чтобы понять, что со мной произошло. И только и смог вымолвить:

— Что это за говно? Как я выгляжу?

— Нормально выглядишь. А как еще трупы выгля-
дят? — засмеялся первый охранник.

— Ну. Трупное гниение. Обычное дело. Ты чего,
биологию не учил?

— Эй, вы, придурки, я не понял, что происходит?

— Ругается еще, — сказал чувак с рваной спиной
и сплюнул себе под ноги.

— Ага. Прежде чем судить о внешнем виде других, на себя посмотри, — ответил второй.

— ЧТО ПРОИСХОДИТ, ВЫ МОЖЕТЕ МНЕ СКА-
ЗАТЬ? — заорал я.

— Слушай, что-то он голосистый какой-то, надоел
уже, — начал первый охранник. — Или медийщики — они все такие?

— Ага. Даже после смерти не унимаются. Слушай,
может, покурим? Или спустимся и там покурим?

— Не, лучше на воздухе. А то жди, когда еще оче-
редного медийщика забирать. Я уж забыл, как тут поляна выглядит.

— Да, факт. Медийщики живучи, как тараканы.
Ладно, доставай сигареты.

— У тебя опять своих нет?

— Я, может, бросаю.

— Ага. Точно. Здоровье бережешь, — заржал второй. — Халявщик ты, понял? На, держи.

Казалось, что охранники не обращали на меня никакого внимания. Они закурили и продолжили разговаривать друг с другом, будто меня тут и не было. Первое, что пришло мне в голову, это броситься обратно к столу, чтобы спросить у Петра, в чем дело. Но попытавшись повернуть назад, я понял, что не могу сдвинуться с места. Я сел на землю и заплакал. То есть я понимал, что плачу, но слезы не текли у меня из глаз. Реально трупы же не плачут...

— Эй, вы, — обратился я к охранникам, — я чо, умер?

— А чо, нет, что ли? — ответил один из них и осклабился.

— И что теперь?

— Ничего. Теперь с нами пойдешь.

— Это куда?

— На пресс-конференцию по случаю собственной смерти, — снова заржал охранник с порванной спиной. — Журналисты и телекамеры уже подтянулись.

— Куда-куда... Если на доступном тебе языке, то в Ад.

— Бля... — только и смог сказать я. — А вы кто же? Черти, что ли?

— А вот сквернословить не стоит просто так. Ты не в Интернете. Если надо, представимся. Я Велиал, — сказал второй, с порванными брюками.

— А я Вельзевул, — откликнулся первый. — Как

известно из древних книг, Библии например, у нас тысячи имен. О самых старых из них мы уже и сами забыли. Как человек образованный, ты об этом наверняка читал. Или в кино видел.

— В любом случае это тебе без надобности, — подытожил Велиал и выкинул сигарету. — Пошли.

Я оглядел их снизу вверх и только сейчас заметил маленькие рожки на головах. Странно, как я их раньше не отметил? Велиал некоторое время возился с ключами, затем все-таки открыл дверь. «Вельзевул. Фиг выговоришь. Буду его Валей звать, а то язык сломаю», — подумал я.

— А вот за это сразу по ебальнику получишь, — шепотом сказал мне в ухо Вельзевул, — имей уважение.

Я, признаться, не на шутку разозлился. Дело выходило со всех сторон абсолютно гнилое. Мало того что я попал в ад, к самым настоящим чертям, так они еще и мысли мои читали. При таких раскладах, даже объединившись с другими здешними обитателями, невозможно было замыслить побег.

— Почему? Замыслить-то можно. Только куда ты бежать собрался отсюда? В рай, что ли? — Вельзевул захохотал так, что за дверью лаем отозвалась какая-то собака.

— Все, граждане, заходим. Время вышло, — позвал Велиал.

Я вошел вслед за чертями. За дверью находилась огромная комната, в углу которой сидел пес о пяти головах. Велиал подошел вплотную к собаке и попытался щелкнуть ее по уху на крайней слева голове. Пес бесился, ревел и бросался на Велиала, насколько позволяла цепь. Велиал ловко отпрыгивал. Судя по его брюкам, иногда собака все-таки вцеплялась в его ногу.

— Интеллектуальное занятие, — отметил я, — а если когда-нибудь цепь оборвется?

— Ой, чья бы корова мычала, — обернулся ко мне Велиал. — Ты, когда народ дразнил годами, думал о том, что цепь когда-нибудь оборвется? То-то и оно.

Мы пересекли комнату по диагонали и вышли в другую дверь. Все пространство, которое мог охватить человеческий взор, было пустынной местностью с растрескавшейся от долгой засухи землей. Мы достаточно долго шли молча, изредка перепрыгивая через трещины, достигавшие иногда размера в несколько метров. Встав на краю одной из них, я посмотрел вниз.

— Э, аккуратней, а то провалишься! — крикнул мне Велиал.

— Куда? — не понял я.

— В тартарары.

— Это понятно, а что там, внизу? Подземная парковка, что ли?

— Говорят же тебе, баран, — тартар.

— А чо это? — не понял я.

— Мусульманские дела. Не заморачивайся.

Мы продолжали идти, и я даже научился почти так же ловко, как черти, скакать между трещин. Черти тихо переговаривались меж собой на каком-то тарабарс-

ком языке. Окружающий пейзаж довольно быстро уто-
мил меня своим однообразием.

— Послушайте, — обратился я к чертям, устав от
молчания, — а вот говорят «адские сковородки», «ад-
ский огонь», «грешники», а чо-то никого не видно. Мы
не дошли еще, что ли?

— Ты нижние этажи имеешь в виду? — спросил
Вельзевул. — Так это тебе год идти через них, и не
факт, что вообще дойдешь. Довольно запутанная
схема.

— Сам черт ногу сломит, — многозначительно
поднял вверх палец Велиал.

Пройдя еще какое-то расстояние, я увидел по левую руку от меня горный хребет, представляющий
собой одну сплошную витрину, на которой были
изображены разные красочные картинки. Разврат-
ного вида девицы вертелись вокруг шестов для
стриптиза; вокруг игровых столов толпилась наряд-
ная публика, юноша, явно гомосексуалист, нюхал
кокаин с приятелем; какой-то стареющий плейбой
ехал на кабриолете; двое мужиков пороли пышно-
грудую блондинку. Витрины переливались неоном и
были стилизованы под обложки глянцевых журналов или заставки телепередач. Выглядело все примерно как салон игровых автоматов, манящие огни
которого привлекают ночью таксистов, праздноша-
тающихся и окрестных бомжей.

— Гламурненько тут у вас, — пошутил я.

— Это точно, — отозвался Велиал.

— Это просто праздник какой-то, — продолжал я. — Тут чо, у вас зона отдыха?

— Типа того. Для навсегда уставших.

— А кого сюда пускают? Или это для почетных чертей? Попасть-то можно?

— Ты уже и так попал.

— Не понял?

— Это промоушн, чувак, про-мо-ак-ци-я, — по слогам выговорил Вельзевул и посмотрел на меня подобно тому, как ветеринар смотрит на больного осла.

— А... ну... а что внутри? — недоверчиво поинтересовался я, — можно взглянуть?

— Говно вопрос, — сказал Велиал и ловко прошел сквозь витрину с девкой. Следом за ним сквозь витрину прошел Вельзевул. Я остался стоять, недоумевая, каким образом мне повторить маневр чертей. Через пару секунд сквозь витрину просочилась голова Вельзевула:

— Ну, ты идешь или передумал?

Я сделал шаг к витрине и ткнул в нее рукой. Она не поддавалась. «Видимо, законы физики подчиняются только чертям», — подумалось мне.

— Головой вперед ныряй.

— Как в омут.

Из-за витрины послышался смех и приглушенные голоса чертей. Я разбежался и прыгнул в витрину головой вперед. Витрина всосала мое тело, а затем будто выплюнула под ноги чертям.

— Ну ты как в бассейне, в натуре, — усмехнулся Велиал.

Я встал, отряхнулся и почувствовал, как меня разворачивают за плечи.

— Смотри, коль пришел, — раздался откуда-то сверху голос Вельзевула.

На моем лице заплясали тени подобно тому, как это бывает, когда сидишь на некотором удалении от костра. Я вглядывался вдаль, но ничего, кроме копошащейся массы вдали, не различал.

— Чо-то не видно ни хера.

— А ты глазами зырь ярче.

То ли мои глаза действительно привыкли к здешнему полумраку, то ли черти исполнили какой-то фокус, но теперь я видел всю картину довольно отчетливо. Вся панорама была довольно хитро подсвечена то ли разбросанными тут и там кострами, то ли софитами. Прямо передо мной извивалась привязанная к столбу девица, которую хлестали плетьми два беса. Рядом толпа скелетов кидала на игровой стол собственные кости, а черт-крупье в смокинге лихо вертел колесо рулетки. От одного из игроков, видимо, проигравшего все свои кости, остался только череп, покатившийся по столу и упавший на зеро. Чуть вдалеке к другому столу стояла очередь. Ровными порциями по двое из очереди выходили люди и садились за стол. Седой черт в яркой, расписанной непонятным граффити майке долбил молотком по их носовым костям, которые тут же превращались в порошок. Люди ловко снюхивали его со столов и уходили прочь. Еще дальше здоровенный черт верхом катался на автомобиле, сложенном из человеческих тел. Стоит ли говорить, что отбрасываемые всеми участниками этого адского шапито тени рисовали те самые красочные картинки в витринах. Пройти дальше, чтобы посмотреть на исходный материал для соития двух мужчин с блондинкой, я как-то не решился. То ли из-за того, что тут сильно воняло серой, то ли из-за боязни увидеть, кого на самом деле сношают эти порнушного вида мужики.

— Может, пойдем? — обратился я к своим провожатым.

— Насмотрелся?

— Ну, типа. Хороший креатив. Кто автор?

— Да у нас этих авторов тут... — скривился Велиал и вытащил сигарету.

— Одни профи. Почитай, все ветераны клубного движения со времен сотворения... — вторил ему Вельзевул, — ладно, двинем дальше.

— Может, наискось срежем? — поинтересовался Велиал.

— Давай.

Черти двинулись сквозь толпу из грешников, младших бесов, сковородок, шестов и столов. Все окружающие, увидев нас, падали ниц. Наконец мы преодолели всю огромную площадь и вышли через витрины с обратной стороны.

— А вы, я вижу, тут ребята уважаемые. А я сначала вас за охранников принял.

— А ты и при жизни особым умом не отличался, что уж теперь-то, — повернулся ко мне Вельзевул.

— От кого тебя охранять-то, дурило? — вежливым голосом осведомился Велиал.

— А вы типа старшие тут? А на каких постах?

— Я — что-то типа заместителя генерального директора. Смотрящий, если короче, — скромно ответил Вельзевул.

— А я по технической части. Вроде управляющий. За порядком следить, новые пытки, прогресс — все дела.

— А вот у меня к вам предложение. С картинками у вас все ништяк. А вот как с идеологией? А? Формирование общественного мнения, работа с аудиторией, комбинаторика, проведение выборов? Нужны такие специалисты? Политтехнологи?

— Политтехнологи? — переспросил Велиал.

— Нужны, нужны. Мы как раз считай, что в предвыборный штаб идем, — кивнул головой Вельзевул.

После этих его слов я несколько приободрился. За разговорами мы прошли пустыню и вышли на каменистое плато.

На плато рядами стояли остроконечные металлические стержни высотой метра два, напоминающие иголки. Когда мы поравнялись с первыми рядами стержней, я понял, что это и есть иголки. Каждый стержень имел небольшое сквозное отверстие у своего основания, при ближайшем рассмотрении оказавшееся пресловутым «игольным ушком». У подножия каждой иголки суетились люди, пытавшиеся протиснуться сквозь ее отверстие. Несмотря на то что все они были разной комплекции — высокие и низенькие, толстые и худы, ни один из них не мог пролезть через «ушко». У кого-то застревала голова, кто-то пролезал до середины, но застревал задницей, кого-то не пускал живот. Вероятно, «ушко» обладало специальной функцией, позволяющей моментально подстраиваться под любую комплекцию человеческой особи, дабы не пропустить ее через себя.

За последним рядом иголок, через которые лазили люди, начинались небольшие горы. Вершины гор сливались в одну большую площадку, все пространство которой было также занято иглами. Но в отличие от своих равнинных коллег, эти иглы были небольшой высоты, тогда как их «ушки», напротив, представляли собой громадные обручи, сквозь которые туда-сюда шастали верблюды. Вся панорама была выстроена таким образом, что люди внизу, выполняя свои манипуляции, всякий раз утыкались взором в верблюдов.

— Послушай, — спросил я черта, — по поводу «легче верблюда протащить сквозь игольное ушко» это я врубился, конечно. Но ведь условия соревнований изначально неравны. Верблюды ломятся через вон какую дыру, а люди внизу через такие щели никогда не пролезут, дураку ясно. Почему так устроено?

— Наглядная агитация, — сухо ответствовал Велиал.

— Чтоб не забывали, что не стоило при жизни всех

остальных держать за верблюдов и ослов, обещая им блага на том свете. Это же президентская равнина, — разъяснил Вельзевул.

Пройдя сквозь ряды игл с копошащимися людьми, я увидел у одной из них Клинтона, вспотевшего и осунувшегося, который просовывал голову в одно из «ушек».

— Это тебе за Сербию, козел! — озорно крикнул я ему.

— Как стыдно, — укоризненно покачал головой Велиал, — а еще называешь себя воспитанным человеком.

— Так это на том свете было, — потупился я.

— А в аду, значит, можно всем хамить? Тем более он тебя не слышит и не видит.

— Ладно, я ж пошутил.

— Проходи, шутник, — вежливо сказал Вельзевул, открывая дверь в стене.

Мы зашли в какое-то подобие цеха, всю длину которого по обе стороны занимали канцелярские столы. За столами сидели удивительно знакомые люди, макавшие гусиные перья в чернильницы, пишущие ручками и карандашами. Странно, но листы бумаги перед ними были чистые.

— Это писатели, — сказал Велиал, поймав мой вопросительный взгляд.

— Ага. «Муки творчества» называется. Пишут столетиями, оставляя лишь чистые листы. Без результата.

— Логично, — я многозначительно кивнул головой, — так и в жизни. Сколько ни пиши, никого не научишь образами литературных героев.

— Смотри-ка, начал врубаться, — удивился Велиал.

Поравнявшись с одним из столов, я заметил мужика с длинным носом, которому бес что-то читал вслух. Мужик отстраненно смотрел вдаль, сидя в кресле-качалке. Что-то до боли знакомое было в его чертах.

— Это ж Гоголь! — вскрикнул я.

— Ну, Гоголь, и что? — бросил Вельзевул.

— А за что он-то здесь?

— За то, что вторую часть «Мертвых душ» сжег. Там был секрет, как искоренить на Руси мошенников и казнокрадов.

— Да? Я не знал, — смутился Велиал, — а чо он сжег-то?

— Убоялся. Мне говорил, что без них Россия будет другая, а может, и совсем исчезнет. По его версии, они какой-то баланс сил создают.

— А что ему читают? — спросил я.

— «Casual» Оксаны Робски.

— Странный выбор... очень странный. А почему?

— Да она в интервью брякнула, что Гоголь ее любимый писатель. Вроде учителя. Вот ему и читают «труды ученицы», — заржал Вельзевул.

— И так каждую ночь, — резюмировал Велиал.

Пройдя писателей, мы оказались перед следующей дверью.

«Пресс-АДдикт», — прочитал я на табличке над

дверью. Осмыслив этот нехитрый микст англо-адско-
го языка, я спросил у Велиала:

— Тут, наверное, журналисты и публицисты сидят?

— Ага. Они самые. Обречены на пожизненную
верстку номера.

— А чего они сдать-то его не могут?

— А ты попробуй ему сдай, — подтолкнул меня в
дверь Вельзевул.

Тут также стояли столы по обеим стенам, а в конце
комнаты за огромным прилавком, сделанным из человеческих костей, сидел толстый черт, принимавший
тексты у журналиста. Дойдя до стола, я увидел сидящего перед ним Максима Кононенко ака Мистер Паркер, понуро уткнувшегося в лежавший перед ним документ. «Люцифер Люциферович ™», — прочитал я
заголовок.

— Глагол должен жечь сердца людей! — орал на
него черт. — Видишь, как у меня?

Черт провел по листу ногтем мизинца, и тот загорелся фиолетовым пламенем.

— А у тебя что? Дерьмо, а не тексты. Популизм и
приспособленчество одно. Иди тренируйся.

— Да, Паркер и тут ту же песню заводить пытается, — пробормотал я.

— Ты, можно подумать, здесь в шахтеры переква-
лифицируешься, — съязвил Вельзевул.

Пройдя пресс-цех, мы оказались на мостике, под
которым плескалось озерцо из коричневой жижи. Над
поверхностью озерца тут и там показывались челове-

ческие головы, выныривающие и плюющие друг в друга этой жижей. Всюду стоял нестерпимый запах дерьма.

— А эти кто? — спросил я Вельзевула.

— Эти? Литературные критики, театральные критики, кинокритики, ресторанные обозреватели, светские хроникеры, папарацци. Шлоебень всякая, одним словом, в говне плавает.

— А это... они друг в друга говном плюются?

— Ну да. Им же не привыкать. Те же действия, только в других декорациях.

— Я смотрю, у вас тут со смекалкой все в порядке.

— Работаем с огоньком, — язвительно поклонился Велиал, чиркнул пальцем о свою ляжку и прикурил.

С моста мы сошли под своды пещеры. Дорога все больше углублялась вниз. В окружающей темноте изредка попадались факелы. Наконец мы подошли к третьей двери с табличкой «Интернет-АДдикт».

Здесь под присмотром двух чертей рядами сидели сгорбленные люди, долбившие по клавиатуре. На каждом мониторе во весь экран мерцала надпись «Нет соединения». Эти люди были настолько увлечены своим безрезультатным трудом, что не обратили никакого внимания на наше появление. Вельзевул сел на карточки, аккуратно, как кот, прокрался в середину зала, затем выпрямился во весь рост, воздел руки вверх и жутко заревел:

— ПРЕВЕД, КРАСАФЧЕГИ!

Его голос подействовал подобно кнуту. Их спины выпрямились, они дернули головами в сторону Вельзевула, затем попадали под столы и стройным хором ответствовали:

— ПРЕВЕД МЕДВЕД!

— Я не медвед, я чертиг, не усвоили еще? — Вельзевул повернулся к нам и прокомментировал: — Зомби. Ничему не учатся.

— Интернет — это новый отдел. Толком еще и не разобрались с ним. Пока вот без связи мучаются, а там посмотрим, — объяснил Велиал.

Довольно быстро пройдя интернет-цех, мы оказались у больших железных ворот.

Надпись, сделанная фосфоресцирующей краской, гласила:

АД вертайзинг энд медиа

За дверью находилась проходная, подобно той, которые располагались на старых советских заводах. С вертушкой и стеклянной будкой, в которой сидел пожилой черт. На столе у черта стоял телевизор довольно старой, еще советской модели и лежала кипа журналов с программой передач.

— Привет, Алларих, — поздоровались черти.

— Ага. — Алларих кивнул головой, снял очки, затем пожевал губы и спросил: — Новенький?

— Ага. По твоей части. Политические технологии и предвыборные кампании.

— В русскую зону?

— Так точно.

— Статья?

— Третий срок.

— Как? — обернулся я. — Не понял, почему третий срок?

— Ну, как... — Велиар почесал свою шишковатую голову. — Первый ты в ФЭПе отбыл, так? — Он загнул достаточно грязный палец. — Второй в оппозиции, так? Теперь тут — на третий. Ты же все интересовался, будет он или нет? Могу тебе теперь со всей ответственность заверить — будет.

— Бля... — Я сплюнул под ноги.

Мимо нас через проходную прошли строем восемь чертей с плетьми, любопытно оглядев меня.

— У тебя усиление? — спросил Велиар Аллариха.

— Ага. Геббельса из европейской сюда перевели.

— Буянил?

— Пытался соседей склонять к вступлению в ряды НСДАП. Да замучил всех, одним словом. Пускай теперь тут покантуется.

— Ну, — сказал Вельзевул, — значиться будешь теперь тут.

— Ага. Мы тебя еще навестим, больно ты парень смешной, — крякнул Велиар.

— А я чо, теперь тут навсегда?

— Ну да. Ты же политтехнолог, вот тут со своими и будешь чалиться.

— Бывай, пойдем мы, — сказали черти хором.

— Расписаться не забудьте, — остановил их Алларих.

Вельзевул и Велиар поставили оттиски своих больших пальцев в какую-то кожаную тетрадь. Из оттисков повалил дым и запахло серой. Черти оглянулись на меня и вышли вон.

— Так. Антон Дроздиков, значит. Дай-ка я гляну. — Алларих обошел вокруг меня и стал ощупывать мою голову. — Да не вертись ты! Да, значит... великовато... н-да...

Он зашел в свою будку и вернулся с кувалдой в руках.

— Присядь, — сказал черт, размахивая кувалдой.

— Э, дядя, как тебя, ты это зачем? Бить, что ли, будешь? — вскрикнул я, прикрыв голову руками.

— Я тебя умоляю, — скривился Алларих, — руки убери, а?

Он размахнулся и вдарил мне кувалдой сначала по одному виску, затем по второму. Голова загудела как колокол.

— Так-то, — Алларих снова пошел в свою будку и на этот раз вернулся с большим телевизором «Рубин». Черт пыхтел — видимо, телевизор был весьма тяжелый.

— Не вставай, погоди. — С этими словами Алларих водрузил мне телевизор на голову.

Судя по тому, насколько плотно он сел, Алларих довольно четко подогнал мою голову к отверстию. Я встал, закачался под весом телека и бухнулся на задницу.

— Я че, теперь все время буду так ходить?

— Ну, в общем да. Иногда послабления случаются, конечно. В честь праздников. Если война на Земле начнется или теракт какой.

— А как с ним ходить-то?

— Да привыкнешь. Поначалу всем неудобно. Давай провожу.

Черт отвел меня к двери, поддерживая под руку, и, перед тем как открыть ее, обратился ко мне:

— Ты знаешь, какое самое большое мучение для медийщика?

— Телевизор на голове?

— Нет, Антон. Самое большое мучение для вас — это самому стать аудиторией. Помни про это. Хотя, я уверен, такое не забудешь.

Алларих подтолкнул меня в раскрытую дверь, и я оказался в каменном колодце, довольно большом, по которому ходила группа людей с телевизорами на головах. Я не знаю, что показывал «ящик» на моей голове, но «ящики» соседей потоком транслировали новости из прошлой жизни, трупы, спецоперации, результаты exit pools, рейтинги политиков, рекламные ролики каких-то забытых партий типа «Конгресс Русских Общин» или «Выбор России». Изредка телевизоры показывали лица своих владельцев. Подойдя ближе, я узнал Бориса Березовского, Владимира Гусинского, Льва Троцкого и фигуры меньшего масштаба типа Киселева, Леонтьева, Доренко, Шендеровича, Антона Носика и пары-тройки известных мне по прежней жизни рекламщиков. Все они ходили по каким-то своим маршрутам, не сталкиваясь друг с другом. Особняком стоял Йозеф Геббельс, которого легко было узнать. Его телевизор нон-стопом транслировал сводки с фронта времен 1940 года, партзаседания и собственные выступления автора. Я сделал еще шаг, и волны информации хлынули прямиком в мой мозг. Программные речи, партийные программы, сводки с фронта, компромат, биржевые котировки, выступления аналитиков, рекламные ролики каких-то общественных движений, речи правозащитников, выступления президентов и премьер-министров — все это селевым потоком заполнило мое сознание. Голова, казалось, треснула от поистине адской боли, вызванной всем этим. Аудиотексты сопровождались мелькающими картинками. Фигуры политиков сменялись видео с отрезанными головами, репортажи со светских раутов — убитыми детьми, Ельцин сменил Горбачева, Путин сменил Ельцина, Лебедь стоял рядом с каким-то полевым генералом, Ленин что-то говорил с трибуны, затем по очереди появились какой-то министр и генпрокурор в обнимку с голыми шлюхами. Взлетали ракеты, всплывали подводные лодки, трактора боронили пашни, Че Гевара жал руку Хрущеву, Ходорковский грустно смотрел из-за решетки, спецназ штурмовал школу в Беслане. Последнее, на чем я успел сконцентрироваться, была горевшая Останкинская башня. Какое-то время она полностью вытеснила все остальные картинки, но в конце концов все снова смешалось, как в детском калейдоскопе, и видеоряд побежал пред моими глазами одной лентой. Я отключился.

В себя я пришел сидящим спиной у какой-то бетонной стены. По стенам комнаты расположились мои соседи из бетонного колодца. У всех нас были сплюснутые головы, но телевизоров на них не было. В центре комнаты стояла бочка, в которой сидел человек. Из бочки виднелась только его голова с приставленными к ушам раструбами, куда двое бесов методично вливали ведра с какой-то жидкостью. Приглядевшись, я узнал в человеке Сергея Доренко.

— За что его так? — на автомате спросил я рядом сидящего.

— Нарушение режима. Разбил телевизор у Киселева.

— А че они ему льют-то?

— Известно чего — говно. Эта пытка называется «Аудитория наносит ответный удар».

— Велиар придумал... — констатировал я.

— Кто же еще? Кстати, он к тебе проникся вместе с Вельзевулом, так говорят.

— Да ну?

— Народ говорит. Я хотел через тебя просьбу передать. Кстати, рад представиться — Йозеф.

Я всмотрелся в лицо собеседника. Видимо, из-за того, что его голова была сильно сплюснута, я сразу не узнал его.

— Антон Дроздиков. — Я чуть подался вперед, чтобы пожать его руку, но резкая боль пронзила мою голову. — Ой, бля...

— Что? Голова?

— Ага. Адски болит.

— Это с непривычки. На вот, возьми. — Геббельс достал из кармана вязаную шапочку и протянул мне. — С ней ящик натирает меньше. Жуткий дефицит, между прочим.

— Спасибо. — Я спрятал шапочку в карман.

— Подарок Геббельса. Считай, что-то типа переходящего вымпела.

— У вас хороший русский, — сделал я комплимент, — там еще учили?

— Не, тут нахватался за неделю. С вашими быстро научишься. Так вот, насчет просьбы...

В этот момент двери с грохотом открылись и в зал вошли Вельзевул с Велиаром. При этом Велиар был почему-то одет майором НКВД, а Вельзевул рэпером, в широких штанах и бейсболке. На плече он держал магнитофон со здоровенными колонками.

— Арестанты! — надрывно крикнул Велиар. — Почему опять косячим? Закон не уважаете? Телевизоры бьем?

— Что это у него за блатной жаргончик? — шепотом спросил я Геббельса.

— Это у тебя надо спросить. Я думаю, говорит согласно принятой в вашей среде манере общения.

— Телевизор есть главное достояние ада, берегите его. Знаете такую заповедь? — хрипло продолжал Велиар.

— Знаем, — нестройным хором отозвались все.

— Не слышу, бля.

— ЗНАЕМ! — дружно гаркнули мы.

— Запомните, это вы у себя на гражданке были политтехнологами, медийщиками и рекламщиками, а у меня тут вы говно! Простая аудитория. Запомнили?

— Так точно! — снова ответили мы хором.

— Еще один случай — и подключу каждому в ухо радиоволну, а в задницу Интернет-канал. Будет вам долби-стерео, — при этой фразе Велиара Вельзевул тонко захихикал.

— По ходу бухие они, — сказал я шепотом Геббельсу.

— Не иначе... — отозвался он.

— Разговорчики! — снова крикнул Велиар. — Так, значит, Доренко еще двести ведер, и в карцер.

— Ему столько не влезет, — сказал кто-то из наших.

— Непременно влезет. Я полагаю, что при нынешней ситуации стоило бы прибавить, — ответил ему, кажется, Киселев.

— Сами решим, без соплей. А теперь объявление. По случаю праздника выходит вам послабление. — Велиал выразительно посмотрел на Вельзевула.

— По случаю войны США с Ираном и ожидающихся гор трупов на два дня отключаем в ваших телевизорах звук, — объявил Вельзевул.

— Хоть поговорить можно будет, — сказал я Геббельсу.

— Да с кем тут говорить-то, — вздохнул он.

— Радуйтесь, суки! — хором крикнули черти.

— Ура! — закричали все.

Велиар и Вельзевул медленно подошли к нам.

— Ну че, Антоха, обвыкся? — спросил меня Велиар.

— Да так... пока сложно, — ответил я.

— А ты как хотел? Надо было профессию получше выбирать.

— Ну... я же... не самым главным...

— Во грехе нет самых и несамых. Все равны.

— Жалеешь о днях минувших? — усмехнулся Вельзевул. — На вот, музыку послушай, в честь праздника.

Он включил магнитофон, и из колонок зазвучал старый хит «Pet Shop Boys» — «Sin»:

When I look back upon my life
It's always with a sense of shame
I've always been the one to blame

Черти начали пританцовывать и подпевать в припеве:

It's s Sin

— Не ссы, Антоха, сам профессию выбрал, чего уж теперь-то, — хлопнул меня по плечу Вельзевул и продолжил петь:

It's a Sin? It's aaaaaaa Sin...

ДОМОЙ

Четыре дня спустя

— Итсысин, а, Итсысин? Куда ты тележку попер? — орет какая-то баба носильщику.

— Клиенту, — огрызается тот.

— Итсысин, стой, я тебе говорю!

Под эти крики я просыпаюсь в вагоне поезда. Тупо озираюсь по сторонам, встаю и выхожу на платформу. Я иду к выходу, жую жвачку и мечтаю о том, как бы мне быстрее попасть под душ. После четырех дней отсутствия контактов тела с горячей водой мозг горожанина начинает бредить объектами личной гигиены. Это моя личная формула. Вот и сейчас я иду и смотрю на рекламный щит, установленный на крыше дома, кажущийся мне здоровенным куском мыла. Вот такой визуализированный бред.

— Уважаемый!

— Это вы мне? — Я оборачиваюсь и вижу двух молодых ментов. Один из них, рыжий чувак, застегнутый на все пуговицы, внимательно ест меня глазами. Второй, мелкий, квадратный, в сдвинутой на затылок фуражке, грызет семечки, смотрит устало и повторяет:

— Тебе, тебе. Документы имеются?

Я подхожу к ментам, достаю из внутреннего кармана паспорт и протягиваю его квадратному, каким-то звериным чутьем ощущая, что старший тут именно он.

— Вот, пожалуйста, мой паспорт.

Квадратный передает паспорт рыжему, затем быстро обводит меня глазами сверху вниз, как бы сканируя. После этого он на секунду задумывается, сверяя полученное фото с фотороботами разыскиваемых преступников. Видимо, преступника, похожего на меня, в его базе данных не обнаруживается, и он отводит взгляд в сторону и как бы невзначай интересуется:

— Че заросший такой и грязный, с охоты, штоль, возвращаешься?

Мент и сам не понимает, насколько он близок к истине. Этот, казалось бы, простейший вопрос ставит меня в тупик. Я смотрю в пол и не нахожу ничего лучше, чем ответить:

— Ну, типа того.

— Че значит «типа того»? — продолжает квадратный все таким же отсутствующим тоном.

— Да... я с дачи еду... — неуверенно начинаю я.

— Антон Геннадьевич, а дача ваша где находится? — начинает второй.

«Во попал», — думаю я. Странное дело, вроде бы я не совершал ничего криминального. Не нарушал закон, не участвовал в преступных группировках (в общепринятом смысле), а объяснить, где я был, чего делал и откуда еду, не могу. Реально, ну не могу же я рассказать им все подробности. Я так и представил себе, что машина из сумасшедшего дома приедет сразу после моих слов: «Мы снимали постановку «Нападение вертолетов на грузинскую погранзаставу», а потом в натуре прилетели вертолеты и всех завалили». И врожденный (или благоприобретенный) страх перед органами правопорядка заставляет втягивать голову в плечи, мямлить и думать о том, чтобы скорее отпустили.

— Так где дача находится, Антон Геннадьевич? — продолжает рыжий.

К квадратному менту моментально возвращается интерес. Видимо, почуяв, что я начинаю путаться в показаниях, он говорит с еще большим напором:

— Ты че, слышишь плохо? Или уши не мыл давно?

И тут во мне просыпается инстинкт, знакомый каждому советскому гражданину, оказавшемуся в подобных обстоятельствах, — врать, вплетая в свою историю обстоятельства, которые не оставят равнодушными ни одну особь мужского пола. Врать по классике. А классикой для среднестатистического мужика, как известно, является выпивка и бабы. Я начинаю, сначала неуверенно, затем все четче. Голос мой крепнет, я перестаю мямлить и говорю плавно и весьма, как мне кажется, убедительно:

— Мужики... то есть... командиры... такое дело.

Позавчера с бабой поехали к ней на дачу. Взяли водки, то да се (слова «водка» и «баба» — редкие фигуранты моего лексикона, посему произношу их я с еще большей «мужицкостью» в голосе). Муж ее в командировке. Ну, сами понимаете. Напились, это... ну... в общем... просыпаемся с утра. С похмелья, оба голые. А тут у нее телефон звонит. Муж. Я, говорит, вернулся раньше, узнал, что ты на даче, поехал к тебе. Вот остановился у палатки. Нам купить надо чего? А палатка-то в ста метрах от дачи...

Рыжий начинает смеяться в голос и уже передает мне паспорт, но, увидев, что квадратный (а то, что он старший, уже не вызывает у меня сомнений), насупившись, молчит, отдергивает руку и листает паспорт дальше, впрочем, не переставая улыбаться.

— Ну, и че дальше было? — спрашивает квадратный.

— «Че, че»... Я одеваюсь и огородами в лес. Не с мужем же встречаться? А приехали на ее машине. То есть куда идти, чтобы в Москву вернуться, я знать не знаю. Проплутал сутки по лесам да оврагам, пока не вышел к какой-то станции. Я даже не помню, как она называется. Приехала электричка, довезла до Курского вокзала. Вот и вся история.

— Ну че, отпускаем? — спрашивает рыжий. — Паспорт есть, прописка московская, ну попал мужик, бывает...

Я игриво улыбаюсь, мол, «да, попал, сами понимаете, с каждым может случится». И тут события принимают неожиданный оборот. Рассказывая подобные байки, вы рассчитываете на то, что аудитория тут же примерит на себя роль неудачливого любовника, этакого героя в шкафу, целиком фольклорного персонажа. Действительно, каждый или почти каждый бывал в такой роли, а если и не был, то не исключено, что будет. Но попадаются и те, кто был по другую сторону баррикад...

— Попал, говоришь, — злобно бросает квадратный, сплевывая семечки, — я вот тут свою тоже поймал с одним козлом. Только он сбежать не успел, я ему морду капитально попортил. Ну и ей заодно...

— Ой... — вырывается у рыжего.

— Рожа мне твоя больно не нравится, — продолжает квадратный, — да и щетина на двухдневную не похожа. Такую щетину надо дольше растить.

— У меня, может, обмен веществ хороший, — злобно отвечаю я, — в чем проблема-то? Паспорт у меня есть, прописка тоже. В чем я виноват?

— Сейчас разберемся. Соломатин, ну-ка дай мне паспорт его, как там его фамилия. Так... Дроздиков Антон Геннадьевич... дата рождения... проживает... Слушай, а тебя по телевизору не показывали, часом?

— Может, и показывали, — уклончиво отвечаю я, — я вообще-то журналист...

— Епта! — вырывается у квадратного, — точно!

Он делает два шага в сторону к бабке, которая торгует газетами, и говорит:

— Федоровна, ну-ка дай мне «МК» сегодняшний.

Мент берет газету, вертит ее, перелистывает, пока не натыкается на нужную заметку, которую он с торжествующим видом и зачитывает:

— «Антон Дроздиков, убитый в результате столкновения на российско-грузинской границе. Мы считаем, что вертолеты намеренно открыли огонь по журналистам, — сказал в интервью нашей газете...» Во! И рожа такая же, как на паспорте. А у тебя щетина недельная, и на паспорт ты похож, как свинья на дуб. «К любовнице он ехал...» Пошли, козел! А ты, Соломатин, вместо того чтобы ржать, лучше бы смотрел внимательнее.

— Да я... ну он же вроде... паспорт... это...

— «Паспорт», — передразнивает его квадратный, — щас любая падла с чужими ксивами ходит. Он тебе завтра с паспортом Путина придет, че, тоже отпустишь? Давай браслеты на него одень.

— Руки! — срывающимся, бабьим голосом заверещал рыжий. — Руки вытяни. Стоять смирно!

— Ребят, это недоразумение... Я Дроздиков Антон Геннадьевич. Это мой паспорт, — лепечу я.

— Ага, твой. Ты воскрес, наверное. Свистит, как Троцкий, ты посмотри на него, Соломатин. Пошли в отделение, там разберемся, кто воскресший журналист, а кто вор-карманник.

Я пытаюсь привлечь внимание общественности своими криками «произвол властей» и «вы не имеете права», но общественность в этот утренний час занята своими делами. Кто-то спешит на работу, кто-то торгует, а праздношатающиеся смотрят на нас как на рядовой и каждодневный эпизод. Тут старший дает мне легонько кулаком под дых, от чего у меня темнеет в глазах. Торговка газетами Федоровна говорит:

— Правильно, наподдай ему еще. Неча документы чужие тырить да народ баламутить. А еще и орет «произвол», ишь, гад какой! Сам виноват, а сам орет!

И это ее «сам виноват, а сам орет», сказанное спокойным тоном, оказалось такой демонстрацией безучастности и, я бы сказал, справедливости случившегося со мной, что я покорно поплелся к отделению, понимая, что это и есть тот самый «vox populi»...

В отделении меня заводят в какую-то комнатку, где сидит пожилой усатый мент и разгадывает сканворд.

— Семеныч, — обращается к нему квадратный, — оформляй задержанного.

— Чего сделал? — спрашивает Семеныч.

— Документы увел. Только вот не знал, что документы эти известного журналиста, убитого неделю назад.

— Я и есть журналист, это какое-то недоразумение! — кричу я.

— Ага, журналист. А через час выяснится, что ты бывший председатель ООН Кофи Аннан, — проявляет политическую грамотность рыжий.

— Молодец, Соломатин, — удивленно смотрит на него квадратный, — учишься!

— Кофи Аннан, к вашему сведению, негр, — отвечаю я.

— А это никого не ебет! Это, бля, твои проблемы! — орет рыжий истеричным голосом заученную фразу по опусканию оппонента.

— Спокойнее, спокойнее, — говорит квадратный. — Разберемся, кто негр, а кто нет.

— Карманы освобождаем, брючный ремень и шнурки вынуть, — безучастно говорит Семеныч.

С меня снимают наручники, и я выкладываю на стол сигареты, зажигалку, кошелек, вынимаю ремень и начинаю расшнуровывать ботинки. Семеныч тем временем исследует мой кошелек и выкладывает на стол какие-то мятые рубли и несколько стодолларовых купюр, после чего удивленно смотрит на квадратного.

— Вы полагаете, что у бомжа, который украл чужой паспорт, водятся такие деньги? — спрашиваю я Семеныча.

Семеныч переглядывается с квадратным и рыжим, после чего квадратный не задумываясь изрекает:

— Он и кошелек еще стырил. Ну все, считай, приехал. Пару суток — и под суд, а потом на этап. Давно откинулся-то?

— Откуда? — удивленно спрашиваю я.

— От верблюда. Давай в камеру его, — резюмирует квадратный.

В «обезьяннике» пахло кошачьей мочой и хлоркой. Кроме меня на длинной скамейке примостился не то туркмен, не то узбек в мятом темном костюме. Он сидел, двумя руками держась за лавку, как воробей на жердочке, раскачивался и напевал:

> В Ашхабаде, в пэрвом парке
> Музыкалар играется
> Разный сорта девочкалар
> Туда-суда шляется.

— Здрасьте, — поздоровался я.

— Салам алейкум, — ответил узбекотуркмен.

Не зная, о чем его спросить, но понимая, что разговор как-то следует поддержать, я поинтересовался, давно ли он тут находится.

— Двой суток сижу, — ответил он и продолжил петь: — «Мммууууууууээздевочкалар...»

— А за что тебя? Без регистрации?

— Я документ проебаль. Командировка закончился, я у вас тут двух проституткалар беру, в гостиницалар еду. Просыпаюсь — ни одной проститутка, ни документ. — Он замер на секунду, потом принялся раскачиваться с новой силой и петь с неистовым лицом: — «Мммуууууууээздевочкалар...»

С полчаса просидели молча. Узбекотуркмен изредка матерился вполголоса, еще реже пел про «девочкалар». Я закрыл глаза и начал дремать.

— А тибэ за што мент взяль? — разбудил меня узбекотуркмен.

— А? — встрепенулся я со сна.

— За што тибэ мент взяль, говорю.

— За то, что по телевизору показывали.

— Ууу, — промычал он.

Я снова задремал. Мне снился поезд, ванна в каком-то дорогом отеле и менты. В какой-то момент узбек затряс меня за плечо:

— Эээ, послюшай, чо скажу.

— Ну?

— Эта... билять, а как ты можешь перед мент отвечать за то, че по телевизору показывают? Ты че, это делал? Вот закон у вас дурной! Шайтан!

— Не понял?

— Ну, билять... как ты можешь перед мент отвечать за то, чо другие по телевизору показывают? Ты ж все это говно не делаль?

Я задумался, не зная, что ему ответить.

— Ну да, вообще-то. Все не делал... и отвечать за это если и буду, то не перед ментом...

Дверь «обезьянника» заскрипела и открылась.

— Дроздиков, на выход! — крикнули с порога.

Я встал и вышел из камеры. Мент довел меня до двери с табличкой «Начальник отделения». В кабинете за старым потрескавшимся столом, подперев голову рукой и уставившись в газету, сидел помятый жизнью майор лет пятидесяти.

Стол его был завален документами вперемешку с газетами и журналами. На углу стола стоял старенький монитор, а перед ним небольшой кактус в горшке. За спиной майора висел плакат с изображением двух здоровяков в камуфляже и черных шапках с отверстиями для глаз. Перед ними, положив руки на затылок, стоял на коленях мужик криминального вида в кожаной куртке. В правом верхнем углу плаката было написано:

Я люблю тебя, жесть,
Я люблю тебя снова и снова
(Отряд милиции особого назначения)

— Доставил, — сказал у меня из-за спины мент.

— А… спасибо, — майор поднял на меня глаза, — значит так, Антон Геннадьевич. Вот ваши документы, вот ваш ремень, кошелек и шнурки. Забирайте и идите.

— То есть вы разобрались? А моральный урон кто мне компенсирует?

— Гражданин Дроздиков или как вас там на самом деле. Мы ни в чем и не разбирались. Наше дело преступников ловить, а не в вашу политическую грязь лезть, понятно?

— То есть как? Сначала человека избили, потом упрятали в камеру на целый день, а теперь просто вот так — «забирайте и идите». Вы понимаете, что я вот так, запросто, это дело не оставлю? Вы привыкли чинить произвол над безропотными гражданами, но со мной так не выйдет! Вы понимаете, кто я?

— В том-то и дело, что не понимаем… — устало вздохнул майор, — если бы понимали, то и не взяли бы, а может, — он поднял палец вверх, — может! Может и… — тут он замешкался, как бы находя нужное

окончание, — и не отпустили бы. Вот! — торжеству-
юще закончил майор.

— А чего тут непонятного-то? — удивляюсь я.

— А то! С одной стороны — полное соответствие
задержанного фотографии на паспорте на имя Дроздикова Антона Геннадьевича.

— Ну? И чего?

— Баранки гну! А с другой стороны — газеты и
телевизор сообщают, что сам Дроздиков, который Антон Геннадьевич, бля, погиб. На грузино-российской
границе. И не исключено, что весь этот сыр-бор там
был именно с целью убить его. Вот. А теперь он собственной персоной сидит передо мной грязный и рва-
ный. Кому верить? — Майор обратился ко мне как к
союзнику в решении столь сложной проблемы. Он
говорил таким грустным и ничего не понимающим тоном, что мне даже стало его жалко.

— Трудная у тебя работа, майор... — говорю я со-
чувственным тоном.

— Конечно трудная. На вокзале воровство, мошенничество, убийства. Каждый день бомжи, наркоманы,
цыганки, пропавшие дети, а тут еще покойники вос-
кресают. Так что не хочу я разбираться, ты это он
или... то есть... ну, короче... бери свое и иди. Так
будет лучше. Для всех.

Я вдеваю шнурки в ботинки, затем ремень, беру со
стола кошелек, методично пересчитываю содержимое
и говорю:

— Майор, у меня тут пятьсот долларов было.

— Где? — удивленно перегибается через стол майор.

— В кошельке. А теперь их нет.

— Да ладно? — прищуривается он.

— Вот те и ладно. Скажи своим, чтобы бабки принесли, майор.

— Слушай, какие бабки, а? Ты же мертвый, а мертвецам бабки ни к чему, усекаешь?

— Какой же я мертвый, я же вот тут перед тобой сижу живой. Неувязочка выходит, да, майор? Короче, бабки давай мои.

— Неа. Никакой неувязочки. Вот тут в «МК» написано, слушай. «Всю свою жизнь Антон посвятил борьбе за свободу слова. За построение в России гражданского общества. Я хочу привести здесь слова Антона, которые, как мне кажется, характеризуют ситуацию лучше всего: «Общество находится в плену у СМИ. Общество решает, где правда, а где ложь, только через призму медиа. Таким образом, наша цель в том, чтобы заставить телевидение, радио и прессу говорить правду». Вот...

— И чего? — говорю я.

— И ничего. Я — это общество. Нахожусь в этом самом... как там... «в плену у СМИ». Они мне сказали, что Дроздиков убит. А поскольку я решаю, что правда, а что ложь, через призму этой самой медиа, то для меня единственный реальный Дроздиков — это мертвый Дроздиков. Так что решай, чувак. Либо ты мертвец, непонятным образом ока-

завшийся в моем кабинете, либо ты не Дроздиков.
А если ты не он, то...

— Все-все. Понимаю. Ловко ты манипулируешь.
Тебе в политологи надо идти, пока не поздно, майор.

— Нет, спасибо, лучше уж вы к нам. Хотя нет. Тоже
не надо. У нас и без вас жуликов своих хватает.

— Дело ясное, что дело темное, правды тут не до-
бьешься, — печально резюмирую я.

— А тебе что, привыкать, что ли? — закуривает
майор.

— Да нет... Ладно, я пойду, что ли?

— Иди, иди с богом.

— Ну, спасибо за гостеприимство, так сказать. Дай
бог, чтобы в последний раз.

— Ага. И тебе не кашлять.

Я уже готовлюсь закрыть за собой дверь, как майор окрикивает меня:

— Слышь, Антон.

— Да?

— Фиговая какая-то история у тебя получилась.

— В смысле здесь? В ментовке твоей?

— Нет, не здесь. Просто, по жизни. Ты аккуратней.
А лучше совсем. — Майор делает движение кистью
руки.

— Не понял, — говорю я.

— Я имею в виду, что уехать бы тебе надо... насовсем...

— Насовсем?

— Ага.

— Я подумаю...

— Ну, подумай, это я тебе откровенно говорю, без понтов. Ладно, бывай.

Я развернулся и взялся за ручку двери кабинета. Прямо на двери скотчем был довольно криво приклеен самодельный плакат: ощерившийся золотым ртом мужик с пластырем на щеке и Ходорковский, оба в зоновских телогрейках, обнимаются и чокаются пивными бутылками за колючей проволокой. Над их головами стоит круглая печать с изображением Клима Ворошилова, сидящего на коне и размахивающего шашкой, и надписью по кругу печати:

ПИВО КЛИМСКОЕ — ЗА ОБЩЕНЬЕ БЕЗ ПОНТОВ!

— Без понтов, говоришь? — обернулся я.

— Без понтов, без понтов, — засмеялся майор.

Я дернул на себя дверь и вышел вон.

На улице я снова залез в кошелек, обнаружил там смятую сторублевую купюру и пошел в павильон метро, где купил билет на одну поездку и телефонную карточку. Первым делом я пошел к телефону-автомату и набрал номер Фонда.

— Фонд «Гражданское общество», добрый день.

— Добрый день, с Вербицким соедините, пожалуйста.

— Одну минуту, а кто его спрашивает?

— Дроздиков Антон.

На том конце провода повисает пауза, после которой девушка отвечает:

— Не смешно, — и вешает трубку.

Я набираю еще раз.

— Фонд «Гражданское общество», добрый день.

— Добрый, это Антон Дроздиков, мне необходимо срочно переговорить с Вербицким.

— Молодой человек, прекратите хулиганить. У вас совесть есть? Имейте уважение хотя бы к памяти погибшего.

— Да я не погибал, это недоразумение. Я жив, бодр и весел!

— Если вы не прекратите хулиганить, я позвоню в службу безопасности.

И в трубке снова звучат короткие гудки.

ФОНД

До офиса Вербицкого я добираюсь на метро. Выхожу и не спеша, выкурив на ходу сигарету, дворами дохожу до здания Фонда.

— Привет, — бросаю я, проходя мимо охранников. Обычно я даже не достаю пропуска, поскольку меня тут и так каждая собака в лицо знает.

— Одну секундочку, можно пропуск? — говорит мне один из охранников.

— Вы что, новенький? Меня вообще-то все в лицо знают в этом учреждении.

И тут я вижу, что все охранники как-то странно себя ведут. Они стоят совершенно белые, в полном недоумении, не зная, что предпринять. Этот охранник берет в руки мой пропуск, снимает телефонную трубку и говорит в нее:

— Александр Петрович, у нас тут такая ситуация... в общем, необходимо ваше присутствие. Да. Срочно.

— Сейчас вам Петрович вклеит по первое число за то, что кого надо в лицо не узнаете, — пытаюсь шутить я, но самому мне не очень уютно. В воздухе витает какая-то скрытая угроза. Через пять минут приходит начальник охраны, Александр Петрович Алексеев.

— Привет, Петрович, — говорю я, — твои бойцы чего-то совсем заработались, своих не узнают.

— Антон? — Петрович меняется в лице. — Ты как сюда попал? То есть... я хотел сказать... ну...

— Понимаю, понимаю. Не каждый день видишь воскресшего пророка. Я живой, даже не раненый. Можешь меня потрогать. За рукав. Только не обнимайся, а то мало ли что про нас с тобой подумают, — шучу я.

— Пропустите, — бросает Петрович, — Антон, мы все думали... в общем, очень рад тебя снова видеть. Сказали же, что ты погиб и...

— Знаю, знаю. Не верь газетам, Петрович, врут они. Ну, давай веди меня к Вербицкому.

— Да, Антон, конечно. Давай только сначала позвоним ему из моего кабинета. Сам понимаешь, ситуация неординарная.

— У вас тут какая-то паранойя развилась за время моего отсутствия. Чего, на осадном положении, что ли?

— Нет, Антон, что ты. Но все-таки...

Мы приходим в кабинет Алексеева, и он звонит по прямому телефону Вербицкому. Докладывает о моем появлении, слушает ответную реакцию, кивает, говорит «есть», кладет трубку и знаком приглашает меня на выход. Мы некоторое время идем молча, затем я отмечаю, что мы движемся к пожарной лестнице, всегда закрытой, что вызывает мое недоумение.

— Ну что, «добро» получил? — спрашиваю я.

— Ага.

— А куда мы идем в таком случае?

— По пожарной лестнице пойдем. Там на шестом этаже с нее есть вход в кабинет Вербицкого. Отдельный. Для экстренных случаев.

— А сейчас у нас что? Экстренный случай, тот самый?

— Антон, ты пойми, шеф просто не хочет людей будоражить. Тут все дни все в цветах, газеты, радио, телевизор, Интернет — везде плач и стон по убитому гражданскому заступнику. А тут ты воскресаешь. Не стоит людей нервировать. И слухи ненужные рождать. Вот как все выяснится, так и объявим, а пока...

— Так чего выяснять-то? Я вот он — жив и здоров. Или тебе и всем на этот случай какая-то отдельная инструкция нужна? Справка от Ангела, стоящего у входа в Чистилище, что не принимал меня? Или что отпустил обратно на землю, до срока?

— Антон, вечно ты со своими шутками. Ну не так я выразился. Я имел в виду, что сначала ты поговоришь с Вербицким, а потом вы вместе выступите перед всем народом, сообщите, что ты жив, и все прочее.

— Ну вы даете...

Мы вышли на этаж с черного хода, быстро миновали коридор, пустую приемную (вероятно, секретаршу Вербицкий срочно попросил удалиться) и зашли в кабинет:

— Антон, как я рад тебя видеть, ты не представляешь! — Вербицкий встал из-за стола, чего раньше за ним не водилось, и, подойдя ко мне, обнял.

— Я тоже, Аркадий Яковлевич, я тоже, рад, так сказать, наконец узреть родные пенаты.

— Коньяку?

— Да, и давайте я Ольгу попрошу, чтобы кофе сделала. Я неделю хорошего кофе не пил, отвык.

— Я сам, я сам. Ольги нет пока. — Вербицкий вышел из кабинета и закрыл за собой дверь.

Видимо, небо все-таки упало в Дунай или на Северном поле вымерли разом все медведи, если Аркадий Яковлевич собственной персоной пошел мне за кофе и коньяком. Или произошло кое-что более интересное. Вербицкий вернулся с подносом, на котором стояли две чашки кофе, два бокала и бутылка коньяка.

— Ты не представляешь, что тут творилось все это время. Телевизор, газеты, выступление депутатов в Думе. Ты, как я понимаю, уже что-то видел или слышал?

— Я четыре дня до Москвы добирался на телеге, потом попутками, потом поездом. В провинции, Аркадий Яковлевич, еще нет того технического прогресса, к которому мы привыкли.

— Да, да. Я забыл. Выбираюсь не часто, сам понимаешь.

— Я вот тоже выбирался не часто, теперь выбрался. Нда.. А газетку я видел одну. «Московский комсомолец» со статьей про смерть защитника гражданских свобод. На Курском вокзале, перед тем как меня в милицию забрали.

— В милицию? — насторожился Вербицкий. — А за что тебя забрали?

— За бродяжничество, — смеюсь я, — на допросах пытались мошенничество шить. Чужой паспорт, да еще и на имя правозащитника, сами понимаете.

— И что ты им говорил, ну... что они у тебя спрашивали?

— А ничего. Продержали двое суток, потом отпустили. Как сказал их майор, «вроде ты — это он, а вроде он мертвый». В общем, разбираться не стали особо.

— Ну ладно, что я тут тоже?.. Ты лучше расскажи, как ты выбрался, Антошка, — хлопнул меня по плечу Вербицкий, — ну молодец, ну красавец.

— Нет, Аркадий Яковлевич, лучше сначала вы мне расскажите, как все произошло.

— В смысле?

— В прямом. Как вышло, — я запинаюсь, пытаясь подобрать правильные слова, — как вышло, что вертолеты расстреляли нас в упор?

— Ты понимаешь, Антон, тут долгая история, — начал Вербицкий, пожевав нижнюю губу.

— А я никуда не тороплюсь. У меня времени — вагон. Мертвые — они не спешат.

— Ну. В общем и целом. Если коротко и по сути. — Меня всегда бесила эта идиотская манера

Вербицкого городить огород из вводных слов-паразитов перед тем, как начать говорить на какую-то серьезную тему. Я откинулся в кресле, глотнул коньку и приготовился выслушать еще пару-тройку предложений из серии «собственно говоря», «вероятно, стоит начать с» и тому подобных. Но неожиданно он перешел к сути вопроса:

— Антон, произошла нелепая случайность. Вмешался тот самый идиотский человеческий фактор. Ты помнишь, что когда мы заряжали военных, то договаривались, безусловно, с генералами. Потом приказ пошел по цепочке. От генерала к полковнику, от полковника к... и так далее. Пока не дошел до командира эскадрильи.

— И? — у меня начинает стучать в висках оттого, что я понимаю, к чему клонит Вербицкий. Я залпом допиваю коньяк и наливаю себе еще бокал. Я уже не в силах сидеть, поэтому отхожу к окну и слушаю оставшуюся часть рассказа, стоя спиной к Вербицкому.

— И командир эскадрильи повел вертолеты через грузинскую границу. Только была одна беда у этого командира. Он когда услышал, что приказ секретный, что говорить об этом нельзя, что брать на задание нужно только проверенных людей, он это по-своему истолковал. Решил, что враги России готовят какой-то заговор...

— Что в общем и целом соответствует действительности, — вставляю я.

— Ну да... то есть не в том дело. А дело в командире эскадрильи. Короче говоря, он прилетел на место события и нажал на гашетки. Решил, что он американских диверсантов уничтожает или израильских, я не знаю.

Бокал выпадает из моей руки на пол. Я выдавливаю из себя одну-единственную фразу:

— Как просто...

Вербицкий подходит ко мне, кладет руку на плечо и говорит тихим и печальным голосом:

— Все самые важные в истории события реализовывались по очень простым сценариям, Антон. Я рад, что ты смог выжить. Ты герой, Антон, не сочти за высокие слова, но ты просто герой.

— Аркадий Яковлевич, я не понимаю. Ну ладно этот командир, больной оказался. Но подчиненные-то его? Они что, тоже идейные?

— Видимо, да. Их уже не спросишь...

— То есть?

— Когда я узнал об этом, я задействовал наших людей... В общем, никого уже не спросишь.

— Хорошо. А какого черта они летели с боевыми зарядами, если договорились, что использовать будут холостые? Им же заранее не говорили, что там будут «враги России»?

Вербицкий подходит к журнальному столику, опрокидывает в себя бокал с коньяком и начинает говорить очень громко и эмоционально:

— Я не знаю, Антон, понимаешь? Хотя мне положено знать все, но я не знаю. В этой истории больше вопросов, чем ответов. Она в принципе из разряда фантастики. Но мы-то с тобой знаем, что она случилась в реальности? В этой стране всегда так. Тут невозможно прогнозировать, потому что всегда найдется долбоклюй, псих или ура-патриот, который все обосрет в нужный момент. Тут у людей отсутствуют общепринятые человеческие инстинкты и правила поведения. Например, не лезть не в свое дело, думать о последствиях, беречь голову, не стоять под стрелой. Именно благодаря таким людям Россия всегда выигрывала войны. Вот и нам такой красавец попался. Матросов, блядь. Да еще и с техникой. А она в руках идиотов хуже атомного оружия, сам понимаешь.

Я смотрю в окно и вспоминаю, как я стоял на той чертовой поляне и думал, почему вертолеты летят со стороны Грузии. Как я рисовал себе хитрые схемы, благодаря которым пилоты сэкономят горючее и, продав его, купят два ящика водки. Да. Прав Вербицкий. Весь сермяжный вопрос российской истории в матросовых, а не в водке. Хотя какая теперь, собственно говоря, разница? Но тем не менее я задаю Вербицкому вопрос:

— Аркадий Яковлевич, а почему вертолеты летели со стороны грузинской границы?

— Откуда?

— Вертолеты появились над лесом со стороны Грузии. По уму они же должны были появиться с российской стороны.

Вербицкий задумывается на мгновение, затем произносит:

— Антон, честно говоря, я не знаю. Меня же там не было. К сожалению. Если бы был, то, может, все бы пошло по-другому. Хотя какого черта я несу? Ничего бы я не исправил. Я не знаю, Антон. На пленке видно только, как вертолеты стреляют. Невозможно определить, откуда они прилетели. Видны только их опознавательные знаки.

Я встрепенулся:

— А что, есть пленка? Откуда?

— Ваха с ребятами своими после того, как вертолеты улетели, пытался помочь раненым и наткнулся на камеру американцев. Она каким-то чудом не пострадала. Ее использовали для трансляции по телевидению.

— Аркадий Яковлевич, — тихо говорю я, — кто-то еще выжил?

Вербицкий достает из бара еще один бокал, наливает коньяка и протягивает мне.

— Никто, Антон, никто не спасся. Все там остались. Давай помянем ребят.

Мы выпиваем не чокаясь, и я сажусь обратно в кресло. Вербицкий занимает свое привычное место за столом.

— Аркадий Яковлевич, а что дальше было?

— В каком смысле, Антон?

— Ну, в медийном... что было дальше? Смерть Антона Дроздикова в прямом эфире и вся прочая информационная канва события.

— Все-таки я в тебе не ошибся когда-то. Ты настоящий профессионал. Другой бы после такой мясорубки сопли бы распустил, а ты сразу задаешь вопросы, касающиеся твоей непосредственной деятельности. Уважаю.

— Спасибо большое. Но все-таки можно подробнее про мою непосредственную деятельность? А точнее, про меня. Как эта история была преподнесена в СМИ?

— После того как Ваха с ребятами начал обследовать поле после обстрела, он наткнулся на тело в твоей куртке, только без головы. Вообще многие тела было довольно трудно опознать. Кстати, что за история с курткой?

— Я отдал куртку Джеффу, он мерз сильно...

— А сам Джефф?

— Самого Джеффа я последний раз видел перед тем, как потерять сознание. Точнее, не его самого, а только его голову.

— В смысле?

— Ну, она приземлилась рядом со мной...

— Ужас. Кошмар.

— Да уж... Что было после того, как вы получили пленку?

— После того как мы получили пленку, мы передали ее западным каналам. С легендой того, что на новой грузинской заставе журналистами из России и США осуществлялись съемки того, как Грузия укрепляет свои границы, чтобы пресечь проникновения на ее территорию боевиков из Чечни. В этот день российские вертолеты, углубившись на территорию Грузии, нанесли удар по заставе. Вследствие которого погибли не только военные, но и простые журналисты. Американцы подали в наш МИД ноту протеста, хотят вынести на обсуждение в ООН вопрос о вводе миротворцев на территорию, прилегающую к грузино-российской границе. Официальные власти, конечно, опровергают факт обстрела грузинской погранзаставы своими вертолетами, ссылаясь на то, что бортовые номера не числятся ни за одной воинской частью. Требуют предъявить тела. Грузинские власти пока отказываются. Американцам наши деятели из МИДа предъявляют съемку местности со спутника за две недели до происшествия. На съемке ясно видно, что в указанном месте никакой заставы нет. Некоторые европейские страны показывают свои съемки из космоса, говорящие о том же. Американцы пока тянут волынку, говоря, что их спутники в то время не осуществляли съемку этой территории. В этом, конечно, неувязочка, но в целом задача выполнена. Буря в стакане началась. Через неделю все забудут, была там застава или нет, главное, что есть факт расстрела журналистов. Внутри страны уже оппозиция выходит на митинги, правозащитные организации...

— Это понятно, стандартная схема. Я интересуюсь тем, как освещалась моя смерть?

— Вот ты о чем... — Вербицкий сделал глоток коньяка. — Ты понимаешь, Антон, мы профессионалы. Я это знаю, ты это знаешь. И если абстрагироваться от чувств, то придется признать, что мы на войне. Ты сам не раз говорил о великой отечественной медиа-войне, помнишь?

— Припоминаю, и что?

— А то, Антон, что мы солдаты. Мы не могли использовать твою смерть иначе. Если бы на твоем месте оказался я, а ты на моем, то ты бы себя повел так же. Как профессионал. В общем, мы запустили в СМИ информацию о том, что власти знали о твоем нахождении в Грузии. И этот удар был не по грузинам, но по голове российских оппозиционных СМИ. Власть настолько обезумела от вкуса крови, что не может остановиться. И так далее. В общем, сделали из тебя героя-мученика. Все по классическим схемам.

— Ай, молодца! — Я хлопаю себя ладонями по коленям и встаю. — Ох красавцы какие, ну ты подумай. Действительно настоящие профессионалы.

— Антон, ты поступил бы также на моем месте.

— История не терпит сослагательных наклонений. В данном случае это сделали вы, а не я.

— Антон, формат, в котором мы работаем. Медиа-среда — она же бесчувственна и неразумна, ее формат...

— Аркадий Яковлевич, вы, по-моему, с коньяком переборщили. Вы уже путаете тех, кто в формате работает, с теми, кто его создает. Вы уж определитесь, господин Вербицкий, пока нас тут только двое, а то некрасиво получится. Все-таки вы в формате работаете или вы его создаете? Кто, по-вашему, заставляет нас ежедневно пудрить мозги аудитории? Кто это такой, этот мифический и бесчеловечный формат? Что же это за душегубка такая — медиа? Бесчеловечная, бесчувственная и неразумная, а?

— Антон, я хотел сказать...

— А не надо хотеть и говорить разные вещи. В этом проблема, понимаете? В том, что мы хотим сказать одно, а говорим другое. А подразумеваем вообще третье. Так все же, Аркадий Яковлевич, где эти неодушевленные убийцы людского сознания? Два ангела ада «медиа» и «формат», а?

— Антон, я тебя прошу. Я понимаю, что все мы нервничаем сейчас. Ты очень взвинчен, еще бы, пережить такое. Но все-таки я тебе прошу...

— А я вас прошу, ответьте, кто это? Не можете? Тогда я за вас отвечу. Это мы с вами. Вы —«формат», а я — «медиа», которая работает в этом формате. Или наоборот, как вам больше нравится. И не надо мне тут гнать про неразумность медиа. Она очень даже разумна, потому что ОНА — ЭТО МЫ. Мы «media sapiens», и поэтому и формат, и информационная среда, и приемы доведения информации до аудитории — все это мы. А мы очень разумны. Ого! Я бы даже сказал, таких разумных еще поискать надо. Вот про бесчувственность это вы правильно сказали. Только опять же это не медиа бесчувственна, это мы — бесчувственные и аморальные твари, движимые жаждой наживы и тщеславием. Посему давайте сегодня проявим неслыханную щедрость — хотя бы друг другу лапшу на уши вешать не будем, а?

— Давайте. Тогда, Антоша, дорогой, давай вернемся в русло столь любимого тобой цинизма, а?

— Давайте. Цинизм — он хотя бы честнее.

— Вот-вот. Про честность давай. Когда Горчакова подралась с собственными строителями, кто предложил двигать в прессу легенду о том, что ее как известную правозащитницу избили «Наши»? Не ты ли, Антон?

— Ну, я, и что?

— А то, что чья бы корова мычала. А метро? А Зайцев? Начал мне тут задвигать про медиа сапиенс, философ доморощенный. Я-то, старый дурак, еще сижу и слушаю. У тебя у самого какие принципы и какая мораль?

— Никакой. Как и у вас.

— Так чего же ты хочешь? Ты умер. Точнее, мы думали, что ты погиб, и решили на этом выстроить удар. Сам посуди. Тебе как мертвому разве не все равно, кто и в каких целях использует твое имя?

— Может, мне мое светлое имя дорого как память?

— Ай, — отмахнулся Вербицкий, — брось ты. На наших именах пробы негде ставить.

— Согласен. И что дальше будет?

— В смысле?

— В прямом. Со мной что дальше будет?

— Будешь жить, я так понимаю, долго и счастливо. Говорят, что кого хоронят раньше срока, тот долго жить будет.

— Это из области мистики. Я говорю о практическом плане. Я же теперь воскрес. И как нам всем с этим жить?

— Да... надо подумать...

— Может, церковь создадим? Имени отрока Антона, от кровавой гэбни умученного и счастливо воскресшего? Я буду мессией, вы — апостолом. Прибыль пополам? Идет? Или даже вы будете воскресителем меня. А чо? Грабовой же «воскрешает» людей и неплохо зарабатывает на этом. Только у него, в отличие от нас, нет доказательств, никто еще не видел ни одного воскрешенного им человека. А у нас сразу живой воскресший. Да какой!

— Да брось ты ерничать, — Вербицкий встает со своего стула и начинает ходить по комнате, — без тебя тошно, клоун. Задача...

— Да уж, неожиданно воскресший рояль в кустах задавил весь оркестр.

Мне уже по-настоящему смешно и безумно любопытно, каким образом Вербицкий вырулит ситуацию со мной. Такое впечатление, что это будто бы и не со мной происходит. Какой-то политический кинотриллер, да и только. Вербицкий тем временем успокаивается и снова садится за стол.

— Так, Антон Геннадьевич. Я думаю, что мы ничего поменять не сможем. Понимаешь, если ты сейчас для всех воскреснешь, то нам придется отыгрывать назад обвинения против правительства. Обвинения в том, что спецслужбы специально охотились за тобой.

— Мне, виноват, пойти в гроб лечь?

— Нет, в гроб не стоит, конечно. А вот исчезнуть (Вербицкий поднимает палец к потолку) на время! Исчезнуть на время, думаю, было бы хорошо.

— Это на какое такое время?

— Ну, не знаю. На некоторое. На годик, к примеру. А что, хорошая мысль, — Вербицкий опять встает, подходит к шкафу, и видно, как его самого прет от столь удачной находки, — на годик. За рубеж...

— И как вы себе это видите?

— Вижу отчетливо, дорогой мой. Очень просто. Сделаем тебе документы и отправим на длительный отдых.

— Как шахтера, — смеюсь я.

— Именно. Ты же бился в каменоломнях путинской России за свободу слова? Шахтер и есть. Все мы шахтеры...

— Мы, Аркадий Яковлевич, скорее не шахтеры, а ассенизаторы. Только неправильные. Настоящие ассенизаторы говно вывозят, а мы его, наоборот, привозим огромными количествами.

— Антон, ты сегодня на редкость метафоричен.

— Это у меня от народа. Долго путешествовал, вот и набрался. Ладно, давайте дальше.

— А что дальше? Выбирай страну, выпишем тебе отпускные хорошие. Миллион тебя устроит? И страна на выбор. Представляешь, поедешь к морю, будешь загорать целый год, с девками кувыркаться. А может, книгу напишешь?

— А дальше?

— Что дальше?

— Ну, после того, как год пройдет?

— Да там разберемся. Сейчас выборы проскочим, ситуация стабилизируется, все про тебя забудут, а через год, Антон, много чего может измениться. Ты, может, и вовсе возвращаться не захочешь?

— А если захочу?

— Ну... ну, придумаем тебе легенду. Расскажем, что ты выжил. Что боялся за жизнь свою и своих близких и был вынужден уехать. Правду и скажем. Антон, это же гениально! А потом скажем правду. И все! Ты национальным героем российской интеллигенции станешь. Как Герцен. Ну или как Огарев, это уж как сам захочешь.

— Какая-то левая история получается...

— Нормальная история получается. Дальше подключим СМИ, создадим тебе ореол борца-мученика, и все, Антон Победоносец.

— Нда... заманчиво. А как же я буду целый год вдали от родины жить?

— А чего? Береза живет в Лондоне и не тужит, чем ты хуже?

— У меня нет таких денег, как у него. А так я не хуже, а даже лучше.

— Тебе миллиона мало? Давай обсуждать. Скажи, сколько ты хочешь, я обсужу с... ну, сам понимаешь. И решим твои вопросы.

— Как-то сложно мне вот так. Ну как я уеду? У меня

тут друзья, любимые женщины, Родина, в конце концов.

— Антон, — кривится Вербицкий, — я тебя умоляю. Родина у него тут. Родина — это там, где теплее. А с бабками везде тепло. Друзей у тебя нет, сам себе хотя бы не ври, а любовь там себе купишь. С такими бабками, как у тебя, ты жених завидный.

— Я не могу... не могу и не хочу я так. Я привык быть на острие событий. Living on the edge, и все такое. Я не могу без деятельности, и в пенсионера, пускай и союзного значения, мне превращаться рановато еще.

— Антон, ну что ты ломаешься, как девка? «Пенсионер, острие событий...» Вернешься ты на это острие. Через год и вернешься. Оно за год тупее не станет, а возможно, только острее. Валить. Валить тебе надо. Это самый лучший вариант. Так будет лучше. Для всех. А самое главное — для тебя. Если ты тут останешься, всякое с их стороны возможно.

— Подождите. А что, если нам завтра... мне то есть... выступить по ящику, рассказать, как я выбрался из огненного ада, как за мной охотились и я прятался в лесах? Живое подтверждение того, как режим борется с оппонентами? Да! Точно! Это же еще острее будет — кучи интервью, свидетель бойни собственной персоной. Да меня после этого никто тронуть не посмеет!

— Ага, точно. И вся компания по канонизации мученика Дроздикова коту под хвост, да? Я сейчас даже не говорю про бабки, потраченные на это. Мы потеряем эффект. У нас послезавтра митинг оппозиции. Около памятника Пушкину, вся площадь в твоих портретах, пять тысяч человек минимум. К нам сейчас из-за твоей гибели примыкает все больше и больше народа. Те, кто колебался, вся интеллигенция, правозащитники, Дума уже реагирует, собираются комиссию по расследованию назначить. А тут ты, здрасьте, я ваша тетя! Антон, ну сам посуди, куда это годится?

— А что, при живом Дроздикове такое невозможно? Там же люди погибли? Что, разве расследовать их гибель нельзя? При чем тут мое спасение?

— Антон, ну кто их знает, этих людей? Американцы, какие-то операторы, кто они для аудитории? А тут погиб один из главных оппозиционеров. Не погиб — убит! А как только ты появишься, нас тут же обвинят в подтасовках. Тебя вызовут в прокуратуру, пресса начнет нервничать. Нет, Антон, это не вариант.

— А мне, молодому мужику в расцвете сил, взять все бросить и уехать — это вариант?

— Вариант.

— Конечно, для вас это вариант. Я же вам мешаю. Такая красивая комбинация рушится из-за одного незначительного чувака, который взял и воскрес. Причем никого не предупредив. Мы ему доверяли, а он, сука такая, всех подставил. Да?

— Ты только не забывай, что чувак этот незначительный, как ты выразился, — главный герой всей этой истории. О котором я сейчас всеми силами стараюсь позаботиться!

— О котором из... Аркадий Яковлевич?

— То есть?

— О котором из двух? Том Антоне, который мертвый, или том Антоне, который живой?

В этот момент по кабинету Вербицкого расползается вязкая тишина. Она продвигается из центра кабинета в обе стороны, плотным коконом окутывая обоих. Меня, которому, в общем, больше нечего спросить, и Вербицкого, которому больше нечего ответить. Мы сидим, как мухи в паутине, не в силах двинуться, потому что каждое движение причиняет нестерпимую резь от паутины. Так и в нашем диалоге, — любое его продолжение наносит ножевые ранения. Хотя почему-то мне кажется, что единственная муха тут — я.

Первым паузу нарушает Вербицкий. Он говорит четким, стальным голосом, удивительно точно расставляя акценты:

— А я об обоих позаботился... одному устроил гражданскую панихиду, захоронение в пантеоне богов средств массовой информации и жертвоприношения в виде аудитории. А другому сейчас предлагаю хорошо оплачиваемый отпуск, на который он, ввиду своей молодости, не соглашается. Ты думаешь, ты умнее других? Нашел самый лучший вариант? Не просто с тобой, ох как не просто...

— Скажите, Аркадий Яковлевич, а вам с кем проще? С живыми или с мертвыми? Что-то мне подсказывает, что с мертвыми оно лучше, правда? Они не умнее других, они со всем соглашаются, да? Они не хорошие и не плохие, они просто мертвые. Признайтесь, Аркадий Яковлевич, мертвые — они... удобнее?

— Антон, наш диалог зашел в тупик. Давай сделаем так. У нас есть один, максимум два дня. Ты обдумываешь мое предложение, а я твое. Мы встречаемся и принимаем решение. Только об одном тебя прошу — не тяни. Ты знаешь, что мы не располагаем ресурсом времени.

— Вы хотите сказать, что в моей ситуации есть варианты?

— Варианты всегда есть, Антон, поверь мне. И вот еще что. Поедешь на моей машине. Охрану мою возьмешь. Так всем спокойнее.

— Спасибо, Аркадий Яковлевич, за заботу.

— Только не геройствуй, иначе из здания не выпущу. Не исключено, что о твоем местонахождении знаю не только я.

Вербицкий вызывает по телефону Алексеева. Мы прощаемся, жмем друг другу руки, и Аркадий Яковлевич говорит мне на прощание:

— Антон, главное — не тяни... время!

Я киваю головой и выхожу из кабинета вслед за Алексеевым.

МАШИНА

Мы двигаемся вверх по Солянке двумя машинами. Я сижу на переднем сиденье Lexus RX 300 рядом с водителем, сзади меня сидит Алексеев с охранником, следом за нами двигается Toyota Land Cruiser сопровождения. Мы выехали минут двадцать назад, и с тех пор в машине никто не проронил ни единого слова, даже музыка не играет. Признаться, меня эта атмосфера сильно напрягает, и я первым делаю попытку завязать разговор:

— Чо-то мы грустно едем, мужики. Как на похороны. Давайте хоть музыку включим?

— Да, пожалуйста, Антон, включай, что тебе больше нравится, — отвечает Алексеев.

Я включаю радио, и первая же волна транслирует «I will Survive». Стоит ли говорить, что эта мелодия больше не ассоциируется у меня с дискотекой? Я переключаюсь дальше, на «Наше Радио», которое дает какой-то бодрый российский шлягер. Я делаю громче, и из колонок несется:

Я бросил штаб и ушел в пехоту,
Чтобы посмотреть в лицо врагу.

Я увидел парня, мы были похожи,

Он так же откровенно мне целился в грудь.

И каждый день война,

И мы пьем до дна.

Я оборачиваюсь к Алексееву и говорю:

— Прикольная песня, да? Прямо про нас. Мы же на войне?

Алексеев смотрит на меня, затем после некоторой паузы смеется. Вслед за ним смеется охранник, потом водитель.

— Мужики, — говорю я, — у меня полное ощущение, что я герой фильма «Криминальное чтиво» и мы едем мочить конкурентов-гангстеров. Похоже, Александр Петрович, тебе не кажется?

Мы проезжаем здание Исторической библиотеки, в которую я ходил студентом и в которой мы частенько бухали с сокурсниками. Я снова поворачиваюсь, чтобы рассказать об этом Алексееву, начинаю фразу «А вот в том здании...», как в этот момент мне на шею накидывается удавка, кажется леска, я не очень силен в этом. Я успеваю подставить под нее руку, но леска соскальзывает и начинает резать мне горло. Я машу руками, несколько раз попадаю по водителю, машина виляет, но он невозмутимо продолжает ехать вперед, потом я снова пытаюсь подсунуть руки под удавку. Сзади меня покряхтывает Алексеев, кажется, ему помогает охранник, колонки продолжают орать:

Каждый день война,
Каждый день война,
Каждый день война,
Каждый день...

Все занимает какие-то секунды, у меня перед глазами бегут радужные круги, и тут машину сотрясает. Довольно сильный удар приходится в водительскую сторону, нас встряхивает, удавка ослабевает, видимо, от того, что Алексеева отбрасывает назад. Водитель утыкается лицом в подушку безопасности, я слышу, как сзади кто-то кричит: «Двеееерь!»; автоматически сбрасываю удавку, открываю дверь и бросаюсь вон из машины. Мне все еще не хватает воздуха, я держусь за горло, но инстинкт загнанной жертвы гонит меня вперед. Я поворачиваю налево во двор, в котором мы когда-то бухали студентами, пересекаю детскую площадку и готовлюсь повернуть еще раз налево. Я оборачиваюсь на бегу и вижу, что в водительскую дверь машины, в которой меня везли, уткнулась «Газель» с тентом. Ее водитель, видимо, боится вылезти из кабины. Зато из машины сопровождения не побоялись вылезти два охранника, один из которых достал пистолет и целится им в мою сторону. Я поворачиваю за угол и слышу, как сзади ухают два выстрела. Я выбегаю обратно на Солянку и бегу вниз, к скверу, туда, где стоит памятник Кириллу и Мефодию...

В себя я прихожу где-то в конце Варварки. Я забежал в какой-то переулок, спрятался под арку, массирую горло и отчего-то ощущаю нехилую эрекцию. Возможно, это присуще всем висельникам или удушенным, возможно, это азарт гонки, возможно и скорее всего дает о себе знать более чем недельное воздержание. В любом случае, потрогав себя в районе ширинки, я, наконец, осознаю, что все еще жив.

Посмотрев по сторонам, я думаю о том, куда мне идти. Пройдя переулок до конца, я попадаю на Биржевую площадь, дальше ноги сами несут меня к зданию ГУМа. В ГУМе я останавливаюсь у банкомата, засовываю карточку и снимаю все до остатка. Получается что-то около трехсот долларов. В ближайшем салоне сотовой связи я покупаю самый дешевый аппарат и набираю Вадима. Я жду гудков пять, вероятно, Вадим решает отвечать или не отвечать неизвестному номеру. Наконец в трубке слышится «алло».

— Але, Вадим, это Дроздиков.

— Что? Простите, с кем я говорю?

— Вадим, не придуривайся, ты знаешь, с кем ты говоришь, это я, Антон.

— Простите, но Антон Дроздиков погиб. До свидания.

— Але, не вешай трубку.

— Что вы хотите?

— Ты думаешь, ты соскочишь? Ты думаешь, что с тобой получится по-другому? Послушай, Вадим, мне нужна твоя помощь. Причем помогая мне, ты в общем-то поможешь себе.

— Спасибо, мне помогать не нужно.

— Блядь, ты идиот, ты не понимаешь, с кем ты играешь? Ты думаешь, что ты умнее других? А что, если завтра ты окажешься на моем месте?

— Я считаю, что каждый находится ровно на том месте, которое заслуживает. Я заканчиваю разговор, всего доброго.

— Вадим, ну почему ты такая сука?

— Вы знаете, в свое время Антон Дроздиков сказал мне: «Мы не оставляем друг другу ни одного шанса, родной».

— Но Антон Дроздиков тебе в свое время этот шанс оставил, не помнишь?

— Помню. Он ошибся. До свидания.

Я перезваниваю. В этот раз Вадим отвечает сразу:

— Да.

— Але, Вадим, подожди, я тебе сейчас кое-что расскажу.

— Вы ошиблись номером.

Первой моей реакцией было запустить телефон об стену. Я размахнулся, но, вспомнив, что денег больше нет, а связь нужна, я положил телефон в карман и двинулся в сторону Никольской улицы.

В павильоне с надписью «ЕДА-2» я купил сосиску в тесте и бутылку «Байкала». Расположившись под красным зонтом с надписью «Кока-Кола», я медленно жевал этот шарж на классический хот-дог. Ел я скорее из необходимости питаться, нежели от голода. Вкус сосиски вкупе с названием павильона рождал нездоровые ассоциации с секонд-хендом в области гастрономии. Вспоминалась пресловутая «осетрина второй свежести» и название магазина из прошлого — «Вторая молодость», в котором продавались ношеные дизайнерские вещи.

Я достал телефон и набрал номер Сашки Епифанцева. После непродолжительной паузы оператор ответил мне, что абонент временно не обслуживается. Вероятно, неприятности были не только у меня. Последний из номеров, которые я помнил на память, был сотовый Никитоса. Удивительно, но Никитос ответил. Уже после второго гудка он рявкнул:

— Да

— Никит, Это Антон.

— Кто?

— Антон Дроздиков.

— Во дела! — практически без паузы ответил Никитос. — Ни фига себе. Ты живой?

— Так получилось. Никит, мне нужна твоя помощь. Мы можем сегодня встретиться?

— Дай подумать...

Никита колебался. С одной стороны, он понимал, что у меня большие проблемы, с другой — их истинный размер он оценить не мог.

— Ладно, — выдохнул он в трубку, — кафе «Курвуазье» знаешь?

— Знаю.

— Рядом с ним есть ресторан «Огни». А между ними арка. Она ведет во внутренний двор. Вот там, в восемь вечера. Сегодня.

— Спасибо, Никитос.

— Пока не за что. До встречи.

Закончив разговор, я подумал о том, что Никитос, может быть, уже познакомился с Вербицким, бойцы которого и положат меня в этом внутреннем дворе. С другой стороны, кто мог рассказать Вербицкому о Никитосе? Вадик... Блядский Вадик. Сука. А может быть, еще не успел? В любом случае, если ничего не предпринимать, то меня скорее завалят. Будь что будет. Я выкинул недоеденную сосиску в мусорку, допил воду и пошел дальше. Мимоходом я еще раз кинул взгляд на вывеску павильона и узрел юридическое название фирмы, торгующей «второй едой». Под названием «ЕДА-2» маленькими буквами сообщалось потребителям:

Вас обслуживает ЗАО «КАРМА»

Я хмыкнул и еще раз подумал о Никитосе. Воистину, пусть будет что будет. У каждого своя карма. У кого-то она даже оказывается закрытым акционерным обществом.

Я брел, обтекаемый толпой людей, торопящихся по своим делам. Никому из них, в сущности, не было до меня никакого дела. Изменилось бы что-нибудь, если бы все эти люди узнали, кто я такой? Что это я, Антон Дроздиков, еще вчера отруливал хитроумные схемы и запутывал будущих избирателей. Запутывал, запутывал, да и запутался сам до того, что намедни был убит.

Но волшебным образом воскрес и… и теперь сам не знает, что со своим воскрешением делать…

Как же оно все так вышло? «Пешка, которая хочет стать королевой». Может быть, все произошедшее было нужно для того, чтобы я оказался на своей Восьмой Линии? А что, символично. Погиб, но спустя двенадцать дней воскрес. Как и положено настоящему мессии. Причем погибал я и воскресал исключительно в СМИ. В информационном поле. Хм… Может быть, я и есть новый мессия? Божество Медиа? Я по ходу с ума схожу.

А с другой стороны, что такого? Взять сейчас встать на крыльцо у «Аптеки номер один» и крикнуть во все горло:

— Поприветствуйте Медиа-Иисуса, всего две минуты, или мы уйдем на рекламу!

Интересно, что прохожие сделают? «Скорую» сразу вызовут или просто проигнорируют? Хотя бы один чисто из праздного интереса окликнет меня? Так, по простому, типа: «Эй, чувак, ты реально Иисус?»

С этими мыслями я прошел аптеку, миновал вход в торговый центр «Наутилус» и юркнул в павильон метро «Лубянка». Я купил билет на одну поездку, быстро миновал милиционера, дежурившего рядом с турникетом, спустился на платформу и сел в вагон поезда.

Под арку я зашел в половине восьмого. За полчаса ожидания Никитоса я выкурил семь сигарет, рассчитал периметр внутреннего двора в шагах, несколько раз плюнул на землю. Если бы я был котом, то от тягостного ожидания я еще бы и все углы обоссал. Ровно в восемь вечера в подворотню между кафе «Курвуазье» и рестораном «Огни» въехал черный «Хаммер». Я вышел из-под крыши подъезда и пошел к джипу. На борту автомобиля было написано желтой краской:

Этот танк (зачеркнуто) Hammer построен на средства заводчан «3-й КЭМЗ имени Фрунзе»

Ниже кроваво-красным граффити было начертано:

НА БЕРЛИН (зачеркнуто) ИБИЦУ!

— Никитос, я смотрю, ты стал повернут на новых пиар-технологиях, — сказал я, садясь в машину.
— Ха-ха, — Никитос широко улыбнулся, — есть мальца. Погнали наши городских.
Никита несколько раз повертел головой из стороны в сторону и нажал на газ.
Дорога была свободна до такой степени, что невольно думалось про то, что все машины стоимостью от ста-пятидесяти тысяч долларов удивительным образом изменяют пространство перед собой. «Хаммер», как волнорез, раздвигал окружающие машины. Достаточно долго мы ехали молча. Я не знал, с чего начать, он не знал, как меня выгнать. Так мне казалось. Проехали «Красные Ворота». Потом «Павелецкую». Выехали на Крымский мост. Потом проехали туннель под Арбатом.

— Смотри, — показал мне рукой Никитос.

На противоположной стороне улицы на заборе был наклеен здоровый стикер:

**Мы должны вам курортный загар.
Инферно. Неземные солярии**

— Ээх, — покачал головой Никитос, — «мы должны вам загар», бля. Попробовали бы они в начале 90-х такую рекламу заебенить. На заборе, в центре города.

— В смысле?

— Да через полчаса после того, как они ее повесили, к ним бы уже три бригады приехали порамсить за жизнь. «Должны», говорите? Ну, хули за язык никто не тянул. Раз должны — отдавайте.

— Жесткие времена были, — констатирую я.

— Так для кого-то они и не прошли, — Никитос с интересом посмотрел на меня, — ты нормально себя чувствуешь?

— Ну, так, — я пожал плечами, — не очень, если честно.

— Оно и видно. Я тут офигел, узнав про тебя в газетах да по телику. Во дела, в натуре, да?

— Это точно. Слушай, а куда Епифанцев делся? Я ему звонил, а у него абонент временно не обслуживается.

— Сашка-то? А... Он как всю эту тему про Грузию увидел, сразу взял семью в охапку и в отпуск. В Испанию. Я его на самолет провожал.

— Надолго он в отпуск-то?

— Сказал, после выборов приедет. «Когда третий срок начнется, сразу и вернусь». Реально так и сказал.

— Тьфу, бля. И этот туда же. Третий срок, третий срок... Ему-то чего с него? У него долговременные инвестиции?

— Это я не в курсе, Антох. Ты лучше скажи, как ты в живых остался?

— По-моему, это ненадолго, — вздыхаю я, — максимум на неделю...

— Ладно, я тебя вопросами грузить не буду, и так ясно, что рамс у тебя с кем-то кривой пошел. Чем мог, помог бы, но, это...

— Боишься? — Я попробовал взять Никитоса на извечное пацанское «слабо». — Или весовая категория не твоя?

— Антон, — Никита по-доброму улыбнулся, — я после твоей комбинации с «Зевсом» впишусь за тебя перед любой братвой. Хошь перед пиковыми, хошь перед славянами. Только не перед телевизионщиками.

— Ты мастеров по ремонту техники боишься? — смеюсь я.

— Типа того. Если они даже такому залеченному телевизионному мастеру, как ты, хвост накрутили, значит, ребята серьезные. На государственном уровне. А я в этот стос не играю. Могу лавэ в долг дать, — Никита делает паузу, — немного. Могу какую тачку одолжить. А все остальное — это уже извини. Это уже терроризмом попахивает.

— Хе, — я криво ухмыляюсь, — быстро ты наба-
латыкался про терроризм говорить. Да уж, пропаганда государственная знает свою аудиторию.

— А что делать, Антох, — Никита скорчил сиротскую
рожу, — у меня же восемь классов и «путяга».
Я только и верю, что Господу Богу да телевизору (прости, Господи), — Никитос перекрестился, — рассказывай, чего хотел, мы уже на второй круг по Садовому идем.

— Скажи, брат. Если на человеке пояс шахида на-
дет, а в него стреляют, что будет? Сдетонирует пояс?

Никита резко вырулил к обочине, остановил машину и повернулся ко мне.

— Ясен день — сдетонирует. А тебе зачем?

— А сколько человек вокруг положит?

— Да сколько будет, столько и положит. Особенно если начинен чем. Антох, может, ну его к лешему?
Может, ты сдашься властям? Безвинные люди погибнут же...

— Ты про что?

— Про это... ты ж теракт хочешь заебенить? —
Никита смотрел на меня глазами грустной феи. —
Сдайся, а? Расскажи про всю эту свою звездобратию
ФСБ, тебе, может, еще и дадут награду какую. Напри-
мер, орден Славы...

— ...и Вовы. Точно дадут. Никитос, ты дурак, что
ли? Мне пояс шахида для самообороны нужно. На
меня охота идет, врубаешься?

— И че?

— И то. Я завтра к бывшему шефу пойду. Либо он

меня отпускают за границу с бабками, либо я все это гнездо оппозиции разношу к чертям.

— А... тогда да... тогда дело другое, — Никитос кивнул головой, хотя ясно было, что до конца он мне не верит, — оно, конечно, да... Может, тебе еще ствол? На всякий случай?

— Давай, чего уж там, — я опустил окно и плюнул, — только это... у меня тут денег нет. Могу тебе кредитную карточку дать. Она у меня дома спрятана. Счет в Швейцарии, на нем двадцать тысяч. Пин код...

— Не надо, — Никита положил обе руки на руль, — отдашь потом. Когда поднимешься.

— Куда? На небеса, что ли? — рассмеялся я.

— Типун тебе, — Никита снова перекрестился, — короче, пиши телефон... Магом зовут.

— В смысле маг и волшебник?

— В смысле Магомет. Ты с шутками-то аккуратней. Он человек религиозный.

— Дураку ясно. С таким-то именем.

— Позвонишь, скажешь, что от Исы и что замазка нужна. Для наружных работ. Запомнишь?

— Запомню. Хе... замазка, бля. А Иса... это кто?

— Какая тебе разница?

— Ну вообще-то никакой...

— Да. Только уточни, что для наружных, а то он тебе вместо пластида... в общем, не забудь...

Я записал городской номер. Положил бумажку во внутренний карман, достал сигареты. Мы молча покурили, переглянулись, и я открыл дверь.

— Спасибо тебе, Никитос, бывай, — попрощался я.

— Ни пуха... — сказал Никита голосом работника морга, — давай. — В его взгляде явно отразилось мое имя, зачеркнутое красной ручкой.

Я пошел вперед, по Садовому. Через несколько метров со мной поравнялся «Хаммер» Никитоса и опустилось окно:

— Антох.

— А?

— Ты это... с мобильного ему не звони. Только с телефона-автомата.

— Ладно

— Ну, давай...

В кассе метро «Сухаревская» я купил таксофонную карточку, поднялся на улицу и из телефонной будки набрал номер Магомета. На седьмой звонок мне ответили:

— Слюшаю тебя.

— Але, это Магомет?

— Ты кто?

— Это Магомет?

— Ты скажи сначала, ты кто?

— Я Антон, от Исы. Мне замазка нужна. Строительная. Для внешних работ. У вас есть?

— Есть нэмнога. Завтра в девять утра приэзжай. Данилавский рынак. Мясные ряды, спросишь Магу, понял, да? Все давай. — И отключился.

Я вышел из телефонной будки, закурил и подумал,

что все в этой жизни очень просто. Где еще торговать взрывчаткой, как не в мясных рядах на рынке?

— Эй, чувак! — крикнули сзади. Я дернулся. Последний раз, когда меня окликали, я поехал в Администрацию Президента. Куда на этот раз? Я обернулся и увидел стоящую у тротуара желтую машину-мусоровоз. Из водительского окна высунулся парень в желтой робе, который махал мне: — Антоха! Привет!

Я обернулся по сторонам и быстрыми шагами пошел к машине. Подойдя ближе, я узнал в крикнувшем моего соседа Василия, работающего водителем на мусоровозе. На борту его «КамАЗа» красовалась малопонятная надпись — «Спецмусортрест»:

— Васька, ты?

— А кто? Я тебе кричал, еще когда ты в будку заходил, а ты не слышал ничего. А ща вижу — вышел, дай, думаю, крикну еще раз. Ну как дела?

— Вась, — я снова оглядываюсь, — а ты домой едешь?

— Ну да...

— Да? Здорово. А ты меня не подвезешь?

— А у тебя чего, машина сломалась?

— Ну да. Типа того.

— Садись, мне-то что.

Я забрался в кабину, и «КамАЗ» тронулся. Когда мы выехали на набережную, я решил прояснить обстановку:

— Вась, а ты телевизор в последние дни не смотрел, что ли?

— Почему не смотрел? Смотрел, — отвечает Вася, не оборачиваясь.

— Да? А ты там ничего особенного не видел? Ну, про Грузию там? — продолжаю я подбираться к своей теме.

— Про эту ерунду на границе-то? Видал. Ну и правильно грузинам люлей дали, нечего было быковать на нас, — в этот раз он поворачивает голову ко мне, — правильно я говорю?

— Вась, а Вась. А ты про меня видел по телевизору? — Я начинаю нервничать. — Были какие-то сюжеты?

— Про то, что тебя убили-то? Видал. — Вася заливисто хохочет.

— И... и что ты думаешь? — Я сглатываю.

— Я? Да ничего я не думаю! Молодец!

— То есть... как? В каком смысле я молодец, Вась.

— Ну, ты же мне рассказывал, что по ящику все гонево и спланированная пропаганда для выборов, так?

— В общих чертах... так. И?..

— Вот я и говорю, что ты молодец. Первый раз в жизни так все спланировал, что люлей взвесили тому, кому надо.

— А то, что я там погиб, тебя не смущает? — Я пытаюсь понять, как мне дальше действовать. Честно говоря, реакция Васи меня не то что озадачила — испугала.

— А чего мне смущаться? Я же знаю, что там все сказки одни да спецэффекты. Помнишь, теракт в метро был?

— Помню... у «Проспекта Мира».

— Ага. Так неделю назад сказали, что все это происки разных гондонов и наебалово. Никто не погиб, все придумали. Так и здесь. Газеты и ящик говорят, что ты ласты склеил, а ты сидишь передо мной живой и здоровый. Только заросший какой-то...

— Да уж... — соглашаюсь я.

— Слушай, — подмигивает мне Вася, — ну расскажи, как там было-то на самом деле?

— Где?

— В Грузии.

— Слушай, Вась, ну это за пять минут не расскажешь, там без бутылки не разберешься. — И тут мне приходит в голову гениальная мысль. У Васьки-то меня точно никто искать не станет. — Кстати, Вась. А ты своих на дачу-то отправил?

— Так в июле еще. Скоро забирать буду, а что?

— А давай сегодня бухнем?

— Ха, — вертит головой Васька, — слушай, ну ты даешь!

— А чего?

— Да не, все нормально. Просто ты никогда раньше не предлагал.

— Так повода не было.

— А теперь есть?

— Вроде того. А чего? Возьмем водки, закуси какой и посидим, я тебе расскажу про грузинские дела. Замазали?

— Ну, давай, конечно...

Дома у Васьки я час принимал душ, брился, чистил зубы, затем переоделся в его старый «адидасовский» костюм и пошел смотреть телевизор. Васька довольно сноровисто накидал поляну — бутылка водки, нарезанная колбаса, сыр, огурцы, помидоры, две тарелки с дымящимся борщом и остатки салата «оливье», по-видимому, купленного в супермаркете, так как сам Васька готовить явно не стал бы.

— Ну че, отмылся, герой сопротивления? — заржал Васька.

— Почему герой сопротивления?

— По ящику сказали в новостях. Ну что, вздрогнем по одной?

Выпили. После минут десять сосредоточенно жевали. Васька хрустел огурцом, я, сконцентрировавшись на телеэкране, метал салат, практически не чувствуя вкуса. Признаться, я порядком соскучился по новостям. Можно сказать, что у меня начались информационные ломки. Я сидел, щелкал пультом и впитывал медиапотоки всеми порами. По РТР шла передача, рассказывающая об истории Останкинской башни:

— Старожилы всегда называли Останкино местом гиблым и проклятым. В истории Останкино впервые упоминается в 1558 году. Тогда владельцем села Останкинское был боярин Алексей Сатин. Однажды явилась к нему некая сгорбленная старуха и заявила: «Не распахивай землицу, не тревожь. На костях, *на останках она древнего люда*, потому и Останкино зовется.

Коль ослушаешься, прокляну это место и твой род в придачу». Не послушал ее боярин, прогнал старуху, а через несколько дней был схвачен и казнен по приказу Ивана Грозного.

— Во ерунда-то какая, — оживляется Васька, — и чего только нам не втирают.

— Тсс, — я прикладываю палец к губам, давая понять, что мне эта программа интересна, — Вась, дай послушать.

— Все последующие владельцы этой земли либо умирали безвременно, либо исчезали бесследно вплоть до графа Шереметева, выстроившего знаменитый Останкинский дворец. Да и освятить тот дворец не удалось: дорогу приглашенному митрополиту Филарету преградила слепая старуха. Шереметев создал знаменитый театр, который посещал император Павел I. В одно из таких посещений явилась горбатая вещунья, что-то шепнула ему и исчезла. Вскоре Павел был задушен. Сейчас здесь стоят многоэтажки, знаменитые печальной статистикой самоубийств. Эти дома иногда называют «раем для самоубийц». Так что неудивительно, что в день тридцатилетия Останкинской башни 5 ноября 1997 года горбатую бабку видели в отдалении от пышного торжества. Она появлялась то в одном месте, то в другом, тыча когтистым пальцем в небо, туда, где рассыпались разноцветными искрами огни праздничного фейерверка.

Сюжет закончился, а я вдруг вспомнил бабку, встреченную мною прошлой весной. «Не ходи на башню»...

Так вот какую башню она имела в виду... Интересно, кто же она?

— Рассказывай, че там в Грузии случилось, — чавкая огурцом, спросил Васька, вырвав меня из воспоминаний, — война будет или нет?

— Да будет, скорее всего, — отстраненно отвечал я, уткнувшись в ящик, — как не быть.

— А ты чего там делал, на границе? Как шпион, что ли?

— Почему как шпион — как разведчик. Моя группа прибыла с заданием. Выяснить, не прячет ли Грузия...

Я переключил на Восьмой канал и увидел Вадима, дающего интервью. Вид у него был очень скорбный. Я прибавил звук: «...и Антон был в этом примером для всех нас».

— Сука, — шепотом сказал я.

Вадима сменил диктор, который начал рассказывать о международных новостях.

— Антох, кого прячет-то? — вернул меня из телевизора Васька. — Ты заснул, что ли?

— А, Грузия... террористов чеченских. В ущелье этом... в...

— Панкисском, — подсказывает Васька. — Выпьем?

— Наливай!

— Ухх, — крякает от удовольствия Вася, — хорошо. Антох, скажи, а там реально вся эта стрельба была? Как все на самом деле-то было?

— Да не было ничего. Просто грузины решили вторгнуться на территорию России.

— Вот гады!

— А наши дали им отпор. Соль передай, пожалуйста. Спасибо.

— А почему по телевизору говорят, что ты погиб? Что ты был этот... ну... короче, который против России... правозащитник, во!

— Это, Василий, злые языки меня хотят дискредитировать. Наговаривают, суки. Называют правозащитником.

— Ага. А про смерть твою тоже они придумали?

— Не придумали. Они на самом деле думают, что их наемники меня на границе убили, а я вот он — живой! Наливай еще!

Я переключаюсь на Восьмой канал и вижу там какой-то документальный фильм. Хотел было переключить, и тут мне слышится знакомый голос за кадром, читающий также до боли знакомый текст:

— Словно Прометей, он нес людям пламя гражданских свобод, либеральных ценностей и будущего. Этот человек противостоял Системе, когда все предпочли склонить перед ней головы...

Камера показала меня, прикованного к скале, с торсом атлета и лицом мученика. В тот момент, когда тьма на экране сгустилась и из правого верхнего угла экрана уже готов был вылететь орел, Васька разразился гомерическим хохотом:

— Антох, это же ты, гыгыгыгы. — Он качнулся на кресле назад так, что чуть не перевернулся. Дрыгнул ногой, чтобы восстановить равновесие, и снова заржал: — Прометей, епта. Не, ну чего только не придумают... Слушай, ну ты сегодня по всем каналам. Как Иосиф Кобзон!

— Э... эй, вы что, совсем с глузда съехали? — не сдержался я, встал и подошел вплотную к экрану.

— Антох, ты че, ты че? — испуганно залепетал Васька.

— Нет, ты слышал?

— Слышал про Прометея.

— Суки, блядь! Ничего своего придумать не могут, только воровать горазды. Скоты.

— Кто, Антох, кто своровал-то? У кого?

— Да оппозиция. Не важно, у кого, главное, что своровали. — Я встал, подошел к столу, налил стакан водки и залпом выпил. — Ну, Вадик, ну, скотина. Мою идею с фильмом про Ходора и против меня же.

Между тем на экране уже была Грузия. Камера показывала залитую солнцем долину, а закадровый голос замогильно вещал:

— Он приехал сюда, чтобы снимать фильм о свободной стране Грузии. Возможно, он шел этой тропинкой, но в этот момент чьи-то злые глаза уже следили за Антоном. — Закадровый текст превращал все уже не в фарс, а в клоунаду.

— А это, значит, потом смонтировали. Красавцы, — я закуриваю, — вот суки!

— Слушай, а ты не хочешь в суд на них подать?

— На кого, Вась?

— Ну, на этих уродов, которые все про тебя придумали?

— В суд? Да их сразу расстрелять надо за измену Родине, указом президента.

В этот момент у меня зазвонил телефон. Номер не определялся. Интересно, кто бы это мог быть? Мои «товарищи по борьбе» уже успели пробить у сотовых операторов, что я новый номер приобрел? Телефон звонил, а я тупо смотрел на него. Может быть, ошиблись номером?

— Ты чего телефон-то не берешь? — удивленно спросил Васька.

— Алло, — наконец я отвечаю.

— Вы уже знаете? — услышал я женский голос.

— Что?

— Убит Антон Дроздиков.

— Да? И когда же, блядь, это случилось? — раздраженно спросил я. — Неделю назад?

— Это случилось, — женский голос на секунду замолчал, — это случилось... завтра. Где-то в районе обеда.

— Завтра? — вопросительно прошипел я, но абонент уже отключился.

Я положил телефон на стол и сел в кресло. Мне стало очень страшно. Чудовищно страшно. Страшно так, как, наверное, бывает страшно коту, которого загнала в угол, образованный гладкими стенами гаражей, свора собак.

— Эй, ты чего, — затряс меня за плечо Васька, — кто это был?

— Да так, номером ошиблись... Пошли спать, а?

— А ты у меня останешься?

— Если ты не против, то да. Я до дому не дойду. Бухой уже, — соврал я.

— Говно вопрос, — пожал плечами Васька, — я тебе на полу расстелю тогда?

Я лежал на полу, подтянув одеяло под подбородок. Я понимаю, что не сегодня-завтра мои вчерашние коллеги меня застрелят или собьют машиной. Я лежу с открытыми глазами, и мне гораздо страшнее, чем тогда, во время поездки к Черкасову. Я понимаю, что с кем-с кем, а с Вербицким мне договориться точно не удастся. А может, их всех сдать к ебене матери? Приехать к Черкасову, в Администрацию? И вломить всю команду Вербицкого. Вадику с Вербицким лет по двадцать дадут за терроризм. А то и пожизненное. Хорошая идея. Как мне только попасть туда? Без пропусков, ксив и прочего? А что, если...

— Вась, спишь?

— Почти.

— Вась, а ты завтра к скольким на работу?

— К семи утра.

— Послушай, а ты на своей спецмашине мусор откуда вывозишь?

— Разные объекты, — уклончиво отвечает Васька.

— Хорошо, я понял. Знаешь такой объект — КУХНЯ № 9. СПЕЦБЛОК?

Васька молчит.

— Вась, чего молчишь, я свой пацан. Чужие — они такие названия даже не знают. Ну так что?

— Ну, знаю, кухню. И чего?

— Мне туда завтра нужно попасть незаметно.

— Я не могу, меня уволят.

— Да ладно, Вась, не уволят. Ты у них завтра вечером во сколько мусор забираешь?

— А завтра какой день?

— Четверг вроде бы.

— Значит, в десять вечера, — зевает Васька, — но я тебя все равно не повезу. Инструкция.

— Точно не повезешь?

— Железобетонно.

— Значит, ты, Вася, против терроризма бороться не хочешь? Родине помочь не имеешь возможности?

— Почему не имею? — Вася снова зевает. — Имею. Только один хрен не повезу я тебя. У меня инструкция. Спать давай, мне завтра вставать в пять утра.

— Ну, ладно. Давай спать. Нет проблем.

«Ну и черт с тобой, мусорщик. Теперь я хотя бы знаю, во сколько ты туда приедешь. Тоже мне, фанат инструкций», — подумал я и провалился в сон.

МУСОРНЫЙ ВЕТЕР

Публика, наводнившая в эти утренние часы Даниловский рынок, состояла в основном из экономок, закупающих продукты в хозяйские дома, домохозяек, не доверяющих закупку продуктов экономкам ввиду собственной патологической жадности, сотрудников различных проверяющих органов и молодых людей спортивного телосложения с помятыми лицами. Довольно быстро я нашел мясные ряды, выбрал из линии многочисленных кавказских торговцев молодую пару и подошел к ним:

— Здрасьте, уважаемые. Мне к Магомету нужно, знаете такого?

— А ви кто? — осведомился мужчина и сверкнул золотым зубом.

— Я от Исы. Мне замазка нужна. Для внешних работ.

Мужчина изменился в лице, что-то шепнул на ухо своей женщине, и последняя умчалась.

— Щас придет Мага, дарагой. Может, пока тэбэ ягненка раздэлать?

— Спасибо, не надо.

— Как скажэшь, дарагой, — сказал мужик с интонацией, в точности повторяющей интонацию Вахи с грузинской границы.

«У них у всех одинаковое произношение, что ли?» — подумалось мне.

Через пять минут ко мне подошли два молодых кавказца в спортивных костюмах.

— Ви к Магомету?

— Я, — мне стало несколько неуютно, — а кто из вас Магомет?

— Пойдем с нами, пажаласта, — хором сказали они.

Мы вышли из здания рынка и подошли к наглухо тонированной «шестерке» грязно-бежевого цвета. Один из кавказцев сел за руль, второй вместе со мной на заднее сиденье. Тронулись. Дорогой молчали. Минут через двадцать «шестерка» подъехала к ряду богом забытых гаражей.

«Пожалуй, могут и ебнуть», — пронеслось у меня в голове.

— Виходы, — сказал мне водитель.

Меня проводили к большому гаражу, открыли ржавые ворота, и я зашел внутрь. На полу и стенах гаража лежали ковры. В углу лежал на топчане старик в темно-синем деловом костюме и черной каракулевой папахе. Рядом со стариком стояла тумбочка с телевизором. Телевизор был накрыт черной тканью. На телевизоре стоял маленький магнитофон, разливающий вокруг горскую мелодию. Это была какая-то арабская песня в трансобработке. Ритм то учащался, то спадал, а голос вокалиста протяжно пел на одной ноте один и тот же куплет.

Старик курил кальян. Один из спортсменов что-то отрывисто сказал ему гортанным голосом на национальном языке и вышел с поклоном.

— Здрасьте, я от Исы, — обозначил я свое присутствие.

Старик кивнул, не вынимая мундштука изо рта.

— Мне замазка нужна. Для внешних работ.

Старик снова кивнул.

— У вас есть такая?

— У миня разное есть. Сикок тэбе, а? — Магомет наконец вытащил мундштук и внимательно посмотрел на меня.

— Мне-то? Ну... ну давайте килограмм девять?

Старик приподнялся на локте.

— Скажы, нэверный, ты хочэш девятиэтажный дом пэрэстроить, а?

— Не знаю, а что, это много, что ли?

— Эта много? Смотря для чего тебе, — Магомет встал с топчана, — эта, билядь, очень много. Ты какой площад работать будэш, а?

— Да как сказать? — Я прикинул в уме размеры первого этажа здания «Фонда». Если что, все начнется на первом этаже. — Метров двести.

— А сикок страитэлей вокруг тибя будет?

— В смысле? А... врагов-то... рыл десять.

— И ты... эта на каждый рыл хош па килаграм замазки? Скажы, нэверный, какой шайтан замутил тэбе мозг, говоря про свойства замазки?

— А что, в ваших краях знают про замазку? — вспомнил я традиционный для сказок «1001 ночи» оборот.

— В наших краях, — старик, хромая, подошел вплотную ко мне, — в наших краях замазка саэдиняют с рубленый гвозд. Палучаитса шрапнэль, понял, да? Дастаточна всего адын кило. И эта в горах. В городе можна полкило брать.

— А как эта шрапнель разлетается?

— Хаатычна! Радиус сто мэтров — живых нэт. Мертвых нэт. Толко мясной пыль. Как кюфта.

Я поморщился:

— Все равно давайте девять. Вдруг большой дом будет и строителей много?

Старик воздел руки вверх, видимо, отмечая, что все в руках Аллаха, и вернулся к топчану.

Я стоял у входа, переминался с ноги на ногу и не понимал, что делать дальше. Я посмотрел на накрытый тканью телевизор и спросил Магу:

— Скажите, а почему у вас телевизор тряпкой накрыт, как зеркало при покойнике?

— Нэ смотрю, — Мага посмотрел в сторону телевизора и спокойным тоном добавил: — Его шайтан делал.

— А радио слушать можно? — усмехнулся я. — Разве его не шайтан делал?

— На вашей земле Иблиса избежать нэльзя, — старик презрительно сплюнул через плечо, — а раз нэльзя избежать, то уж лучшэ его слушат, чэм сматрет, понял, да?

— Почему это Иблис только на нашей земле, — я пробую вступить в теологический спор, — везде есть место для Бога, равно как и для дьявола.

— Нэ везде, — отрезал Мага, — у вас только Иблис.

— Может, объясните почему?

— Эта потому, что у нас над каждым городом минарет, а у вас эта... билядь, как ее, — Мага скривился, — телебашня. Во.

Мага сделал погромче музыку, взял мундштук и крикнул:

— Салман! — дав понять, что аудиенция окончена.

В комнату вошел один из спортивных парней. Магомет сказал ему что-то на своем языке и показал девять пальцев. Салман посмотрел на меня и покрутил пальцем у виска. Магомет опять воздел руки к небу. Поняв, в чем суть беседы, я сказал:

— Спасибо большое за замазку. Мне вот только еще пистолет нужен. Никитос, тьфу, то есть Иса сказал, что вы еще пистолет дадите.

Салман вопросительно посмотрел на Магомета, тот задумался. В возникшей паузе я более внимательно вслушался в суффийский транс. Наконец я разобрал, что певец поет что-то вроде «My heart is in Highland, wherever I go oo-oooohh, My heart is in Highland,

wherever I go oo-oooohh»[1]. «Интересно, откуда у хлоп-
цев шотландская грусть? — подумал я. — С другой
стороны, все понятно. Тоже горцы».

Магомет кивнул головой. Салман жестом указал мне
на дверь. Не доходя до выхода, я обернулся:

— Простите, Магомет, у меня к вам просьба. Вы не
научите меня пояс шахида делать?

Глаза Магомета налились кровью. Он отбросил
мундштук и сел:

— Пояс шахида? Инш Алла. За какого бога ты решил умереть, а? За Иблиса, который живет в той башне? — Магомет махнул рукой в сторону телевизора.

— Я вообще-то... мне в целях самообороны, —
обстановка начала накаляться, — я не шахид... вообще-то.

— Ты нэ шахид, ты ищакь, — сказал Мага уже гораздо спокойнее, затем обратился к Салману на русском:

— Покажи псу, как это делается. И дай пистолет, — Мага снова лег и повернулся к нам спиной, —
за него хароший чэловек просил...

Перед тем как идти к зданию Фонда, я закуриваю
сигарету и репетирую про себя будущую сцену захвата заложников: «Захожу. Встаю перед металлической
рамой. Внутрь не иду. Прошу охранников вызвать
Алексеева. Он приходит. Хватаю его. Достаю волын,

---

[1] Мое сердце в горах, куда бы я ни шел (англ.).

приставляю его к голове Алексеева и ору что есть мочи: «БЛЯДЬ, ВСЕ НАЗАД, НА МНЕ ДЕВЯТЬ КИЛО-ГРАММ ПЛАСТИДА. ОДНО ДВИЖЕНИЕ — И ПИЗДЕЦ ВСЕМУ ЗДАНИЮ!» Или, может быть, лучше без мата? Ни фига. С матом лучше. Наши люди любую команду, сказанную матом, воспринимают лучше. Точно. Именно так и скажу: «Блядь, суки, все назад!» Потом мы поднимемся к Вербицкому, и я продиктую свои усло-вия — миллион долларов и свободный выезд из стра-ны через Украину. Почему, кстати, через Украину? Лад-но, разберемся по ходу. А в Киеве у меня кто-то был. Надо вспомнить».

Я отбрасываю окурок, подтягиваю перекосивший-ся на пузе девятикилограммовый пояс, и направля-юсь к офисному центру. Как же тяжело быть шахи-дом. Это сколько тренироваться нужно?

На ступеньках у входа появляется чувство трево-ги. Нет, дело не в том, что меня страшит встреча с мо-ими бывшими работодателями, пытавшимися меня за-валить. Просто я боюсь сделать какие-нибудь гораз-до более глобальные открытия.

Миновав стеклянные двери на фотоэлементах, я оказываюсь перед турникетом с охранниками, кото-рые пребывают в стандартных позах. Один сидит и делает вид, что изучает график движения гостей и со-трудников, другой стоит рядом и читает «Инструкцию по действию охраны во время чрезвычайной ситуа-ции», под обложкой которой наверняка скрывается детективный роман. Все выглядит обыденно. Лица охраны, окраска стен, только вот логотип на стене напротив входа...

...вместо лаконичного герольдического щита с аббревиатурой фонда большие золотые буквы во всю стену:

ЛЕОНОВ, БРУЧИНСКИЙ И ГОГЕЛЬБЛАТ:
Прачечные Европейского Уровня

гласит надпись, сделанная светящимися буквами. Я прохожу через турникет:

— Вы куда направляетесь, мужчина? — Охранник преграждает мне путь.

— Я?

— Вы, вы. — Второй охранник встает рядом с первым.

— Я... я к... Позовите Алексеева, — в замешательстве прошу я.

— У нас нет никакого Алексеева.

— Тогда сразу Вербицкого, — я делаю два шага назад, — скажите, что Дроздиков пришел.

— Мужчина, вы, наверное, адресом ошиблись, — охранник двигается на меня, — валил бы ты отсюда, мужик. Сам не знаешь, куда и к кому идешь.

— К Гогелю! — я указываю пальцем на вывеску и чувствую, как изнутри меня начинает давить хохот. — К Го-гель-бла-ту!

— По вопросу? — Первый охранник угрожающе постукивает резиновой дубинкой по турникету.

— Это к нам, к нам, — вдруг сзади него возникает девушка в деловом костюме серого цвета, — молодой человек, вы из «ПЗК»? От Мамедова?

— От... Магомедова... — улыбаюсь я и отворачиваюсь, чтобы не заржать в голос, — из Зека.

— Пропустите его, пожалуйста. — Девушка жестом приглашает меня пройти через дверь, которая находится рядом с металлической рамкой.

— А Генрих Анатольевич вас ждет уже полчаса. Вы документы привезли для регистрации? — говорит она не оборачиваясь.

— Ага, — хихикаю я на ходу, — привез. А вы на каком этаже сидите?

— На четвертом. А вы у нас не были ни разу?

— Я, кажется, был раньше в этом здании. А на шестом этаже тут кто сидит?

— Авиакомпания какая-то. «Большой Кайман», что ли, — поворачивается она ко мне уже в лифте.

— Ясно, — я снова подхихикиваю.

— А что вы смеетесь все время? — Она нажимает на кнопку. — Я что-то смешное делаю?

— Нет, не вы, — давлюсь я хохотом. Двери лифта закрываются.

Мы приезжаем на четвертый этаж. Тут раньше располагались большие переговорные и кабинеты финансистов. На стене напротив лифта, там, где раньше висел логотип Фонда, теперь висит огромный постер в хромированной раме, похожий на обложку журнала. На постере изображен человек в костюме, на ходу вырывающий у себя из области сердца налоговую декларацию. С декларации капает кровь. На том месте, где у глянцевых журналов положено находиться названию, красными буквами написано:

TAXLESS
Повесть о настоящем рае

А под ногами у человека значится:

ЛЕОНОВ, БРУЧИНСКИЙ И ГОГЕЛЬБЛАТ
Аудит. Консалтинг. Минимизация

«Отмываем, значит. Интересно, зачем это Вербицкому такая клоунада?» — думаю я. По коридору мы доходим до последней справа двери и заходим в нее. Пройдя мимо секретарши, девушка в сером открывает вторую дверь:

— Генрих Анатольевич, к вам из «ПЗК» приехали.
— Отлично, зовите, — послышалось из-за двери.
— Прошу вас, — пригласила меня девушка.

Я захожу в кабинет и вспоминаю, что раньше тут сидел некто Туринский, отвечавший за иностранные платежи. У противоположной стены стоит стол прямоугольной формы с приставленным к нему круглым стеклянным. За столом сидит лысый мужичок в свитере с V-образным вырезом, под который надета рубашка с галстуком. Над ним висит картина, исполненная в духе Виноградова-Дубосарского. Полотно имитирует известный агитационный плакат времен Отечественной войны. Но если в оригинале была изображена русская женщина, в ужасе укрывающая сидящего на руках ребенка от грязных лап фашиста, то тут фантазия неизвестного гада разыгралась не на шутку. Вместо женщины с ребенком на картине нарисован клерк с растрепанными волосами в розовом костюме и фиолетовом галстуке, прижимающий к груди пухлый черный портфель. Лицо его, пепельно-серого цвета, искажено ужасом. К портфелю же тянет руки одетая в кроваво-красную накидку Родина-мать. Да, да. Та самая Родина-мать, которая звала всех на фронт на плакате, являющимся одним из ярчайших образцов пропаганды Советского Союза. Между двумя персонажами проходит пунктиром линия государственной границы с пограничной будкой посередине. На будке висит белый листок бумаги с мелким шрифтом. Подойдя ближе, я разбираю, что на нем написано:

$1.000.000 — Вдали от Родины
SIZE DOES MATTER[1]
Расстояние тоже

На столе, за которым сидит Генрих Анатольевич стоит большой монитор, рядом с монитором стопка каких-то журналов, а на самом углу стола лежат две книжки: «Оффшорное регулирование» и роман Вик-

---

[1] Размер имеет значение (англ.).

тора Пелевина «Числа». «Понятное соседство», — про себя отмечаю я, а вслух интересуюсь:

— А вы, значит, в этих прачечных директором будете?

— Партнером. Документы давайте, — не поднимая головы, отвечает он.

— Ага. И давно вы в этом офисе сидите?

— Мы? Не очень, а что за допросы, молодой человек? Вы документы привезли? — Генрих Анатольевич, наконец, удостаивает меня своим взглядом. У него абсолютно детское лицо с пухлыми розовыми щечками, курчавыми волосами и подозрительно располагающими к себе голубыми глазами, какие бывают у аферистов на доверии и детей, измученных российским валютным регулированием.

— Отмываете, значит?

— Отстирываем. Так что с документами?

— Ну Аркаша, ну гондон... — Я обхожу кабинет. — Прачечная-хуячечная. Вы давно Аркадия Яковлевича-то видели?

— Кого, простите?

— Вербицкого. Главного здешнего кукловода. Вы его разве не знаете?

— Молодой человек, я никакого Вербицкого не знаю.

— А главное, как обычно, без подъебок не может, — я указываю на картину, — один миллион долларов. Сайз даз меттер. Лучше бы написал сайз фитс ит олл, сука такая, — я начинаю злиться.

— Давайте документы, у меня времени мало вашу

чепуху слушать. — Мужик закончил писать и снова поднял голову.

В этот момент я испытываю чрезвычайно сильную злость. Я делаю шаг вперед, бью ему в лицо и говорю:

— А у меня времени нереально много, понял?

Мужик от удара отъезжает в кресле назад, спинкой ударяется о стену и начинает причитать:

— Вы кто, вы кто? Вы оттуда? Я правильно понимаю?

— Правильно, — я бью его еще раз, достаю пистолет и навожу на него, — вы все еще отстирываете? Тогда мы идем к вам.

— Мы же договаривались с вашим шефом? — лопочет он.

— С каким шефом, чего ты спектакль устраиваешь? — Я расстегиваю рубашку, задираю майку и показываю пояс с взрывчаткой. — На мне девять килограмм пластида, ты понимаешь, что это? Я от этого офиса камня на камне не оставлю. Мне нужен Вербицкий. Веди меня к нему или звони, чтобы он сам пришел.

— Простите, я не знаю никакого Вербицкого. Я финансист. Вы обознались.

Я начинаю нервничать еще больше. Где-то в закоулках сознания начинает рождаться мысль — а может быть, «Фонд» переехал и все сбежали? Но другой, более рациональный голос говорит мне, что за один день такие организации не съезжают. Я приставляю ствол к голове этого мужика и говорю:

— Хватит врать. Где Вербицкий? Где Алексеев?

Мужик начинает плакать:

— Я... правда... я таких не знаю. В нашей компании таких нет... Ни на четвертом, ни на пятом этажах, — всхлипывает он.

— А на шестом? — Я обхожу стол и поднимаю его за шиворот из кресла. — Мы с тобой сейчас пойдем на шестой и посмотрим, есть там такие товарищи или нет?

— Там, по-моему, авиакомпания какая-то.

Я упираю дуло пистолета в его спину, чуть обнимаю мужика рукой, и мы двигаемся к выходу. Он открывает дверь, на внутренней стороне которой висит карта Соединенного Королевства со слоганом поперек:

ЕВІТ ТВОЮ НАЛЕВО!
Оффшорные зоны Великобритании

— Генрих Анатольевич, вы надолго? — интересуется секретарша.

— Минут на тридцать. — Я улыбаюсь и сильно пинаю его дулом в спину.

— Ддд.. да, на тридцать, — лепечет он и идиотски улыбается.

Мы доходим до лифтового холла, я нажимаю на кнопку вызова. Приезжает кабина с двумя девушками. «Улыбайся», — шиплю я ему на ухо. Он натужно растягивает губы.

Приезжаем на шестой этаж. Я замираю в недоумении и даже чуть не опускаю оружие. Весь шестой этаж подвергся детальной перепланировке — все пространство представляет из себя так называемый open space. Клетушки с прозрачным стенами, в которых работают по два-три сотрудника. На ближайшей к нам стене висит рекламный плакат:

BIG CAYMAN AIRWAYS
СПЕЦИАЛЬНОЕ ПРЕДЛОЖЕНИЕ
Москва — Каймановы острова
Забирай свое и вали*

*Цена не имеет значения.
Предложение действительно до марта 2008

Воспользовавшись моим временным замешательством, мужик дергается, пытаясь сбежать. Я ловлю его за брючный ремень:

— Куда, сука? Сдохнуть хошь?

— Нет-нет. Вы видите? Я же говорил, что на шестом какая-то авиакомпания.

— А на пятом?

— На пятом мы, но у нас таких нет.

— Да? Проверим. Пошел вперед.

За час мы последовательно объезжаем пятый, третий и второй этажи здания. Я взмок как мышь. Еще бы — таскать девять лишних килограмм на себе и килограмм девяносто толкать перед собой. С каждым этажом мужик все больше тяжелел и медленнее волочил ноги. Даже запах его пота изменился. Второй этаж мы осматривали уже без энтузиазма.

— Сука хитрая. Когда же он все так ловко подстроить успел? — размышляю я вслух. — Значит так, Генрих. Мы вместе выходим из здания. Ты меня провожаешь какое-то время, потом я тебя отпускаю, понял?

— Угу, угу, — несколько раз он кивает головой.

— Проводишь, и все будет хорошо, понял?

— Угу, угу.

Мы выходим из здания через стеклянную дверь рядом с рамкой детектора, я тащу Генриха перед собой метров триста, пока мы не доходим до троллейбусной остановки. Затем мы садимся на первый пришедший троллейбус, Генрих покупает два билета, мы проезжаем три остановки, и я выхожу. Когда двери закрываются и троллейбус трогается, Генрих все еще стоит у входа, бледно-зеленого цвета. Я машу ему рукой. Он, пока не веря, что все для него кончилось хорошо, поднимает руку и медленно двигает ею справа налево. Выглядит это так, будто рука его прибита к плечу гвоздем. Как у детских деревянных игрушек...

В девять часов вечера я сижу в каком-то кафе рядом с метро «Лубянка» и пью зеленый чай. Висящий на стене телевизор только что закончил показывать детский мультфильм и начал трансляцию вечерних новостей.

— Папа, я не хочу новости, — слышу я голос девочки лет пяти, сидящей с отцом за соседним столиком, — папа, пусть опять покажут мультфильмы.

— Маша, ты понимаешь, у телевизора есть расписание. Каждая программа выходит в свое время. В программе есть мультфильмы, есть художественные фильмы, есть новости, есть спорт — все идет согласно расписанию.

— Все равно хочу мультфильмы, — капризничает девочка, — включи мультфильмы.

— Маша, ну как же я могу включить мультфильмы? Я же не управляю телевизором.

— А кто им управляет? — Лицо девочки становится серьезным.

— Ну, есть люди, которые пишут программы. Они ими и управляют, — отвечает отец.

— Да? Папа, а можно заставить людей, которые управляют этой телепрограммой, показывать по заказу? Мне мультфильмы все время, тебе спорт, а кому-то новости?

— Нет, — смеется отец, — конечно, нельзя.

— А мне кажется, что можно, — задумчиво говорит девочка и отворачивается к окну.

«Молодец, девочка, — думаю я, — когда вырастешь, обязательно иди работать в политтехнологи. Схемы с детства рубишь».

По телевизору диктор рассказывал о российско-грузинском конфликте:

— В ответ на провокацию на российско-грузинской границе МИД России передал в МИД Грузии ноту протеста. Многие аналитики считают это возможным началом вооруженного конфликта между двумя странами. Глеб Павловский из Фонда эффективной политики заметил в интервью нашему каналу, что ситуация военного конфликта с Грузией ставит под угрозу проведение в марте будущего года выборов Президента РФ. Господин Павловский также предположил возможность продления президентских полномочий Владимира Путина на неопределенное время в связи с конфликтом...

Я сидел и не верил своим ушам. Где мировое общественное мнение, где правозащитные организации? Интересно, ожидал ли Вербицкий подобного хода событий, когда Вадим предлагал ему такую комбинацию? Или ожидал? Блядь, не может быть? Какой же я баран, Господи. Почему? Я обхватил голову руками, чтобы не слышать слов диктора, а когда снова убрал руки, сразу началось это:

— К другим новостям. Президент Путин на брифинге с иностранными журналистами высказался в поддержку установки памятника Антону Дроздикову, погибшему во время провокации на границе. Президент Путин, в частности, отметил, что такой памятник можно было бы посвятить памяти всех погибших российских журналистов и назвать его «Мемориал Дроздикова» как дань уважения одному из самых талантливых людей в современной российской журналистике.

КОМУ? ПАМЯТНИК? МНЕ?

Я настолько ошалел от услышанного, что встал, снова сел, потом снова встал. Все смешалось. Кто на чьей стороне играет, стало совсем непонятно. Да и не важно. Узнаем в другом месте. Я расплатился и бросил взгляд на экран. Ведущий Первого Петр Толстой едва заметно подмигнул мне.

Выйдя на улицу, я подошел к ларьку, в котором чистят обувь, купил у старой армянки три метра прочной веревки и пошел на угол Ильинки поджидать Васю-мусорщика. В нервном ожидании Васи я курил сигарету за сигаретой и смотрел, как ветер несет по улице несколько пластиковых пакетов. А вдруг этот черт не приедет? Из какого-то окна играл «Крематорий»:

Не бойся, милая,
Ляг на снег,
Слепой художник напишет портрет,
Воспоет твои формы поэт...

Васина машина въехала в переулок без семи минут десять и остановилась за несколько метров перед входом, пропуская выезжающие из ворот «Кухни» машины с федеральными триколорами. Я уже привычным жестом оправился (вероятно, так оправляют пояс, поддерживающий живот, беременные женщины), подскочил к водительской двери, вытащил пистолет и дернул дверь на себя:

— Руки поднял, Васятка.

— А? — Вася ответил голосом Промокашки из «Места встречи». — Чегой-то?

— Фигой-то. Двигайся на сиденье рядом. Попробуешь сбежать — пристрелю.

— Антох, ты чего, Антоха? — Вася двинулся на пассажирское сиденье. — Антох, ты в меня стрелять будешь?

— Легко. Так, короче. Чего говорить, когда въедем на территорию?

— Это... это... ну... «Здрасьте» там.

— Это любому дятлу ясно. Что еще?

— А... «Вторая смена, водитель Василий Логинов». И пропуск.

— Во как. Значит так. Ты садись за руль, я падаю на пол. Если чего не так — стреляю. Ясно?

— Ага, ага.

— Пересаживайся тогда.

Проходную миновали без происшествий. В какой-то момент мне показалось, что пауза в разговоре Васи с ментом была слишком длинной, и я тут же упер дуло пистолета в пах Василия. Но все прошло гладко.

Мы остановились.

— Ты с напарником, что ли? — крикнул стоящий рядом с помойкой мужик в дурацкой вязаной спортивной шапке на голове.

— Ага, — махнул головой Вася и нажал кнопку, на которой было написано «open». Сзади что-то загремело. «Наверное, люк для мусора открылся», — подумал я.

Вылезли из машины. Я направил пистолет на мужика:

— Вяжи водителя!

— Чем? — мужик отстранился.

— На, — я кинул ему веревку, — шапку свою мне давай.

Мужик послушно снял шапку — теперь оба пошли к заднему борту.

Он с усердием связал Васю, затем я засунул Васе шапку в рот.

— Как выйти к лифтам? — спросил я мужика.

— Через вот эту дверь зайдете, потом мимо кухни, потом окажетесь в начале коридора на первом этаже. Напротив мента. А вы нас убьете?

— Зачем бы вы мне были нужны? Так, погоди. Рот открой. — Я взял какую-то ветошь и засунул ему в рот в качестве кляпа. Затем я посадил обоих в мусорный отсек, вернулся к кабине и нажал кнопку «open». Убедившись, что вокруг никого, я открыл дверь в стене.

Пройдя маршрутом, указанным мне мужиком, я уперся в дверь. Высунув из двери голову, я увидел коридор, который заканчивается ментом, стоящим боком ко мне. Перед ментом стоит железная рамка металлодетектора, за ней, если присмотреться, рентген-машина. Кажется, это тот самый вход, через который мы первый раз заходили с Иванычем. Вдруг слышатся голоса и стук шагов. Из-за угла выходят две тетки с коробками, перетянутыми бечевками, и не спеша двигаются к выходу, о чем-то беседуя. «Интересно, они по расписанию, что ли, ходят?» — думаю я и, дождавшись, когда тетки закроют менту обзор, выхожу из своей двери и, опустив голову, уверенным шагом двигаюсь вперед, затем поворачиваю налево. Туда, откуда вышли тетки с коробками, логично предположив, что тетки могли выйти только из лифта.

Повернув, я действительно оказываюсь перед лифтами. Я нажимаю кнопку вызова, захожу в кабину и... не могу вспомнить, на каком этаже мы были. Казалось, что тот вечер я не забуду никогда, и вот! Кажется, была какая-то четная цифра. Четвертый? Ладно, пусть будет четвертый. Поехали!

Выйдя из лифта, я быстро иду коридором и разглядываю попадающиеся мне двери. Странно, но на них нет никаких табличек. По ходу, не тот этаж, вспоминаю я таблички в стиле хай-тек-индустрии на дверях кабинетов во время моего предыдущего визита в эти стены. Для успокоения совести я дохожу до конца коридора, вижу дверь без таблички и разворачиваюсь обратно к лифтам.

В это раз я приезжаю на шестой этаж. Я повторяю маршрут, которым я прошел по четвертому этажу, верчу головой и отмечаю, что двери здесь также без табличек. Бред какой-то. Неужели опять не тот этаж? Такого же не может быть. Я снова дохожу до конца коридора, снова упираюсь в дверь без опознавательных знаков, но в этот раз не поворачиваю обратно, а дергаю дверь на себя. Дверь на удивление легко поддается, и моему взору предстает предбанник, в котором раньше, по-видимому, находился ресепшн-деск. Я прохожу через него и открываю дверь, ведущую в кабинет, в котором, как мне кажется, со мной разговаривал Черкасов.

Кабинет пуст. То есть не то чтобы в нем никого не было, а совсем пуст. Ни мебели, ни штор на окнах, ни даже обрывков бумаг. Только голые стены и паркет на полу. Я встаю в то место, где прошлый раз стоял стол для переговоров, и смотрю в простенок между окнами. Да, дипломы висели именно там. Я подхожу к стене, провожу рукой по краске. Никаких следов от присутствовавших на ней рамок. Или краска свежая или просто хорошо отмытая стена? Или все-таки не тот кабинет? На полу также нет никаких следов от шкафа… У них тут чего — тотальный переезд или, может, ребрендинг?

Я выхожу вон, иду обратно к лифту и, проходя по коридору, дергаю за ручки дверей кабинетов. Некоторые не поддаются, те же, что открываются, являют моему взору ту же звенящую пустоту. Перед лифтами я прислоняюсь к стене, утираю пот со лба, подтягиваю свой пояс, закуриваю и собираюсь с мыслями. Выкурив сигарету, я решаю повторить осмотр, начав с третьего этажа, потому что кнопки с цифрой «два» в лифте не было. Перед тем как зайти в лифт, мне кажется, что я слышу какое-то бренчанье. Не то гитары, не то балалайки. Или это звуки, рожденные пустотой?

На третьем этаже я последовательно обхожу четыре коридора, открыв десять дверей и обнаружив за ними пустые кабинеты. В одном из них я нашел крышку от магнитофона «Электроника», выпущенного, судя по штампу, в далеком 1984 году. Я положил ее на пол и прыгнул двумя ногами сверху. Крышка сломалась пополам.

Четвертый этаж открыл мне двери всех своих двадцати восьми кабинетов, оказавшихся пустыми, а также подарил упаковку из десяти спичечных коробков производства фабрики «Балабаново», пожелтевшую подшивку газеты «Советский спорт» за 1989 год и четыре практически новых полиэтиленовых пакета с эмблемой ГУМа. В один из пакетов я от нечего делать сложил половину газетной подшивки и упаковку спичек.

На пятом этаже я не смог открыть ни одну из дверей, зато нашел в одном из коридоров туалет, где справил малую нужду. На выходе из туалета мне снова послышалось, будто где-то наверху играют на гитаре или балалайке.

На шестом этаже я дважды обхожу коридоры, открываю поддающиеся двери, захожу в пустые кабинеты, натыкаюсь в одном из них на рассыпанные по полу канцелярские скрепки огромного размера, в другом поднимаю с пола три листа отрывного календаря за 1978 год с датами 16-е, 17-е и 18-е мая. Я складываю эти листочки в пакет, затем я захожу в кабинет, показавшийся мне «кабинетом Черкасова», сажусь на пол, выкуриваю сигарету и понимаю, что либо я сошел с ума, либо все куда-то подевались, либо... нет, этого не может быть. Потому что не может быть никогда. Я подхожу к окну и снова, в этот раз совершенно отчетливо, слышу звуки... да, пожалуй, это действительно гитара. «Та-тара-тата-та-тара, та-тара-тата-та-тара». Мелодия до боли знакомая, но вспомнить, что это, у меня не получается. То ли между мной и музыкантом большое расстояние, то ли это какая-то вычурная обработка?

Я иду к лифту, захожу в кабину и поднимаюсь на седьмой этаж. На седьмом обегаю все коридоры, дергаю за ручки дверей, осматриваю пустые кабинеты и не нахожу музыканта, тогда как мелодия звучит все ближе и ближе. Я пробегаю последний коридор и вижу в его конце лестничную площадку. Лестничный пролет вел в одну сторону — наверх. Я поднимаюсь по ступенькам, попадаю в единственный длинный коридор, заканчивающийся железной дверью. Здесь? Интересно, а как мы туда в прошлый раз попали? Мы же не проходили по лестнице? Может быть, я был под гипнозом или воздействием психотропного оружия? Глупость какая! Музыка звучит все громче и громче. «Та-тара-тата-та-тара, та-тара-тата-та-тара». Я открываю железную дверь и вижу пустой кабинет, в центре которого стоит большое старомодное кожаное кресло. В кресле, вытянув обутые в кеды ноги, сидит дед совершенно мультипликационного вида, наряженный в красный «адидасовский» костюм. Сидит и играет на балалайке.

— Здрасьте, — вырывается у меня.

— Здорова, — дед откладывает балалайку и берет из пепельницы, стоящей на полу рядом с креслом, здоровенную козью ножку, — ищешь чего? — Он глубоко затягивается и выпускает под потолок струю зеленоватого дыма. Я принюхиваюсь. Запах дыма какой-то странный, самосад, наверное.

— Ищу, ищу, — говорю я, смотря на дым, — а вы людей тут не видели?

— Людей? — Дед снова затягивается. — Смотря каких и когда.

— Да вот же... — запинаюсь я, — ...пару недель назад... ну, может быть, три недели. Я тут был, в кабинете у мастера по телевизорам... у Черкасова. Только не могу вспомнить, на каком этаже. А теперь тут нет никого...

— Гы, — дед осклабился, — странный ты малый. Говоришь, был тута, а этаж вспомнить не можешь. Мастера по телевизорам — это кого? Ты водку-то часто пьешь? Куришь много? Телевизор много смотришь?

— А вы что, врач, что ли? — раздражаюсь я. — Я вас спрашиваю, куда люди делись?

— Я-то? Неа, я не врач. Да вот ты, как я погляжу, малый больной. Нервы лечить тебе надо. Небось, куда ни придешь, на всех бросаешься сразу.

Дед снова положил козью ножку в пепельницу, взял балалайку, забренчал двумя пальцами и с некоторым надрывом запел:

> Куда бы ни приплыл моряк,
> За золото и серебро
> Ему всегда поднимут флаг,
> Ему везде нальют вино.

— Вам денег, что ли, надо, так вы так и скажите, — я лезу в карман за кошельком, — вы только ответьте мне на один вопрос: куда все подевались?

— Да кто? — Дед перестал играть. — Ты про кого все говоришь-то?

— Так-так. Хорошо. — Я понял, что дед относится к категории хорошо законспирированных шизиков да еще и каждый день курит анашу, судя по запаху. — Вы скажите, вы тут сторож?

— Вроде того.

— А вы давно тут работаете? — Я обвожу рукой невидимую сферу. — Ну, в этом здании?

— Лет двадцать уже. — Дед пристально смотрит на меня.

— И вы каждый день ходите сюда на работу, да? — Я заговорщицки подмигиваю деду.

— Гыгыгыы. Ну, хожу, и что с того-то? — Дед снова затягивается.

— Кроме вас, дедушка, в здании работают еще другие люди, правда?

— Ну, есть мальца.

— Вы их тут встречаете каждый день, да? Этих людей, которые тоже тут работают? — Я улыбаюсь, стараясь быть как можно более доходчивым и располагающим к беседе.

— Это смотря какая смена. — Дед постукивает пальцами по грифу балалайки.

— Все эти люди обычно сидят в кабинетах, да? А сегодня они почему-то не сидят? Сегодня они куда-то делись, да?

— Да как тебе сказать-то... — Дед посмотрел на меня исподлобья.

— Я понял! Вы говорить боитесь? Дедушка, скажите, они куда-то переехали?

— Ох... Скучно с тобой. — Дед зевнул, снова взял балалайку и снова запел:

> Куда бы ни приплыл моряк,
> За золото и серебро...

— Дедушка, но это для меня очень расплывчато, вы, может быть, как-то конкретней укажете место, куда они переехали?

— Куришь? — Дед полез в карман.

— Курю.

— Сигареты, небось?

— Ага. — Я пожал плечами, как бы извиняясь.

— Гадость какая. На вот, бери мой табачок. — Дед вытащил портсигар, достал оттуда одну из своих самокруток и протянул мне. Я прикурил, сделал первую затяжку и сел на пол. Дедовский самосад был настолько сильным, что мне повело голову. Я улыбнулся и спросил:

— Это гашиш, что ли?

— Да брось ты, гашиш только в песнях бывает, — расхохотался дед и запел:

> Вино и гашиш,
> Стамбул и Париж.
> Моряк, моряк,
> Почему ты не спишь?

То ли под влиянием дедовского табака, то ли под влиянием музыки ребус в моей голове начал складываться.

— Я все понял, — вымолвил я, дав сладкому дыму заполнить голову, — я не сплю.

— Вот оно как, — добродушно прищурился дед, — понял, значит.

— Они же вас специально оставили, да?

— Знамо дело, — дед улыбнулся и стряхнул пепел, — кого же еще, кроме меня?

— Дедушка, — тихо спросил я его, сделав новую затяжку, — куда они делись-то? Переехали на Старую площадь?

— Неа.

— Скажите, я никому не скажу.

Тут мой взгляд упирается в пепельницу, которая стоит на раскрытой книге. Видимо, дед использует страницы как бумагу для самокруток. Я выдергиваю книгу из-под пепельницы и читаю название: «Л. Кэрролл. Алиса в Стране чудес/Алиса в Зазеркалье».

— Вот, — кричу я, потрясая книгой, — вот! Мы еще Кэрролла читали! Черкасов мне читал! Я все думал, к чему они мне мозг парили, слушайте:

— *Ему снишься — ты!* — *закричал Траляля и радостно захлопал в ладоши.* — *Если б он не видел тебя во сне, где бы, интересно, ты была?*

— *Там, где я и есть, конечно,* — *сказала Алиса.*

— *А вот и ошибаешься!* — *возразил с презрени-*

ем Траляля. — *Тебя бы тогда вообще нигде не было! Ты просто снишься ему во сне.*

— *Если этот вот Король вдруг проснется,* — *под-твердил Труляля,* — *ты сразу же* — *фьють!* — *потух-нешь, как свеча!*

— Я сначала не догнал, а потом понял, что они име-ли в виду. Типа того, что я — это всего лишь сон ауди-тории. И что это не я рулю ее снами, а просто сам яв-ляюсь ее сновидением.

— Чего же хорошего-то? — Дед послюнявил па-лец и затушил об него свою самокрутку. — Чего ты понял-то?

— А то и понял. Если бы мне их увидеть, я бы им объяснил, что противоречие у них вышло. Если я снюсь аудитории, а мне снится Труляля и Траляля, ко-торые сломали телевизор, то кто управляет таким сном? Они, что ли? Кто из нас реальность, а кто вымы-сел?

— По-моему, в твоем бреду, мил человек, реа-лен только телевизор, — проникновенно посмотрел на меня дед, — всех остальных просто не сущест-вует.

— Ну нет, — я закашлялся и замахал рукой, — ерунда.

— А ты бы дочитал этот кусок до конца-то, — ука-зал дед пальцем на книгу. Я удивился такому оборо-ту, открыл страницу и продолжил с того места, где ос-тановился:

— *Ну, нет,* — *вознегодовала Алиса.* — *И вовсе я*

не потухну! К тому же если я только сон, то кто же тогда вы, хотела бы я знать?

— То же самое, — сказал Труляля.

— Самое, самое, — подтвердил Траляля.

Он так громко прокричал эти слова, что Алиса испугалась.

По мере того как я дочитывал, мне становилось все страшней и страшней. Закрыв книгу, я в ужасе посмотрел на деда.

— Во как! — Дед поднял палец кверху. — А ты говоришь, ерунда.

— Они исчезли? — доверительным шепотом спросил я его.

— Нет, — так же тихо ответил мне он, — не было тут никого. Лет двадцать уже. Только кухня на первом этаже. И все. Никого.

Мне показалось, будто кто-то переключил канал. Дым разом улетучился из моей головы:

— То есть как двадцать лет?

— Так. Я здесь сторожем верхних помещений лет восемь. До меня Сергеич был... до него... кто же до него-то?..

— Да какая мне разница, кто до него? Каким сторожем? Я тут был три недели назад, вместе с фээсбэшником Иванычем, у главного по медиа, с фамилией Черкасов, а ты мне паришь, что здесь нет никого! — закричал я.

— Ну, раз я парю, тогда, может, сам найдешь нужный тебе кабинет? Или экскурсию устроить?

Я встал на ноги, отошел к стене, оперся на нее и свистящим шепотом спросил:

— А откуда же они тогда здесь взялись в тот день?

— Да бог его знает, — дед подошел ко мне и похлопал меня по плечу, — может, тебе показалось? А может быть, ты телевизора просто насмотрелся? Телевизор у них в кабинете был?

— Вроде был...

— Ну вот, значит, все энто дело в телике и произошло. А тебе вроде как показалось, что ты в этот телик попал. Знаешь, щас не разберешь, где правда, а где эти... спец...

— Спецэффекты?

— Во-во. Они самые.

— Да я реально их видел, как тебя. Это же не декорации были?

— А черт его знает, — миролюбиво заметил дед, — декорации али не декорации. — Я с бабкой тут такой теракт по телевизору видал! Взрывы, трупы у метро — оказалось, что все разыграли. А мы думали, что программу «Время» смотрим. А ты говоришь — реально. Сейчас, милок, в ваше время-то... Технический прогресс все может. Вот оно как.

— Я... я... может, пойду, — пот выступил у меня на лбу, — что-то дурно мне. Табак ваш крепкий очень или просто душно тут.

— Иди, иди. Отоспись дома. А телевизор не смотри. Ну его к чертям.

Я покидаю здание «Кухни» тем же путем. Я подхожу к мусоровозу, облокачиваюсь спиной о дверь кабины и закуриваю. Почему-то вспоминается Киса Воробьянинов, который выл, как волчица, обнаружив, во что превратилось сокровище мадам Петуховой. Если разобраться, то я в той же ситуации. Сдать всю свою бывшую команду Администрации Президента — да для меня это сокровище больше, чем пресловутые бриллианты из «Двенадцати стульев». Вот она — Администрация... ходи по коридорам, спускайся на лифтах, только сдавать своих бывших коллег некому. Пусто. Воистину, «сокровище можно было потрогать, но нельзя унести с собой».

— Ыыыыыыы аааафф, ыыыыаауууу, ыыыыыыии!
— Аааааооонн, ыыыыыыы, яяя!

Синхронно завыли мои пленники. Я залез в кабину и нажал кнопку открытия мусорного люка. Затем я вылез, обогнул машину и заглянул внутрь. Вася, лежавший первый, увидев меня, начал бешено вращать глазами и мычать:

— Аааааооонн, ыыы ааооооыыы? Ыыыыыии яяя!
Я выдернул кляп:
— Антон, ты че, совсем уже, что ли? Выпусти, ёпта!
— Вась, давай не бухти, а? У меня сейчас случилось откровение, понял? Я нахожусь в состоянии верующего, перед глазами которого развенчали его религию. А в таком состоянии я тебя пристрелить могу, несмотря на то, что соседи, понял?

— Понял. Просто воняет тут очень, — жалобно продолжил Вася.

— Ну, извини. Я не виноват, что ты за все годы работы не привык к профессиональному запаху. Открывай ротик.

Вася послушно открыл рот. Я засунул туда спортивную шапку.

— Ууу аа оо еее ыыыыииикк!! — завыл второй пленник.

— Так, а ты че быкуешь? — Я выдернул у него кляп, и он немедленно завыл на высокой ноте:

— Ну, я-то не мусорщик! Я тут сдохну от этого говнища! — Он зажмурил глаза и заорал что есть мочи: — Милиииииициииия!

— Извини, чувак, ты просто оказался тут не вовремя.

Я засунул кляп обратно, вернулся в кабину и нажал кнопку закрытия люка.

Куда теперь? Заправиться на ближайшей бензоколонке, потом вырулить на одну из основных трасс и валить из города? Ехать вперед, по прямой. Не важно куда, главное — прочь отсюда.

Никого нет. Или никого и не было? Если никакой «Медиакухни» больше не существует, логично предположить, что... Нет... Так бывает только в мультфильмах, которые рисуют голландские авангардные художники. Хотя почему нет? Я завожу мотор и выруливаю к выезду. Дежурный мент выходит из своей будки, лениво оглядывает машину и открывает ворота. Я поправляю лямку. Какой же тяжелый, этот чертов пояс.

Через два часа я доехал до мусорной свалки в районе Шереметьево-2. Измученный пробками, херовой музыкой, звучащей из хриплых динамиков и попеременно воющими пассажирами кузова. Стемнело. Я заглушил двигатель, открыл люк и выпустил пленников наружу.

— Развязывайтесь и идите, куда хотите. Считайте, что вам сегодня повезло, потому что... — я в самом деле не знаю, почему им повезло, — ...потому что кто-то любит вас. Я не знаю кто.

— Антон, а машина? — спрашивает Васька.

Я молча сажусь в кабину и уезжаю. На город стремительно падает ночь. Я двигаюсь дорогой, ведущей на Павельцево, переезжаю железнодорожное полотно и скоро выезжаю на Дмитровку. Честно говоря, я и сам не знаю, куда мне ехать. Мне хочется плакать. Не от страха, нет. От пустоты. Привычная для меня система координат растворилась, не оставив ничего взамен. Мне дико оттого, что мир для меня изменился. Я пугаюсь, потому что не понимаю пока его новых правил.

Въезжаем в Москву. Я миную пост ГИБДД, беру левее, заезжаю под мост и еду дальше по прямой. Смотря на рации гаишников, я вспоминаю про свой мобильный. Интересно, почему меня сегодня не убили, как обещали по телефону? Может быть, этот чертов мусоровоз — оберег? Как машина «Горсвет» в «Дозоре»? Скорее всего, какая-то логика тут есть. Я выкидываю сотовый в окно. Звонить больше некому.

Погруженный в свои мысли, я очнулся на Алтуфьевском шоссе. В том месте, где с него можно повернуть к Останкино. Я поворачиваю и вижу ЕЕ. Башня, чей шпиль теряется где-то высоко в небе, стоит, распространяя неземное свечение. Можно было бы назвать его цвет желтым, но язык не поворачивается. Я назову этот цвет «медиатрик». Знаете, есть такой цвет электрик? Так вот, пусть цвет свечения Останкинской башни будет называться «медиатрик». Я проезжаю совсем рядом с башней, заворачиваю в один из переулков, глушу двигатель и выхожу из машины.

Я стою, зачарованно задрав голову вверх, и смотрю на башню. Свечение волнами сбегает от ее шпиля вниз. Этот свет кажется мне теплым и *всепроникающим*. Стоя здесь, у подножия башни, я понимаю, что слоган РАО ЕЭС «Дающая тепло и свет» — это наглая инсинуация. Истинный свет, равно как и истинное тепло, дает только она — Останкинская башня. Перед этим истинным светом равны все — и олигарх, живущий в Горках-X, и дагестанец, живущий в горах, и оленевод Крайнего Севера, и калмыцкий пастух, и даже скромный нефтяник с берегов туманного Альбиона. Этот свет приходит к каждому через волшебную линзу телевизора. Он для каждого свой и в то же время общий для всех. В этот момент по «Русскому Радио» заиграло:

Хочешь стать государственной тайной?
Мечтой в броне невесомой?
Помни — он в сердце бомжа
И в дыхании Газпрома.

По моим щекам бегут слезы. Как просто — все мы, как чукчи в чуме, ждем рассвета, просто не понимая, что он уже здесь. Мы всю жизнь разбрасываем бесполезные камни своего сознания, а свет рядом с каждым из нас. В каждом из нас. Башня похожа на маяк, на свет которого плывут корабли, континенты и острова. И командир этого маяка — каждый, сумевший понять, что этот свет есть *единственная истина*. Потому что это и есть суть медиа...

— Эй, командир!

Я оборачиваюсь и вижу двух милиционеров.

— Ты, что ли, мусорщик?

— Я? — Улыбка сама собой появляется на моем лице. — Да, я!

— Ясно. Ты чего плачешь, — спрашивает меня один из ментов, — случилось чего?

— Все... — я судорожно сглатываю слюну, — все случилось.

— Слушай, ты люк не закрыл. Мусор разлетается. За тобой шлейф на всю улицу.

«Господи, прости идиотов, — думаю я, — это не мой шлейф, это ее шлейф».

Я закрою. Я обязательно закрою.

— Ну, пойдем, закроешь.

В сопровождении ментов я возвращаюсь к машине, нажимаю на кнопку в кабине, и люк закрывается.

— Извините, — говорю я ментам.

— Да ладно тебе. Помочь, может, чем?

— Спасибо. Я сам.

— Ну как хочешь.

Поднимается легкий ветер. Менты садятся в свою машину. Ветер проносит над ними несколько бумажных пакетов с символикой какой-то пиццы. В машине один из них включает радио:

Мусорный ветер.
Дым из трубы.
Плач природы.
Смех сатаны.
А все оттого, что мы
Любили ловить ветра
И разбрасывать камни.

Снова играет «Крематорий».

ТЕЛЕВИЗОР

Я зашел в этот магазин, привлеченный мерцанием экрана телевизора, видным сквозь витрину. Ввиду позднего времени покупателей не было. Я протянул деньги, ткнул в пачку сигарет и повернулся к висящему телевизору. И тут я увидел его. Лицо этого человека было мне совершенно незнакомо, но одновременно напоминало какого-то известного телеведущего. Или всех сразу. Оно напоминало паззл, составленный из кусочков физиономий наиболее часто мелькающих телеперсонажей. Этакий собирательный образ СМИ...

Он медленно артикулировал и пристально смотрел на меня своими голубыми глазами. Казалось, что его глаза мерцали так же, как и экран телевизора. Не было сомнения — он обращался ко мне:

— Неверно полагать, что древний человек осознал себя человеком, когда изготовил первое орудие труда или орудие убийства. Человек стал разумным не после того, как загнал на охоте первого зверя, принес его тушу домой и зажарил ее на костре. Самое главное в истории человека произошло после ужина, когда он нарисовал углем на стене пещеры сцену своей первой охоты. Неуклюжий рисунок: маленький человек кидает копье в скачущего оленя. Именно после того, как он наивно решил, что его жизнь может быть интересна другим и кто-то из потомков воспользуется его опытом — человек стал homo sapiens. Человеком разумным. Потому что парой росчерков угля на стене, сам того не ведая, он сотворил **Великое Информационное Поле** и наполнил его первым контентом. Так началось глобальное распространение информации. Так родилась медиа, уважаемый Антон.

— Я ждал, я давно ждал этого, — я подошел ближе к телевизору и сложил руки в замок, — но этого мало. Мне нужно больше ответов.

Панорама отодвинулась. Камера показала ведущего в полный рост на фоне пирамид. Он шел по пустыне и вещал:

— После смерти этого первого, безвестного художника прошли десятилетия, прежде чем медиа стала тем, чем она является сегодня. И помогла ей в этом единственная, по-настоящему сильная, человеческая страсть — страсть к власти. Люди всегда стремились господствовать друг над другом. В детской песочнице, постели, на службе, и главное — в обществе. Но власть, добытая силой, непрочна и может быть отнята более мощным противником. Истинная ценность власти в ее легитимности. Поэтому властные полномочия нужно было легендировать.

Рисунок на пещерной стене долгое время оставался объектом бескорыстного интереса тысяч человеческих глаз. Он был кристально чистым, не извращенным пока еще источником информации. Первичным объектом. Пока кто-то, нуждавшийся в легендировании своей власти, не догадался подрисовать оленю еще десяток ног и огромную голову с бивнями, а человеку, кидающему копье, — причудливый шлем. И тогда обычный пещерный придурок превратился в Героя, убившего Большого Зверя. А человек, переделавший рисунок, заявил о себе как о вожде, ведущем свой род от того самого Героя. Так появилось великое искусство манипуляции. Человек использовал первичный объект в собственных целях. И толкнула его на это сама медиа. Так медиа стала разумной. Media Sapiens...

Я засмеялся:

— Господи, как же все просто! Она сама себя явила. Я так и думал. А люди... овцы... овцы... Простите, что перебиваю, просто я понял: они не ведают, что творят.

Он кивнул и вознесся над пирамидами. Пейзаж мелькал под ним, пока, наконец, ведущий не приземлился на площадке Эйфелевой башни.

Облокотившись рукой о смотровую трубу, он продолжил:

— И все, что человек сотворил после своего первого послания миру, — произведения искусства, дома, храмы, крепости, автомобили, нефтяные вышки, атомные реакторы, космические корабли, компьютеры — все это являлось, по сути своей, средствами передачи информации. И вся история человечества стала подчинена производству контента. Человек рождался и умирал, любил и ненавидел, создавал и разрушал цивилизации, а медиа информировала об этом общество.

Что такое тщеславие, которое Церковь считает смертным грехом? Всего лишь стремление человека к тому, чтобы как можно больше других людей узнали о нем. Вся человеческая деятельность — это производство информационных поводов. Каждый из нас хочет стать главным ньюсмейкером. Для того чтобы все прочие, узнав о нем, вскрикнули — ВАУ! И единственная среда, способная помочь ему в этом, — медиа.

Как вышло, что весь Древний мир узнал об Афинах и Спарте, Александре Македонском и египетских пирамидах, Великой Китайской стене и Александрийской библиотеке? Каким образом современникам Римской империи во всех концах Ойкумены стало известно о ее существовании? Благодаря кому она стала именоваться Великой империей, а не обычным государством? Купцы, странники, путешествующие историки, солдаты, рабы, крестьяне — все они несли с собой в другие страны рассказы о Колизее и роскоши римских домов. Эти истории обрастали подробностями и сплетнями, порожденными каждым новым рассказчиком. Так появилась молва — первое бессознательное средство массовой информации. То есть все та же медиа.

Потом появились новые носители информации — летописи и книги. Куски реальности вперемешку с домыслами и откровенным враньем, сшитые умелым пером летописца в угоду времени или своему господину. Большая часть описанных в них событий не имеет ничего общего с тем, какими они были на самом деле. Но теперь все это стало называться историей — фантомные короли и государства, живущие лишь на страницах книг и монастырских свитков. Другими словами, история есть лишь один из продуктов медиа.

Потренировавшись с прошлым, медиа стала манипулировать настоящим. Все началось с появлением газет. Каких-то пару столетий назад обыватели дружно удивлялись, прочитав в столичных «Ведомостях»: «Из Парижу пишут. Небывалая саранча, величиной с мышь, роем осаждает юг Франции. Вред урожаю несет огромный. Очевидцы рассказывают о нападении громадной саранчи на людей. Вероятно приближение гигантской саранчи к пределам государства Российского». Стоит ли говорить, что среди читателей сразу нашлись и такие, кто сам видел подобную саранчу». То были еще цветочки. Из саранчи, летающей исключительно в информационных полях, медиа породила «всемирный масонский заговор», «всемирный еврейский сговор» и «всемирный призрак коммунизма» наравне с «империалистической угрозой». Мир наводнился медиапризраками, которые стали для людей реальней, чем они сами. Из простого источника иформации медиа стала ее манипулятором и на вершине своего роста превратилась в модератора действительности. Не так уж и важно — случилось ли событие на самом деле. Главное — существует ли оно в медиа, а значит — в умах людей. Искусственно сгенерированные события стали кусками протухшего мяса, которые медиа подкидывает обществу, для того чтобы последнее ежесекундно плодило контент в виде своей реакции на увиденное. «Точка зрения», «аналитическое исследование», «прогноз», «дискуссия»: миллионы людей обсуждают событие, сотни тысяч журналистов и экспертов делают выводы. На самом деле — все это человеческие эмоции. Страх, ненависть, любовь, преклонение, отвращение — теперь сублимируются в ответные информационные потоки. Море контента есть то, что питает медиа. То, чем она существует.

— Ты вела меня, ты вела меня, — шептал я, подойдя вплотную к экрану и вглядываясь в лицо ведущего, — вела... Или я предвидел?.. Я предвидел, скажи мне?

Ведущий молчал и улыбался.

Я же настолько разволновался, что не заметил, как вцепился в собственную рубашку и комкал ее на груди, отрывая пуговицы.

Тем временем ведущий на экране следовал путем регулярного клерка. Он вышел из дому, сел в машину, постоял в пробке, приехал в офис и сел за свое рабо-

чее место. Периодически мимо него ходили какие-то
люди в деловых костюмах, что не мешало ему продолжить свой рассказ:

— Вы читаете утренние газеты, слушаете радио по
дороге на работу, в офисе ныряете в Интернет, в обед
пролистываете глянцевые журналы, по вечерам уты-
каетесь в телевизор. Все, что вы прочитали, услыша-
ли или увидели, нацелено только на одно — вы должны среагировать. Донести собственную точку зрения
до максимального числа знакомых, обсудить с друзьями, рассказать бабушке, поспорить на форуме в Интернете. Даже самым хитрым из вас, которые намеренно изолируют себя от медиаполя, не уйти из него.
Вы скажете — остаются книги. Но они являются, по
сути, развернутым мнением авторов по поводу современных им событий. Прочитав книгу, вы все равно будете вынуждены среагировать на то, что изложил вам
ее создатель.

Для медиа нет принципиальной разницы — как
именно человек произведет ответный информационный поток. Сделает ли это работник СМИ в своей ста-
тье, теле- или радиопрограмме, либо простой смерт-
ный напишет что-то в своем Live Journal. Все это —
контент. Совершенно все равно, какие информационные продукты поглощать и перерабатывать. Как я уже
говорил, каждый человек тщеславен. Каждый хочет
быть известным, знаменитым. Многие мечтают о ка-
рьере журналиста, телеведущего или продюсера, од-
нако число больших СМИ ограничено. Но сегодня, ког-

да сеть Интернета опутала своими оптиковолоконными щупальцами почти всю планету, у каждого появилась возможность стать медиа. Теперь любой придурок способен завести себе личный блог, разместить на нем фотографию своей прыщавой задницы и собрать аудиторию из тысяч таких же балбесов. Он станет для них гуру. Он станет медиазвездой. Любая старшеклассница может переплюнуть Чиччолину. Для этого нужно всего-навсего пару раз тряхнуть голой грудью перед веб-камерой на форуме preved.ru. Теперь каждый имеет свою трибуну. Человек человеку уже не друг, товарищ и брат. Человек человеку — медиа.

Сантиметр за сантиметром медиа расширяет границы своего влияния. В каждую секунду жизни человек находится под излучением Великого Информационного Поля. Уверяю тебя, это посильнее радиации, потому что зон, не пораженных информацией, осталось совсем немного.

Медиа не нуждается в рекламе. Она вообще ни в чем не нуждается, потому что является обособленной средой. Человеку известно четыре измерения — длина, ширина, высота, время. Долгие годы он ищет некое пятое измерение, в котором, согласно легендам, возможно все. А оно — совсем рядом. Каждый день люди попадают в него вне зависимости от своего желания. Пятое измерение — это информационное поле. Медиаполе. И в нем действительно возможно все.

Ведущий увеличился в размерах, тогда как все окружающее его пространство сузилось. Сначала офис, потом город Москва, в котором он находился, за ней Россия, затем Европа, следом весь мир, все люди, линии коммуникаций, самолеты, корабли, космические ракеты — все собралось в один прозрачный шар. Ведущий взял его, присел и со словами «возможно все» катнул этот шар куда-то вперед. Вместо мира людей ведущего окружило белое полотно.

Я не мог и слова молвить. Просто стоял, закрыв глаза от восхищения и ужаса, и слушал Его. Теперь я почти не сомневался, что Он и есть Медиа, ее ипостась, ее человекоподобное воплощение.

— «Информация управляет миром» — девиз, который движет человечеством в новом веке. Люди придумали этот слоган, филигранный по своей точности. Проблема только в том, что всю глубину его значения они сами не понимают. Медийщики, рекламщики, политтехнологи — тщеславные заносчивые дурачки, мнящие себя королями мира. Они думают, что управляют ситуацией, придумывают сценарии, по которым развивается общество. Они полагают, что это их изворотливый ум изобрел пугающие человечество химеры вроде мировых террористов, исламского фактора, парникового эффекта, куриного гриппа, глобализации, угрозы со стороны транснациональных корпораций. Их невежественная самоуверенность выглядит просто смешно, ведь все эти нынешние «короли медиа» еще двадцать — тридцать лет назад приходили в трепет и свято верили телевизору, рассказывавшему о мифических «закромах Родины», «интернациональном долге», «мировой закулисе» или «всеобщему равенству и братству». Они говорят, что манипулируют президентами и премьер-министрами, народами и религиями, искажают прошлое и моделируют будущее. Самые конченные из них даже не стесняются произносить вслух воистину бредовые слова: «Мы управляем медиа». Все эти новоявленные «демиурги» не понимают базового постулата: медиа может поменять каждого из них, но даже объединившись все вместе, они не способны поменять медийное поле. О каком моделировании будущего они говорят? Будущее человечества — соответствовать трендам, рожденным медиа. Вы помните фантастические фильмы о будущем, снятые лет пятьдесят назад? Люди в этих фильмах носили обтягивающую одежду, разноцветные волосы и ботинки из серебристой ткани и слушали какую-то космическую музыку безумного ритма. Что мы имеем сегодня? То самое «фантастическое будущее» — толпы зеленоволосых рейверов в серебряных кроссовках, прыгающих в ритме техно.

Будущее — просто копия картинки, которую медиа создает сейчас, выдавая за фантастику. Человечество еще построит невиданные тоталитарные государства, нивелирует роль личности как никогда прежде, обречет одних людей на вымирание, а других на проживание под землей, устроит бензиновые войны и эпидемии неизвестных болезней, отупеет и проиграет войну компьютерам. Почему? Потому что сегодня медиа показывает людям «Матрицу», готовя их к этому прекрасному завтра.

И завтра уже наступает. Человек разума уступает место человеку контента. В тот момент, когда информационное покрытие станет тотальным; в тот момент, когда информация научится распространяться со скоростью мысли и любой алкаш самой распоследней деревухи сможет в режиме он-лайн попросить Президента России объяснить ему смысл старой русской пословицы: «Нефть — всему голова»; в тот момент, когда все люди научатся жить в Интернете — наступит Всемирный День Счастья. Именно тогда все вокруг будет созидаться или разбиваться на куски в пятом измерении — в Медиа. Граница между реальностью и медиа, которая и сейчас не слишком четкая, сотрется окончательно. И это будет первый день новой эры. Когда медиа поглотит все вокруг и станет не просто средой, но Божеством.

Пейзаж опять изменился. Теперь Он стоял на горе, у подножия которой лежали в руинах города будущего, ощерясь шпилями диковинных башен. Повсюду валялись куски звездолетов и просто груды металлического лома. От подножия к вершине горы устремились сверкающие нити. Вероятно, это были какие-то медиакоммуникации.

Камера взяла вид сверху, и оказалось, что Он стоит на небольшой кочке, выдающейся из лужи. На ее поверхности, чуть покачиваясь, плавали спички, окурки, целлофановые обертки и прочий мусор. Он поднял голову вверх, посмотрел в камеру и осенил ее неким странным знамением.

Камера моргнула и показала Его стоящим на сцене в какой-то переливающейся хламиде. Перед сценой танцевали в экстазе мужчины и женщины. За их спинами простирался зрительный зал, заполненный людьми. Глаз камеры мазнул по первым десяткам рядов, и мне показалось, что в одном из сидящих я узнал себя.

Он раскинул руки, подобно распятому Христу, и громко возвестил:

— А пока начните привыкать к мысли, что вашего бога уже не зовут Иисус Христос, Бог — это Медиа.

Человеку всегда нужно было некое Высшее начало, Нечто, что довлело бы над ним. Прощало и карало. То, что было бы выше и чище всех его мелких помыслов. То, во что можно было бы верить. Так появился Бог. Долгое время церковная месса служила медийным центром. Люди приходили туда для того, чтобы пообщаться не только с Богом, но и друг с другом. Узнать последние новости и просто сплетни, услышать ужасный рассказ о появившийся в Чухне шестиголовой собаке или проникнуться чудесной историей о дереве с живительными яблоками, которое растет в Самарканде.

Но чем быстрее развивался технический прогресс, тем ленивей становился homo sapiens. С появлением канализации отпала необходимость выходить на улицу, с появлением электричества исчезла нужда ежедневно разводить огонь. Да, человек ленив. И вот уже он задался вопросом: зачем ходить в церковь, если можно просто взять газету, включить радио или телевизор? Да и что нового можно извлечь из повторяемого столетиями текста Евангелия? Какие жизненные пути укажет тебе проповедник, кроме тех, о которых говорилось веками твоим родителям и родителям твоих родителей? А что предлагал взамен телевизор? Тысячи новых путей! На любой вкус, любую мораль и любые верования! Надо просто поверить во что-нибудь, а уж религию тебе подберут. Не надо никуда ходить, все само придет к тебе, брат! Просто включи телевизор и упс... добро пожаловать в дивный, новый мир! В мир, которым управляет медиа. В среду, которой нельзя манипулировать и изменять согласно человеческой корысти — поскольку сама среда есть единственный манипулятор и Творец. В мир, в котором наконец все люди будут равны, потому что они — ничто. Просто контент. Медиа станет единственной всеобъемлющей формой существования — являясь одновременно и Богом, и паствой. Мир, который существует только в вашем телевизоре, лэптопе или радио.

Он снова вырос до невероятных размеров и вытянул перед собой ладонь, на которой находился маленький человечек. Приглядевшись, я понял, что этот человек – я сам. Я закрыл глаза в благоговейном трепете и вслушивался в Его речь:

— Наступит чудесный день, когда медиа больше не будет существовать параллельно, маскируясь под средство человеческих коммуникаций. Однажды люди проснутся и услышат из всех источников информации только одно обращение Божества Медиа, которое скажет им:

И ПЕРВУЮ ЗАПОВЕДЬ ДАЮ ВАМ — ВКЛЮЧИТЕ ВАШИ ТЕЛЕВИЗОРЫ И ВОЗЛЮБИТЕ ИХ БОЛЬШЕ САМИХ СЕБЯ. И НЫНЕ И ПРИСНО И ВО ВЕКИ ВЕКОВ. ON DA AIR!

Я упал на колени и протянул руки к телевизору. Свет, исходящий от его экрана, казалось, всасывал меня. Я шептал «да, да, да», и слезы текли по моим щекам.

А Он продолжал почти шепотом:

— И люди последуют за своим новым Богом, как шли за прежними Богами, Мессиями, Героями, Властителями, Кумирами и президентами. Потому что на самом деле человек не разумен, а ведом. Пока еще, в силу привычки, мы именуем его homo sapiens. Но стоило бы назвать его хомо ленивус, хомо тупикус, хомо идиотас или хомо деградантус. И нет никаких иных разумных форм жизни, кроме Media Sapiens. Потому что на всем пути своего развития человек делает только одно — стремительно деградирует, становясь примитивной субстанцией, которой нужны только Хлеб и Зрелища, тогда как медиа только совершенствуется.

В один день медиа может так все устроить, что всемирная катастрофа поглотит нынешнюю цивилизацию. Разрушит ее серией землетрясений, захлестнет наводнениями или метеоритным дождем. И цивилизация исчезнет. Если быть более точным, то никаких катастроф на самом деле не произойдет. Их просто покажут и по телевизору, заставив людей выйти на улицы и умереть от страха.

Но медиа не делает этого. Она слишком великодушна.

Вы, люди, должны понять это и упасть на колени, затрепетав от благоговения. Вы должны уверовать в нее. Потому что

МЕДИА ЛЮБИТ ВАС!

Экран погас, а я все стоял на коленях, протянув руки к экрану, и рыдал в голос. Изредка с моих уст срывалось «возьми!», «возьми!», перемешанное с всхлипыванием. Я понимал, что я уже на пороге. Почти ТАМ...

— Хватит там стоять. Мужчина, встаньте, я вам в последний раз говорю. По-хорошему. Напились, так и валите домой, чего тут колени протирать. Слышите? — Я стоял на коленях, а меня трясла за плечо тетка-продавец. — Я сейчас милицию вызову.

— Аааа??! — Я в ужасе вскочил на ноги, отшатнулся от нее и пулей выскочил из магазина. Я бежал сломя голову, пока не оказался перед попирающими землю бетонными лапами башни. Я встал как вкопанный. Потом сделал два шага назад и рухнул навзничь.

БАШНЯ

Светало. Из стеклянных ворот башни вышла женщина, с телефоном у уха. Договорив, она положила телефон в сумочку, не заметив, как я подкрался к ней сзади. Я зажал ей рот рукой, упер в спину дуло пистолета и зашипел:

— Говори только «Угу» или «Неа», или пристрелю, поняла?

— Угу. — Я почувствовал, как она задрожала всем телом.

— В Башне работаешь?

— Угу.

— Значит так. Сейчас вернемся обратно, ты скажешь ментам, что я твой брат. Что ты забыла ключи от квартиры, поняла?

— Угу.

— Когда запищит металлоискатель, скажешь: «Вечно ты, Сашка, всякое говно в карманах таскаешь». Поняла?

— Угу, угу.

— Дальше поедем в центральную аппаратную. Знаешь, на каком она этаже? — Я отнял руку от ее рта.

— На двадцатом, — пролепетала она. Я снова закрыл ей рот рукой.

— Доедем до аппаратной, я тебя отпускаю. Если что-то пойдет не так или попытаешься сбежать, пристрелю, поняла?

— Угу.

— Пошли.

Пост охраны мы миновали спокойно. Рамка взвизгнула, баба отшутилась подготовленной фразой, и менты вернулись обратно в предутренние сновидения.

Поднялись на двадцатый этаж. Баба указала мне нужную дверь. Я приоткрыл ее и убедился, что в комнате кто-то есть. Живой.

— Ты можешь идти, — кивнул я бабе, — только не кричи до первого этажа, я тебя прошу.

Она кивнула и пошла к лифтам. Я смотрел ей вслед. Не доходя до дверей, ее левая нога подкосилась, и она припала на колено. «Чувствует энергетику», — я развернулся и пошел к аппаратной. Я осторожно открываю дверь, захожу внутрь и, обнаружив торчащий в замке ключ, два раза проворачиваю его по часовой стрелке и оставляю в скважине. В аппаратной комнате четыре стены, три из которых занимают телевизионные экраны, транслирующие все, какие только возможно, каналы: русские, европейские, китайские, арабские, американские. Каналы информационные, мультипликационные, музыкальные, религиозные, эротические, кулинарные, политические, исторические, модные, образовательные, развлекательные, показывающие только фильмы ужасов, показывающие только мелодрамы — да каких тут только нет!

Спиной ко мне и лицом к телестенам сидит человек.

— Эй, ты, — окрикиваю я его, — ты чего здесь делаешь?

— Ящики сторожу, — не оборачиваясь, отвечает мне мужик. — Гриш, по второй стене, первый ряд, пятый номер, резкость добавь!

— Ящики? — Я подхожу ближе и вижу, что мужик сидит, наклонясь над пультом, мигающим сотней маленьких лампочек, и говорит в гибкий ствол микрофона.

— Ящики, ящики. — Он не оборачивается. — Гриш, японский бог, у меня все равно резкость в пятом ящике падает, слышишь?

— ВСТАТЬ! — Я без размаха, не слишком сильно бью мужика рукояткой пистолета по спине.

— Э, мужик, ты чего делаешь-то? — Оператор вскакивает и отбегает от стола. — Ты че? Э! Э!

— Ящик — это то, куда тебя после смерти положат, — я наставляю на него пистолет, — понял?

— Да, да… — Мужик начинает пятиться в сторону двери.

— А это, — я обвожу стволом экраны, — это называется МЕДИА. Понял? ПОВТОРИ, СКОТИНА!

— Ммме… диа! Медиа! Ме-ди-а! Я вот… я повторил, — он продолжает пятиться назад, — слышите? Я повторил!

— НА КОЛЕНИ!

— Чего? Зачем? Ой, зачем это? — Мужик аккуратно приседает на корточки, затем опускается на колени. — Вы стрелять не будете, нет? Я сделаю все, что скажете, правда.

— Я тебя пристрелю, если ты еще раз назовешь Медиа ящиком.

— Я не буду, я просто... я просто перепутал, — лопочет мужик, стоя на коленях спиной ко мне.

— Ты один здесь работаешь?

— Нет, еще Гришка, напарник. Только он в другую аппаратную ушел. На пятом ящ... виноват, на пятой ме-ди-а резкость пропала, он чинить пошел.

— Ты давно здесь работаешь? — Я сажусь на его место за пультом и закуриваю.

— Лет пять уже, — отвечает мужик и пытается обернуться на меня.

— НЕ ОБОРАЧИВАТЬСЯ! — ору я. — Как поступает сигнал во все эти телевизоры?

— Пппо... по проводам.

— Как именно? Какая схема?

— Ну... каждая стена — это куст. Из одного главного провода выходит девяносто шесть телеантенн. Три телестены — три главных провода и двести восемьдесят восемь локальных.

— Ты можешь отсоединить все локальные провода от телевизоров на одной из стен?

— Можно попробовать, — голос мужика начинает дрожать, — но это на целый день работы.

— У тебя нет этого дня. Мне нужен главный провод левой, — я обвел комнату взглядом, — нет, правой стены. Через час.

— Эй, вы, немедленно выходите с поднятыми руками, — в дверь неистово заколотили снаружи, — через две минуты здесь будет группа захвата. Я капитан милиции Прохоров, предлагаю вам покинуть помещение с поднятыми руками! Слышите меня?

— А у тебя микрофон на пульте выводит в эфир окружающее пространство, что ли? — Я встал с кресла и подошел к оператору.

— Ага, — кивнул головой мужик.

— А что же ты мне раньше-то не сказал, сука? — В этот раз я ударил его рукояткой по спине в два раза сильнее. — Гришка твой уже мусоров навел?

— Не знаю, — застонал мужик, согнувшись.

— Немедленно покиньте помещение, — снова застучали в дверь, — с вами разговаривает капитан милиции Прохоров.

Я дважды стрельнул в дверь со своей стороны. При звуках выстрелов мужик упал ничком на пол. Долбежка извне прекратилась. Я подошел к двери и громко крикнул:

— На мне девять килограмм взрывчатки СИ-4, способных если не укоротить эту башню вдвое, то уж точно прекратить существование ДНК всех работников ближайших семи этажей!

— Я, капитан Прохоров, предлагаю вам... — мент робко попробовал продолжить переговоры.

— Ты — капитан? Капитан чего? Парохода? Поезда? Ха-ха-ха, может быть, звездолета?

— Я... я капитан милиции.

— Ты — никто, — крикнул я, — запомни, что для медиа ты никто! Пустое место. Я предлагаю тебе начать эвакуацию людей из здания.

— Но через полчаса же группа захвата приедет? — скорее вопросительно, нежели утвердительно брякнул Прохоров.

— Тем хуже для тебя, Никто. Значит, все погибнут.

— А... это... давайте продолжать переговоры, — робко предложил капитан.

— Зачем торговаться? Что ты можешь мне предложить, Никто? Свою группу захвата? У тебя нет ничего, что было бы интересно мне.

— Выпустите заложника... — кажется, мент понял, что договориться не удастся, — пожалуйста.

Я бросил взгляд в сторону оператора — тот продолжал лежать лицом вниз.

— Заложник сделает свое дело, и я отпущу его. После того как он выйдет, у всех вас будет еще ровно двадцать минут, чтобы покинуть здание.

— А сколько времени заложник будет выполнять свою работу? — спросил мент.

— Столько, сколько потребуется для того, чтобы ее закончить. — Я отошел от двери и снова сел в кресло. — Никто, не тяни время, эвакуируй людей. Если будет попытка штурма, я нажму на кнопку, так и передай им. Я не хочу крови, слышишь, Никто? Я устал от крови. Я просто хочу домой...

— Так, может быть, вы все-таки выйдете и пойдете домой? — снова предложил мент.

— Сколько тебе лет, Никто? — спросил я, закуривая.

— Двадцать семь.

— Иди домой, Никто. Эвакуируй людей и иди домой смотреть телевизор. А я почти дома. На пороге.

Пока оператор поочередно вытаскивает антенны, лишая жизни телевизоры на правой стене, я сижу в кресле таким образом, чтобы держать в поле зрения входную дверь и оператора. Я курю и думаю о том, что, в сущности, достиг всего, о чем только мог мечтать настоящий медийщик. Да что там! Вернее сказать, я достиг сферы, о существовании которой ни один из нас и не подозревал. Высшей точки. Входа в медиа. И вот, готовясь открыть дверь в Великое Информационное Поле, стоя на пороге бессмертия, хочу ли я сказать вам что-то? Рассказать об устройстве жизни, методах управления людьми, уровнях доступа, руслах движения информационных потоков? У меня в данный момент есть тысяча и одна возможность сообщить вам, как ВСЕ УСТРОЕНО НА САМОМ ДЕЛЕ! Хочу ли я этого?

Нет, не хочу... И знаете почему? Во-первых, потому, что вы все равно пропустите мое Медиа Евангелие от Антона мимо ушей. «Прикольно ваще-то!» — скажут сотни миллионов из вас, услышав это Откровение. На худой конец, какие-то жалкие миллионы моих бывших соседей-землян промямлят что-то вроде «Нас проинформировали», «Спасибо, теперь мы в курсе», «Ага, оно и понятно было» или «Ясненько...». Да, непременно найдутся и такие ублюдки, которые скажут это мерзкое «ясненько». Вы ничего не услышите и ничего не поймёте, потому что попросту недостойны моей участи. Это во-первых.

Во-вторых, я ненавижу копиистов. Да, да, всех этих любителей попасть в Великое Информационное Поле через форточку. Услышав меня, они подумают, что знать верный маршрут — это основная составляющая. Уж представляю себе, сколько провинциальных журналистов покончат жизнь самоубийством, услышав моё Откровение. Вскроют себе вены и вставят в них провода локальной радиоточки. Но этого недостаточно. Потому что в медиа не зайдёшь через радио «Маяк».

Поэтому я просто промолчу. Я не хочу быть мессией. Я не хочу превратиться в газетную страничку, состоящую с одной стороны из моего портрета, а с другой — из программы передач. Я не готов быть мучеником для аудитории, которая сменила постулат «слово изречённое — есмь ложь» на «слово изречённое — есмь газета для завёртывания рыбы». Я промолчу, хотя даже этой роскоши с моей стороны вы явно не заслуживаете. Но я великодушен, впрочем, как всегда. Просто я хочу побыстрее слиться отсюда. Нет, не так. Я хочу побыстрее слиться с МЕДИА. Поэтому я просто промолчу.

Мой вспотевший помощник закончил свою работу и теперь стоит передо мной, как новогодняя елка, и вопросительно смотрит.

— Залезь в мою куртку, — говорю я ему, — там во внутреннем кармане пачка сигарет и шайба скотча. Неси все сюда.

Оператор послушно исполняет команду.

— Покажи мне главный провод правой стены, — говорю я ему.

Мужик показывает мне толстый шланг с торчащим из него веником проводов.

— Раздели хвосты надвое.

— Это... как... простите? — не понимает он.

— Как хвост у рыбы, представляешь?

— Ага, — поспешно кивает он и принимается разделять волокна антенн на две части.

Когда «хвост» готов, он протягивает шланг мне. Я встаю, беру его в руки, проверяю, симметрично ли разделено все на хвосты. Затем я закрепляю каждый из хвостов у себя на поясе и крепко приматываю скотчем. После того как все готово, я делаю шаг вперед, проверяя, не оторвется ли главный провод от моего пояса. Держится весьма крепко. Я бросаю взгляд на экраны двух оставшихся стен. По ним пробежала легкая рябь или мне это просто кажется?

— Хочешь со мной? — обращаюсь я к оператору.

— Нет... нет, спасибо, мне домой. — Мужик видит, что, привязав себя проводом к стене, я стал скован в движении, и бочком-бочком начинает протис-

киваться к двери. — Мне домой надо бы сегодня...
очень. — Кажется, что он плачет.

— Зачем тебе домой, дурачок? Что ты приобретешь
там? Неужели ты не хочешь стать частью ВЕЛИКОЙ МЕ-
ДИА? — кричу я, воздев руки вверх. — Я мог бы взять
тебя с собой, слышишь?

— Нет, нет. Спасибо! Я ПРОШУ ВАС, ВЫПУСТИТЕ
МЕНЯ ОТСЮДА, БОГОМ ПРОШУ! — тоненько визжит
оператор.

— Каким именно Богом? — интересуюсь я.

— Христом. — Оператор останавливается, садится на корточки и утыкает голову в колени.

— GOD IS MEDIA! — кричу я на него. — Я не прошу тебя донести это до других, запомни хотя бы сам —
БОГ — ЭТО МЕДИА!!

— Медиа, Медиа, — всхлипывает оператор, —
Бог...

— А ТЕПЕРЬ ПОШЕЛ ВОН, — показываю я ему на
дверь.

Оператор встает, двигается к двери, поворачивает
ключ, озирается, снова поворачивает ключ. Дергает
дверь на себя и, не веря своему счастью, убегает прочь.

— Псих, псих, — слышу я его удаляющийся голос, — там маньяк! Богом себя заставляет называть!

— Идиот. — Заперев за ним дверь, я улыбаюсь и
смотрю на мониторы.

Первый канал показывает выступление президента.

По РТР идет трансляция матча чемпионата России по футболу.

НТВ показывает выступление Березовского.

По CNN маршируют американские десантники в полном боевом обмундировании.

По Fashion TV маршируют модели в нижнем белье.

«Аль-Джазира» передает выступление президента Ирана.

Би-Би-Си — выступление Джорджа Буша.

Дискавери показывает драки самцов горилл во время брачного периода.

CANAL + — пожары в предместьях Парижа и демонстрации афроамериканцев.

Взрывы и трупы перемежаются с показами Диснейленда.

Добыча нефти — с операциями на сердце.

Фешенебельные небоскребы — с лачугами.

Рекламные ролики дизайнерских марок — с потогонными предприятиями Азии.

Кулинарные шоу и демонстрации ресторанов высокой кухни — с африканскими детьми с раздутыми животами.

На экранах исторических каналов — череда разных по изображению, но одинаковых с точки зрения эмоционального посыла картинок. Джордж Вашингтон, Сталин, Иисус Христос, Гитлер, пророк Мухаммед, опять Сталин, Будда, Карлос Ильич Рамирес, Пол Пот, Мать Тереза, Иоанн Павел Второй, Усама бен Ладен, Патриарх Алексий, Горбачев. Все они говорят на разных языках, но это сейчас не имеет никакого значения. Все они обращаются ко МНЕ.

В правом верхнем углу на мониторе улыбающийся доктор Йозеф Геббельс в наушниках. Монитор расположен таким образом, что все прочие телевизоры отражаются в нем маленькими картинками. В какой-то момент кажется, что вся фигура Геббельса состоит из сотни маленьких картинок лиц вождей, духовных наставников и репортажей, которые идут на экранах других телевизоров. Несмотря на этот странный эффект, картинки не заслоняют его лица. Оно остается довольно четким. Геббельс улыбается и поправляет наушники. Вероятно, пленка показывает одно из его радиообращений к германской нации времен конца войны. Я пристально смотрю на него. Он поднимает вверх указательный палец и произносит какую-то фразу. Затем его монитор темнеет и показывает титры. Сотни картинок с других экранов отражаются еще более четко.

Я закрываю глаза и веками чувствую тепло, идущее от мониторов. Еще я ощущаю резкие уколы в спину, будто меня прошило очередью.

Может быть, это начала работать группа захвата? Или просто частицы моего тела уже начинают всасываться в медиаполе по проводам, прикрепленным к поясу? В любом случае это уже не важно. Я нажимаю на кнопку.

Вы знаете, мне очень повезло. Наверно, потому, что я истинный герой. Я никуда не исчез, я просто слился с медиа. Завтра утром меня покажут в новостях. И кусочек меня войдет в каждого посмотревшего. И в тебя, и в тебя, и в ту девчонку, читающую новости в Интернете, и в того парня, читающего в кафе газету. И вообще во всех знакомых мне по прежней жизни людей. Во всех, кто посмотрел сегодня репортаж про парня, погибшего в Останкинской башне от удара током. И даже в тех, кто еще не успел посмотреть. Потому что им еще только предстоит. Ведь я стал частью индустрии. Я — МЕДИА!

Вы все будете завидовать мне, а некоторые даже повторят мой путь, чтобы также стать частью Великого Информационного Поля.

Настоящие герои превращаются в новости. Именно так, и никак иначе.

Честно говоря, спать под звуки включенного телевизора довольно идиотская привычка. Вместо того чтобы начать видеть сны, заканчиваешь смотреть новости. Поскольку глаза уже закрыты и ты не видишь происходящего на экране, домысливать картинку приходится уже твоему полусонному мозгу, ориентируясь на закадровый текст.

Таким образом, вместо того чтобы отключиться от дневных забот и начать дарить тебе приятные сновидения — мозг начинает транслировать экранизацию кровавого триллера, озвученного голосом какой-нибудь Екатерины Андреевой, а если уж очень не повезет, то и Михаила, прости господи, Леонтьева.

Очевидно, каким благостным и безмятежным будет твой сон, если уже в его дебюте появляются чеченские террористы, оборотни в погонах, опальные олигархи, изуродованные солдаты, нечистоплотные чиновники, мигалки на дорогах, разгневанные правозащитники, американские миротворцы в Ираке, детские трупы, биржевые котировки, кровавые бинты, нефтяные баррели, митинги оппозиции, развитие общественного самосознания, рост недоверия президенту, будущее великой страны, отсутствие альтернатив, разнузданный национализм, молодежные организации, ковровые бомбардировки, экономические форумы, преимущества частного управления ресурсами, оффшорные схемы, сокращение внешнего долга, угрозы гражданским правам, ощущение безвременья, грядущие выборы — в общем, все то, чем богаты выпуски новостей в вечерних эфирах.

В какой-то момент обрывки голоса диктора и мелькающие картинки смешиваются в твоей голове с параллельно возникающим сном на отвлеченную тему. Как в блендере. Коктейли из всего этого получаются поистине адской смесью. Ситуация осложняется, если ты посмотрел перед новостями отечественный или голливудский боевик, да еще и сдобрил все это некоторым количеством алкоголя или, не дай бог, наркотиков.

В таких снах стонущая в твоих объятиях любимая девушка внезапно оказывается Кондолизой Райс, сантехник из ЖЭКа Глебом Павловским, Гоша Куценко, бегущий с автоматом наперевес, обращается Михаилом

Саакашвили, а Бэтмены стаями летают над твоей головой, да еще и с лицом Президента Путина. Да и сам ты то добываешь нефть в Сибири, то даешь гневную отповедь кому-то, находясь в Израиле, то оказываешься посреди бушующего человеческого моря с каким-то оранжевым шарфом на шее, вроде фанатской «розы», то внезапно ощущаешь, как мутирует твое лицо, будто в фильме «Чужой». Из олигарха в неприлично дорогом костюме превращаешься в политзаключенного, из бандитского авторитета — в думского депутата, из афериста — в целителя, оживляющего людей. Случаются, конечно, и хорошие сны, в которых ты покупаешь «Ferrari» или известный английский футбольный клуб, но, как правило, эти сны все равно заканчиваются какой-нибудь похабщиной.

Иногда все начнется так захватывающе! Снится тебе, например, что ты герой жутко популярного ток-шоу, где дуэлянты обсуждают животрепещущие темы. И на самом интересном месте, когда ты до хрипоты споришь с ведущим, обнаруживается, что все его тонкие остроты и глубокое владение темой льются не из его рта, а из микрофона в его ухе, а сам он внезапно оказывается таким знакомым тебе по прежней жизни комсомольским секретарем. Ты убегаешь в другой сон и попадаешь на давно забытую кухню, где собрались удивительно интересные люди, поражающие свободой мысли, четким видением будущего, собственной бескомпромиссной позицией, космополитичностью суждений, стремлением к свободе и равенству для всех. И в тот момент, когда ты понимаешь, что люди, сидящие тут, под зеленым абажуром, являются твоими единомышленниками и никого роднее их ты не встречал, — все они превращаются в тараканов, интерьер оборачивается картонной коробкой, в которую чья-то рука крошит хлеб...

И все это идет сплошным потоком, и бежишь ты в ужасе из сна в сон, как герой детского мультфильма про «Вовку в Тридесятом царстве».

С пробуждением весь этот фантазм не заканчивается, ибо первое, что видят твои глаза, это экран телевизора с блоком утренних новостей. И уже непонятно, было ли увиденное тобой во сне сном или, другими словами, можно ли назвать реальностью то, что ты видишь перед собой в данный момент? Таким образом, круг замыкается, потому что если по старой традиции искать спасения от реальности во снах, то ночные видения явно не место, способное тебя укрыть. А реальность опять же вовсе не является тем местом, куда хочется поскорее проснуться. Оба этих состояния так похожи друг на друга, что уже не ясно, где кончается сон, а где начинается явь. И непонятно, как вырваться из этого круга. Может быть, перестать смотреть телевизор? Но тут вспоминается известная дурацкая народная присказка — «Какая ж жизнь без телика?» Следуя этой логике, приходишь к мысли — может быть, перестать жить? Но поскольку любое разумное существо, движимое инстинктом самосохранения, такую постановку вопроса с ходу отвергает, единственное, что тебе остается, это задуматься над тем, что человеку XXI века стоит начинать жить непосредственно в телевизоре...

По-видимому, другого пути просто не существует, ведь в современном мире информированность — главный источник благосостояния. Возьмите все эти набившие оскомину лозунги: «Информация — двигатель бизнеса», «Нет ничего ценней информации», «Побеждает не самый сильный, а самый информированный», «Будь в курсе событий!», и наконец, главный слоган тысячелетия: «Кто владеет информацией — тот владеет миром».

Медиа для нас — все. За день мы прочитываем десяток газет и глянцевых журналов, прокликиваем сотни новостных и лайфстайловых порталов в Интернете, прослушиваем тысячи новостей по радио и просматриваем огромное количество телепередач. Мы живем в информационном пространстве. Мы должны быть в курсе темы. Мы не можем позволить себе выпасть из волны. Ежедневно мы получаем передозировки информацией. Мы очень плотно подсели. Оказавшись в местах, каким-то чудом изолированных от присутствия СМИ, через пару часов мы начинаем испытывать приступы жутких ломок. У нас устойчивая медиазависимость. Все мы здесь — медиаторчки.

Ты постоянно он-лайн. У тебя современный телефон с Bluetooth и встроенной камерой. Если тебе очень повезет и ты увидишь что-то раньше, чем это покажут по телевизору, ты сможешь снять событие и тут же отправить картинку сотням друзей, став для них информационным ресурсом. Человек человеку — друг, товарищ и медиа. Это ли не новая современная мечта — самому стать телевизором?

Таковы уж мы, люди нового времени, — из жертв научной фантастики мы стали жертвами средств массовой информации. Иногда нас посещает подозрение — а не сама ли медиа выдумала все эти слоганы? Но идти дальше по пути этой догадки очень страшно. Ведь если это так, то все наши стремления к информированности являются большой мышеловкой. Каким миром будут обладать владельцы информации? Уж не миром ли, находящимся на экране телевизора?

Но это уже из области жуткой конспирологии, потому что последняя разгадка поистине катастрофична. Ведь получается, что ты владеешь миром, но при этом медиа владеет тобой.

Тем не менее я окончательно просыпаюсь. Просыпаюсь, чтобы встретить прекрасный, новый день. Чтобы узнать последние новости или, если очень повезет, самому стать одной из них. Зачем? Я и сам не знаю...

Вероятнее всего, потому, что я чувствую себя последним настоящим героем. А настоящие герои превращаются в новости. Правильно? Стану ли я главной новостью года? Не знаю...

Первый покажет...

СОДЕРЖАНИЕ

Литературно-художественное издание

Сергей Минаев

MEDIA SAPIENS.
Дневник информационного террориста

Ответственный редактор *Л. Захарова*
Технический редактор *Т. Тимошина*
Корректор *И. Мокина*
Компьютерная верстка *К. Парсаданяна*

ООО «Издательство Астрель»
129085, г. Москва, пр. Ольминского, 3а

ООО «Издательство АСТ»
170002, Россия, г. Тверь, пр-т Чайковского, 27/32

Вся информация о книгах и авторах Издательской группы «АСТ»
на сайте: www.ast.ru

Издано при участии ООО «Харвест».
Лицензия № 02330/0056935 от 30.04.04.
Республика Беларусь, 220013, Минск, ул. Кульман,
д. 1, корп. 3, эт. 4, к. 42.

Открытое акционерное общество
«Полиграфкомбинат им. Я. Коласа».
Республика Беларусь, 220600, Минск, ул. Красная, 23.

Заказ книг по почте:
123022, Москва, а/я 71, «Книга-почтой»,
или на сайте: shop.avanta.ru

По вопросам оптовой покупки книг
Издательской группы «АСТ» обращаться по адресу:
г. Москва, Звездный бульвар, д. 21, 7-й этаж
Тел.: (495) 615-01-01, 232-17-16

PLAYBOY

легендарный мужской журнал

В КАЖДОМ НОМЕРЕ:

- модные автомобили
- культовые личности
- советы по стилю
- самые красивые женщины мира

НОВАЯ РУБРИКА!

«Министерство правды» с Сергеем Минаевым: дерзские мужские разговоры

РУССКОЕ РАДИО

ВСЕ БУДЕТ ХОРОШО!

РУССКАЯ СЛУЖЕБНАЯ

БУРЖУАЗНЫЙ

ДЕКАБРЬ–ЯНВАРЬ

ЖУРНАЛ

ВЗГЛЯД

ДЕЛОВАЯ ГАЗЕТА

Сергей Минаев

MEDIA SAPIENS

Повесть о третьем сроке

Медийная присяга